NEIRDAHNAJ

Mathie Mattab

NEIRDAHNAJ

roman

Fougue
Éditions

À toi qui me lis

La chance,
c'est de ne pas avoir à compter sur
la chance.

1

Safia est sur le point de mettre au monde son premier enfant face aux feux d'un incendie ravageur qui embrase l'entrepôt jouxtant sa maison. L'épaisse fumée, la vue des flammes féroces et animées qui lancent menaces et étincelles, ajoutées à la peur et à la panique d'Ottah, précipitent l'accouchement. Deux infirmières, dépêchées sur place, œuvrent dans la toux et la sueur. Safia, essoufflée de douleur, les yeux mi-clos, aperçoit avec effroi de la fenêtre de sa chambre, les langues des flammes s'envoler encore plus près de sa cour et de ses orangers en fleurs. Elle inhale, sans recours, le visage couvert de larmes, la lourde fumée piquante qui envahit sa gorge et l'étourdit peu à peu.

Ottah, terrifié, comme pour repousser au loin le feu et l'air épais, sort sans nulle précaution dans ce brasier, dans l'attente oppressante de voir arriver les secours. Dehors, une foule impuissante s'agite, crie et se disperse dans une cohue *bousculante*. Le tintement criard de la sirène des pompiers qui approchent enfin, leur paraît, ce jour, le chant le plus merveilleux qui puisse exister.

*****

La maison qu'occupaient les Farag, à proximité du Caire, où s'érigeaient, dans un horizon proche, comme dans un rêve, les imposantes Pyramides enveloppées d'une brume gris perle, était devenue le point d'ancrage et d'espérance de la famille. Ottah et Safia, couple trentenaire, cousins éloignés, longtemps amoureux l'un de l'autre et mariés depuis quelques années savouraient la vie avec ferveur, dans la légèreté de leur jeunesse et à l'aune du succès financier qu'Ottah, architecte, a su créer dans la construction et la revente d'un immeuble sur un terrain acquis avantageusement lors d'une vente aux enchères. Rassurés et forts de ce succès, ils vendirent tous leurs biens et quittèrent Alep, pour suivre Ufa le frère de Safia qui, prévenu de la réalisation d'un projet de construction d'une grande résidence de vacances, à Gizeh, entre le Nil et les Pyramides, les avait incités, passionnément, à s'investir tout comme lui dans ce projet gigantesque.
La maquette qui représentait cet ensemble mirifique baptisé Sphinx, en demi-lune, avec jardins, grands palmiers, piscines, restaurants, terrains de tennis, s'ouvrant sur le Sphinx et Khéops, avait émerveillé Safi et exalté Ottah, Ufa et Talia, sa femme.

Avant de transformer tous leurs biens en liquidités, ils avaient voulu visiter le site de près. Le vaste terrain précieux sous l'immensité d'un ciel bleu les avait aussitôt subjugués. De hauts palmiers ornaient déjà majestueusement le bord extérieur de la plateforme, et au-dessus des envoûtants tombeaux planait, au loin, l'esprit des pharaons dans leurs légendes et les labyrinthes de leurs mystères. Deux promoteurs et différents ingénieurs accompagnaient les Farag et une dizaine d'autres investisseurs qui, tout comme eux, voulaient se bercer dans les vagues azurées de ce futur merveilleux. Les divers emplacements leur avaient été présentés et expliqués, les questions avaient trouvé réponse et satisfaction avant que la date de la signature des contrats soit précisée. La joie de tous était à la hauteur de la perspective enchanteresse.

Les Farag décidèrent d'emblée de s'installer à Gizeh pour surveiller les travaux et en même temps commencer leur vie nouvelle. Le projet avait englouti presque tous leurs fonds qui provenaient de la vente de leur maison et de son mobilier à Alep, d'une maison de campagne, de leur voiture et de quelques tableaux. Ils louèrent, à proximité du site à Gizeh, pour un prix abordable, une ancienne maison de plusieurs pièces reliées par un long corridor, avec une vaste cuisine au milieu. Le charme de l'endroit résidait dans sa grande cour, dotée d'un bassin rond d'eau verte qui, comme un large miroir face au ciel, reflétait dans de fascinantes lumières la lune et le soleil. Trois grands orangers ombrageux distillaient un doux parfum le soir, sous lesquels le couple bavardait, dînait et déjeunait. Parfois Ufa et

Talia, qui faisaient la navette entre Alep et Gizeh, les rejoignaient avant de venir s'installer à leur tour, à proximité.

Un contrat fut enfin signé chez un notaire par une dizaine d'investisseurs. De retour à la maison, après cette signature qui les avait occupés toute la matinée, grisés par les événements et une vieille bouteille de vin qu'Ufa avait dénichée, ils échangèrent leurs impressions dans de diverses suppositions et déambulèrent vers la cour, en humant à pleins poumons l'air doux, avant de se laisser choir sur les banquettes tapissées à l'ombre des trois orangers, autour de la table rectangulaire en noyer où allaient défiler différents petits et grands plats et douceurs sucrées, concoctés par les soins d'une jeune domestique qui aidait Safia.

Ufa et Ottah avaient pris l'habitude, comme investis d'une mission dont le sérieux reposait sur la discipline et la régularité, de se rendre tous les matins sur le chantier pour observer l'avancement des travaux. Même si la vision des grues et des bulldozers qui travaillaient le terrain ne changeait pas d'un jour à l'autre, et qu'une fouille approfondie devait être pratiquée avant toute construction, ils croyaient devoir accomplir cette surveillance qui les rassurait, pendant que les épouses faisaient les courses et s'abandonnaient dans des balades menant souvent vers Mykérinos, le Sphinx et Khéops.

Talia, férue d'histoire, son chapeau de paille sur la

tête, inspectait à chaque fois avec des yeux gourmands ces vestiges imposants et restait interdite de trouver, dressées si près d'elle, les images et les splendeurs de ses manuels d'écolière. Les deux femmes exultaient et discutaient assises devant les tombeaux en sirotant le thé sucré qu'elles avaient amené. Safia écoutait religieusement sa belle-sœur lui relater les histoires des pharaons célèbres, dont certains avaient été momifiés dans les chambres funéraires.

Une fois, particulièrement saisie, le bout folâtre de son pied esquissant de vagues traits ou des cercles inachevés sur l'argile, elle se livra aux questions :
— Et Cléopâtre, comment s'est-elle donné la mort ?
— Elle s'est laissée piquer par un serpent après le suicide de Marc Antoine qui, la croyant morte, à tort, a planté son épée dans son cœur, ou plutôt a plongé sur son épée dans un moment de folie…
— Mon Dieu, quelle horreur ! Elle est enterrée ici ?
— Non, près d'Alexandrie, à côté de Marc Antoine…
— Belles preuves d'amour… conclut Safia, absorbée par tant de romantisme dans les temps si reculés.

Parfois, les deux femmes, conscientes de leur position sociale future qui les placerait au cœur de ces trésors, rôdaient tout autour, regardaient de près les formes et les hauteurs, humaient l'air, tâtaient les pierres, comme s'il s'agissait de les acheter. De retour à la maison des uns ou des autres, chacun racontait ses trouvailles et sa journée.

Longtemps, Safia, belle femme menue aux grands yeux expressifs, au beau sourire dévoilant des dents magnifiques, s'était cherchée face à un vide invisible qui érodait son insouciance et chassait son bien-être. Un sentiment d'absurdité, devant un quotidien sans rebondissement sur lequel elle n'avait nulle prise, la tourmentait et la privait de cette confiance qui donne audace et éclat.

Elle était née à Athènes, d'un père grec qui avait épousé sa mère lors d'une mission d'ingénierie en Syrie et qui l'avait emmenée en Grèce avant de revenir, quelques années plus tard, s'installer définitivement à Alep avec ses deux enfants.

À 18 ans, Safia s'était mariée à Ottah, un séduisant cousin par alliance, de père égyptien et dont la mère était la grande cousine de son père. Elle voyait ce cousin, de neuf ans plus âgé, qui faisait battre son cœur, depuis toute jeune. Ottah, pudique mais sûr de lui, avait un regard lumineux et franc qui, selon les dires de sa mère et de son propre aveu, la couvrait souvent comme une douce caresse.

Il parlait peu, mais à chaque fois il apportait soit une nouvelle, soit une réponse, ou il laissait tomber sans sourciller un trait d'humour qui divertissait et animait l'assemblée. Ufa, le frère de Safia, était proche de lui et, étant de cinq ans plus jeune, le suivait comme un modèle et s'évertuait à l'épater en pêchant des nouvelles de tout ce qui pouvait l'intéresser. Aucun rassemblement de famille ne se faisait sans ce cousin favori, quitte à en déplacer la date pour qu'il puisse y participer. La mère d'Ottah était la femme de l'oncle de Safia et, lorsque, après le diplôme d'architecte de son fils, elle demanda la main de la jeune fille pour son fils, la réponse ne se fit pas longtemps attendre. Safia venait d'avoir son baccalauréat.

Comblée par l'amour de son mari protecteur, elle savourait paisiblement son bonheur. Mais ce bonheur s'étiolait au fil des années pour laisser place à un sentiment inachevé. Elle espérait remplir ses journées sans Ottah, seule à la maison, par un bébé, le fruit de cette union, mais le bébé ne venait pas, au désespoir du couple qui avait tenté toutes sortes de traitements et entendu des dizaines de conseils et d'avis divers. Cette sourde attente avait entaché son insouciance et l'avait plongée dans une angoisse latente.

Après un questionnement philosophique et spirituel, le couple s'était résigné à couvrir les flammes de ce désir des cendres posées par le vouloir d'un destin hostile.

C'est dans ce remue-ménage que Safia apprit qu'elle attendait un bébé. La nouvelle de cette grossesse inespérée alors que le couple, absorbé par son projet, n'y songeait plus, tomba soudain comme un souriant clin d'œil des cieux.

La naissance d'Hana entre feux et flammes, domptés de justesse, sortit le couple d'une torpeur ancrée et raviva son ardeur et sa vivacité. La maison fut rénovée et repeinte ; du satin rose, coupé de fines rayures oranges, amené par la mère de Safia, couvrit les fenêtres et la table, en guise de rideaux et de nappe. D'autres membres de la famille se joignirent à eux pour l'occasion. La demeure, peuplée et animée, respirait l'allégresse, au grand bonheur de Safia qui avait craint l'étouffement et le risque de perdre son enfant dans les flammes. La visite du chantier et une poussée de structure de Sphinx s'ajoutaient à cet enchantement, et subjuguaient famille et amis, qui se sentaient des convives privilégiés dans cet endroit magique où le soleil et le ciel pur demeuraient la partie permanente du paysage, comme les pyramides imposantes et, au loin, le Nil.

Hana grandissait dans l'amour de ses parents et la tendresse du reste de la famille. Ottah, qui avait ressenti une part de l'épanouissement de sa femme en participant à une activité collective et qui connaissait sa soif d'apprendre et de partager, lui promit, dès le démarrage du complexe, de lancer une passerelle entre foyer et Sphinx, qui devait assurer un poste à responsabilité à chacun, pour qu'elle puisse participer à l'élaboration de certains projets et démarches.

Les mois se succédaient ainsi dans l'attente d'avancement de la structure qui prenait de plus en plus de retard. L'argent et les versements de fonds nécessaires à la poursuite des travaux commençaient à étriquer les ressources des deux couples et les contraignaient aux sacrifices et à la mesure ; ce qui insufflait un vent d'embarras dans l'esprit de tous.

Un jour, sur le terrain, en apercevant le chef de projet et son équipe, Ottah et Ufa, qui n'avaient jamais réussi à tirer le moindre mot ou indice de la bouche des ouvriers ou de leurs responsables, se précipitèrent vers lui comme deux assoiffés qui trouvaient une source d'eau. Après un court échange d'amabilités, Ottah, sortant de sa poche le plan du complexe, demanda face à cette construction qui commençait à différer de celle du plan :
— Pourriez-vous nous indiquer, chef, où se situeraient les piscines ?
— Quelles piscines ?
Ottah lui tendit le plan en pointant le doigt sur l'emplacement prévu :
— Regardez ! Sur le plan, les piscines et les terrains de sport sont prévus de ce côté, à la place de cet édifice qui est en train d'être érigé, à moins que ce soient des piscines sur le toit, se força-t-il à lancer pour détendre l'atmosphère et les traits crispés de son beau-frère…

Mais l'ingénieur, sans prêter attention ni à leur inquiétude ni à leur humour, fit d'un air ennuyé :
— De quel complexe parlez-vous, monsieur ?
— De Sphinx ! Le complexe hôtelier, voyons !
— Mais quel hôtel ? rétorqua cette fois l'homme avec

une moue mi-sceptique, mi-amusé, avant d'ajouter :
— Ici se construit le nouveau ministère des Affaires étrangères et du Tourisme ; nous n'avons prévu aucune construction de piscine, ni d'hôtel, ni autre chose à cet endroit…
Il les fixa un instant avant de se diriger, avec un « Désolé » d'incompréhension, vers son équipe. Ottah et Ufa échangèrent alors le regard incrédule que l'on s'adresse à l'annonce du décès brutal d'un être cher qu'on venait de voir un instant plus tôt. Inimaginable. Le choc de ce coup de massue était aussi improbable qu'étourdissant. Dans leur panique les deux beaux-frères espéraient entendre aussitôt le rectificatif du chef, son aveu sur le malentendu, sur son erreur, accompagné de ses excuses ; ou du moins la déclaration de son ignorance. Mais il poursuivit son chemin en discutant avec les ingénieurs, ignorant totalement leur présence.
Dans un réflexe de survie, Ottah avança vers lui :
— Excusez-moi, monsieur, pourriez-vous répéter ? Notre avenir en dépend ! Nous avons mis toute notre fortune dans ce projet, comme d'ailleurs une dizaine d'autres investisseurs venus de différents pays ! Pour la construction d'un ensemble hôtelier à cet endroit ! Nous avons signé un contrat chez le notaire, avec le groupe Galsia…
— Connais pas, désolé…
Soudain, comme s'il se rendait compte de l'arnaque, l'homme s'arrêta net et les observa avec cet éclat dans le regard qui situe vite les choses :

— Vous avez été probablement bernés ! S'il s'agit de cet endroit, on vous a vendu du vent en bonne et due forme : ces terrains précieux appartiennent à l'État et personne ne peut en posséder, ne serait-ce qu'un mètre carré. Prenez vite, alors, un avocat pour élucider votre affaire…

I

Hadrien était l'homme béni, le grand vainqueur, tendrement étreint par le succès, devant qui toutes les portes s'ouvraient alors même qu'il n'avait pas besoin de les franchir. Son sourire charmant était celui d'un champion en haut du podium et son beau regard impérieux et sensible était celui du scientifique, du chirurgien abondamment référencé et sollicité qu'il était.

Hadrien était chef du service de chirurgie cancérologique gynécologique du grand Centre métropolitain de Paris, connu dans toute l'Europe. Il vainquait les tumeurs les plus malignes et secourait les femmes au désespoir de pouvoir donner la vie et apportait du réconfort aux couples affligés, abattus et fragiles. Grâce à sa maîtrise de la technologie de pointe, Hadrien pratiquait une chirurgie robotique de haut niveau qui lui permettait d'opérer à distance sans laisser de cicatrices. Le regard éteint de ses patientes s'illuminait dès leur première rencontre avec lui, les larmes laissaient place à la joie et des présents de reconnaissance affluaient de Paris, de province, de Berlin, de Bakou, de Londres ou d'autres villes du monde. Hadrien était l'enfant que j'aurais aimé avoir eu, même si je n'étais que de seize ans son aînée. Il aurait pu être le fiancé, l'amant que j'aurais chéri et embrassé, s'il n'avait pas été le fils de mon frère.

Dans la confusion, il était l'ami et le confident que rien ni personne ne pouvait remplacer ou m'enlever. L'affection débordante que je nourrissais à son égard prenait mille facettes : tantôt maternelle, sanguine, possessive ; tantôt fascinée, charmée, admirative ; et tantôt envieuse, douloureuse et nostalgique. François, mon frère, le père d'Hadrien, avait dix-huit ans à ma naissance. Il se révéla un frère protecteur, presque un deuxième père pour moi. Mes parents avaient focalisé toute leur attention et leurs attentes sur lui et ma naissance survenait comme un incident de parcours amoureux inattendu, sans avoir été désirée ni voulue par des parents frisant la cinquantaine, qui tombaient des nues, face à un bébé qu'ils aimaient certainement mais avec un peu de gêne et quelque doute. Gêne de cette conception tardive au vu et au su de tous, et doute quant à ma normalité, à ma capacité à évoluer aussi brillamment que ce frère doux et talentueux. J'étais de surcroît, paraît-il, une enfant chétive et obstinée qui ne manifestait son désarroi que par des larmes, du tapage et des cris d'orfraie. Mes parents, chacun issu d'une famille ancienne de lignée royale, étaient cousins éloignés. Mon père, fils de ministre, s'était plu à côtoyer les diplomates et fut longtemps ambassadeur de France en Jordanie et en Syrie. Je gardais de ces séjours à l'étranger, où je les suivais, des souvenirs de soleil, de joie et de générosité. Ça riait, ça parlait fort, l'appel à la prière était dans un chant religieux et la musique rythmée apportait de la couleur à nos humeurs. Tout était l'occasion de faire la fête, de préparer de délicieux gâteaux, sucreries et mets. Ça sentait le jasmin, le pin, le safran et la vanille. À chaque période de vacances, François nous rejoignait et ses séjours étaient synonymes de joyeux va-et-vient des amis, au milieu des promenades et des sorties tardives en ville.

Les retours à Paris étaient souvent marqués par la morosité. Ils sonnaient la fin de la fête, finis le soleil et la mer, la grande villa, la piscine et les nounous câlines et *plaisantines*. Ma mère, stricte, attachée à son rang et à ses traditions familiales, soucieuse de notre discipline, avait instauré le vouvoiement et n'admettait aucune familiarité ni aucun relâchement. Cela bridait la tendresse, la spontanéité et l'expression de nos émotions et de nos joies. Le seul geste d'attendrissement se résumait à un baiser matinal, assez formel, et un second le soir, au moment du coucher. Pourtant, derrière cette façade austère, se trouvaient deux êtres simples, curieux de tout et au rire spontané. Tous les premiers vendredis du mois nous allions au théâtre et je constatais qu'un rien les faisait de bon cœur rire, avant qu'ils ne reprennent à la sortie leur habituel masque rigide.

Heureusement j'avais François ! Il faisait ses études de médecine et, malgré le peu de loisir dont il disposait, il me lisait des contes et des histoires ou m'emmenait au cirque. Dès sa majorité, il s'était débarrassé de ces marques d'apparat chères à nos parents. Pour commencer, il avait supprimé la particule qui précédait notre nom et qu'il trouvait lourde à porter dans la vie de tous les jours. Le costume trois pièces avait été remplacé par des tenues plus modernes et décontractées. Puis, il s'était mis à fréquenter des gens de toutes classes sociales, quitte à heurter les principes de nos parents.

Adolescente, je le suivis comme un modèle. François était féru d'herboristerie. Il s'était découvert cette passion en Syrie où foisonnaient les herbes parfumées, utilisées dans des sauces, des plats divers, et même dégustées crues. Il s'intéressait aussi aux arbustes et aux différentes variétés de plantes dont il collectionnait les feuilles qu'il faisait sécher après en avoir étudié les propriétés. Sur le seuil de sa chambre, qui se composait d'une grande double pièce lumineuse, étaient toujours entreposés des colis de différentes espèces d'herbes et de plantes qui lui arrivaient de tous les pays et parfumaient l'air d'une senteur de serre et de bois, ravissant notre odorat à chacun de nos passages. Ma mère surveillait de près les découvertes de son fils, suivait scrupuleusement ses trouvailles et écoutait ses remarques. François nous faisait souvent déguster des infusions dont il connaissait les vertus, lors de séances auxquelles j'avais, parfois, le droit d'assister. À chaque nouveau test, nous découvrions un goût inconnu, l'apprécions et en redemandions.

Un jour, je fus intriguée par l'un de ces colis, plus

petit que les autres, dont l'emballage était retenu par des ficelles dorées, comme sur un paquet-cadeau. Après de nombreux va-et-vient autour de l'objet mystérieux et ne voyant personne à l'horizon, je cédai à la tentation et j'ouvris la boîte merveilleuse : elle contenait, tassées les unes contre les autres, des feuilles palmées, vert émeraude, chacune composée de sept doigts ciselés et semblable à une main bien ouverte. Elles sentaient bon et, en approchant l'une d'elles de mes narines, je ne pus m'empêcher de la mâchouiller sur un côté, puis sur un autre jusqu'à la manger tout entière... C'est alors que je me mis à planer et à voir tout en double, avant de chavirer je ne sais où...

Mon réveil commença par l'ouïe : j'entendais François expliquer calmement à mon père :
— Non, elle n'est pas toxique. C'est une plante riche en vitamines et en chlorophylle avec des vertus thérapeutiques, mais ce n'est pas pour son âge !

D'après ce que je compris par la suite, il s'agissait de feuilles de cannabis ! Et tandis que mes yeux s'ouvraient sur des regards obliques me fixant de près et sur le courroux de mes parents, promesse imminente de réprimandes, François lança, content de me voir revenir, alors qu'un exquis vertige me faisait doucement sourire :
— La voilà réveillée ! Dis, petite Hélène, t'as dû avoir l'expérience de ta vie ! Mais ne refais plus jamais ça ; cela aurait pu être très grave !...

— Cur-ieu-se ! martela ma mère avec un regard hostile…
— Tu n'as pas mal à la tête ? demanda François.
— Un peu ! marmonnai-je.
— Ça aurait pu t'être fa-taâl ! prononça, sur un ton philosophique, avec un demi-sourire quelque peu ironique et constatif, mon père, comme si mon sort dépendait de mes seules actions et volonté dans la vie…
— Où était Thérèse ? demanda l'air plus soucieux François, en se tournant vers ma mère.
— Elle préparait le dîner et j'étais au téléphone au sujet des rideaux… Hélène était censée faire ses devoirs dans sa chambre…
Je les regardais sans souffler mot et naviguais encore dans un flou délicieux, sous le regard attentif et amusé de François et celui, plutôt suspicieux, des autres.

François était beau : svelte, cheveux blonds foncés, les yeux bleus expressifs, de superbes dents blanches ; il s'habillait élégamment avec des vêtements assortis et des matières choisies, parlait couramment l'anglais, l'italien et un peu l'arabe ; il était doté d'un humour intelligent et, outre la médecine, sa culture était vaste et riche. Dès qu'il avait un moment libre, on le trouvait dans sa bibliothèque en train de lire ou d'écouter de la musique classique, avec un penchant pour Beethoven par Lipatti dont il avait toutes les œuvres en disques. Grâce à lui, je me familiarisais aussi avec la musique des génies, les repérais et les aimais comme la découverte d'un beau pays. François était l'être dont la fréquentation me semblait la plus plaisante et la plus enrichissante ; je constatais cependant, stupéfaite, qu'il restait célibataire, malgré ses vingt-cinq ans ; qu'il n'avait pas d'amoureuse ou, plutôt, qu'il n'était pas amoureux, même s'il était bien entouré par ses amis de la faculté : de jeunes médecins, préparant chacun sa spécialité, réunis souvent à la maison pour discuter ou parler des nouveautés, parmi lesquels deux filles, belles et fort instruites : Gabrielle et Anne-Marie.

Je préférais Gabrielle, la belle brune, vive et volontaire, qui avait toujours une attention pour moi et qui à chaque visite m'apportait un petit présent : une jolie barrette, un serre-tête de princesse, une figurine de dessin animé ou un bonbon fantaisie géant que je mettais une journée ou deux à déguster, malgré la molle prohibition de François.

Anne-Marie, future rhumatologue, blonde claire, d'une beauté plus estompée mais au corps parfait et élancé, calme et toujours souriante, était la préférée de ma mère qui ne cessait de l'évoquer devant mon frère, alors que François, tout en étant attentif et prévenant envers chacune, ne se sentait davantage proche ni de l'une ni de l'autre, et leurs relations restaient purement cordiales, baignées dans une sorte de joyeuse camaraderie. Je pense qu'il en était autrement pour les deux filles qu'on apercevait aussi parfois hors réunion mais jamais ensemble.

Toutes deux semblaient, au-delà de l'amitié, avoir des sentiments pour François. Elles le savaient et le vivaient sans heurt, sans réflexion, sans démonstration ni évocation. Chacune tentait un rapprochement par le biais de ma mère ou de moi, se montrant à notre égard plus chaleureuse et affectueuse que ce que l'on aurait pu attendre. Entre mes parents et François, il existait une sorte de réserve assimilée au respect, infranchissable, que le vouvoiement nourrissait et épaississait davantage. Ils communiquaient dans la dentelle, avec des sous-entendus et des à-peu-près. Quand un jour, en présence de mon père, ma mère évoqua les mérites d'Anne-Marie dont elle connaissait la famille, je rappelai aussitôt ceux de Gabrielle et demandai soudain :

— Et toi, François, es-tu amoureux de l'une des deux ?

— Non ! Nous sommes juste de bons amis de fac ! Tu sais Hélène, l'amour est un grand mot, un grand sentiment, on ne le rencontre pas tous les jours mais si par chance il croise ton chemin, tu n'as pas besoin de jours, de mois et d'années pour t'en apercevoir, c'est immédiat ! Indépendamment des qualités ou des défauts de l'un ou de l'autre…

Le verdict tombait, on ne pouvait plus clairement.

Par la même occasion, mes parents venaient d'avoir également la réponse à leurs interrogations. Mon père, en diplomate invétéré qui entendait ne jamais se mêler des affaires des autres, fût-ce celles de son fils, ou influencer qui que ce soit dans les grands choix ou décisions de sa vie, ayant pour devise qu'on ne se rappellerait son conseil que si les choses tournaient mal, déclara :

— Rien ne presse ! La vie est longue et pleine de surprises…

Mais ma mère, pas convaincue, dans une dernière tentative de repêchage d'Anne-Marie, rectifia :

— Oui, mais parfois dans la recherche de l'absolu qui n'existe pas, on laisse passer des opportunités qui ne reviendront plus, hélas…

Face à François qui les écoutait sereinement, sans répliquer, je criai presque à ma mère :

— Il a bien dit qu'il n'en était pas amoureux ! On ne peut pas le forcer, non ? L'amour ne s'invente pas !…

Intervention qui dessina un sourire d'amusement et d'agrément sur les lèvres de François avant qu'il ne se retire. Je me levai aussi en entendant ma mère vitupérer en ma direction :

— Apprends à ne t'exprimer, Hélène, que lorsqu'on te le demande ! Il n'y a rien de pis chez une enfant que de se mêler de ce qui ne la regarde pas !

— Si ! Le choix de la fille avec qui mon frère pourrait se marier me regarde ! me hasardai-je, tout en suivant François et en sachant que je n'allais pas récolter davantage de douceur avec mes initiatives déplaisantes.

Je retrouvai François sur le pas de sa porte, les traits défaits, murmurant à mon intention autant que pour lui-même :

— Comme s'il me déplaisait d'aimer !…

— N'écoute que toi et ton cœur !

Il sourit et se pencha pour déposer un baiser sur mes cheveux.

— Tu es une petite fille intelligente !

Au cours des mois suivants, comme réveillé et affecté par nos remarques, nos discussions, nos attentes et les supposés sentiments d'Anne-Marie et de Gabrielle à son égard, François limita ses réunions et nous aperçûmes de moins en moins les deux jeunes femmes, jusqu'à ne plus les croiser du tout.

2

Très vite Ottah et Ufa comprirent qu'ils venaient de perdre tous leurs biens comme une poignée de sable qu'un mauvais vent avait soulevés et éparpillés. Un avocat spécialisé leur certifia, à la lecture des contrats et après de minutieuses recherches, la réalité tangible et la désillusion qui en découlait. L'adresse du groupe à Düsseldorf était inexistante ; les courriers restaient sans réponse et les recommandés, n'ayant pas été réceptionnés, revenaient ; des deux dénommés qui avaient signé les contrats, il ne restait qu'une copie de carte d'identité et un nom qu'il fallait rechercher Dieu sait où avec le risque de tomber, à la fin, sur des gens méconnaissables ou des comptes vides ou clôturés. Le ciel de toutes les espérances s'était effondré sur la famille. Ce retournement ravageur de la situation, que les vieux de la famille essayaient de minimiser avec des adages tels que « tant qu'il y a la santé, rien n'est perdu », « l'argent c'est la crasse de la peau, ça part et ça revient », « ils le paieront, ces salauds, un jour ou l'autre… » qu'ils débitaient, parfois sans conviction, mais juste pour adoucir le moral infesté des deux bernés, au-delà de leur accablement, les exaspéraient, sans parvenir à atténuer leur affliction. La maquette illusoire avait été pulvérisée contre le mur le jour même de la désillusion. Chaque couple cherchait la cause de la faille, l'inattention et la naïveté d'abord chez lui, puis, peu à peu, chez l'autre. Des bouts de phrases acérées, des quolibets secs, des reproches déguisés, des regards sombres ou irrités, fixés au sol ou brillants à travers des battements fols de cils, affectaient l'un et l'autre, jusqu'à ce que la digue des dernières réserves cède pour verser le venin du fiasco à travers de franches accusations, suivies de méditations, de remords mués en impuissance et en sourd abattement prolongé par de longs silences. Ottah ne pouvait pas s'empêcher de s'en vouloir, puis de reprocher son enthousiasme à Ufa, porteur du projet, le seul qu'il trouvait à questionner ou à blâmer. Et lorsque Safia intervenait pour dédouaner son frère, le ton montait également entre les époux, puis entre les deux épouses, qui regrettaient, chacune dans son amertume, cette aventure subie par la ferveur ou le laisser-aller de l'un, de l'autre ou de tous *in fine*.

Quelques semaines plus tard, une lettre leur arrivait de la part du groupe incriminé leur annonçant leur perte et leur faillite officielle. Ils dénonçaient la responsabilité de l'État à qui ils auraient grassement payé le terrain et déploraient la banqueroute causée par ses manquements… Quelques documents illisibles portant de vagues cachets étaient attachés au courrier.

Ufa, plus jeune qu'Ottah, sentit la fin de l'histoire,

l'artifice qui consistait à les envoyer se battre contre l'État et dans les labyrinthes de l'administration égyptienne, avec à la clé de longues attentes dans les tribunaux et des frais colossaux d'avocats. Pour ne plus s'enfoncer davantage dans ce marasme, il essaya en vain de raisonner Ottah pour rentrer, mais, butant sur son intransigeance et son rejet, il retourna, accompagné de sa femme, à Alep. Ottah, qui avait misé toute sa fortune sur ce qui lui semblait le bon numéro, ne pouvait pas accepter d'avoir perdu alors que la roulette n'avait pas encore tourné. Il décida de rester et de se battre pour récupérer ce qui était récupérable. Sa femme n'avait pas dit un mot ; dans sa détresse, elle se laissait porter par les vagues *engloutissantes* du destin contre lequel elle ne pouvait rien et, résignée, elle suivait son mari. Elle s'était séparée par économie de la jeune servante qui l'accompagnait et se laissait envahir par les tâches domestiques, avec le seul souci de créer un environnement paisible pour sa fille. Hana, du haut de ses cinq ans, sentait la tension, les petits changements de sa jolie maman dont la peau douce devenait plus rêche et le regard, souvent embué, se dérobait face à son sourire. Ottah engagea une procédure contre l'État et se mit à chercher un travail dans l'attente du procès. Mais les postes d'architecte étaient rares, et, même en élargissant son champ de recherche, ses efforts s'avéraient vains et les journées s'écoulaient rapidement dans la prospection avant de basculer dans les ténèbres de la nuit et d'affreux cauchemars. Au bout de quelques mois, Safia, face à cette décrépitude et après s'être enquise de l'avis de l'avocat qui lui avoua, soucieux, que la poursuite serait aussi longue que dévastatrice, sortit de son impassibilité et implora son mari de rentrer. Ottah, éreinté, sans argument, se laissa convaincre.

*****

Le retour à Alep se fit sans fracas, sans la moindre évocation du passé ou de remue-ménage. Sphinx n'était plus qu'un songe dévastateur, enfoui au cœur du souvenir et au pied du tombeau ; le mot « Égypte » et tout ce qui pouvait s'y rattacher était désormais banni des expressions. Le couple loua un petit deux-pièces avec ce qui restait de ses économies. Ottah, après un combat judiciaire de plusieurs mois, le *périclitement* de sa relation avec Safia et le long étalement du désespoir sur sa peau et son moral, décida de prendre l'oubli comme rempart et de refaire surface. Avec un nouveau souffle, il se para de son courage et de sa constance pour vaincre la malédiction. Il voulait se relever et avancer à présent.

Mais la recherche d'un travail n'était pas plus aisée à Alep qu'au Caire. La ville, comme vieillie, n'était pas dans le renouvellement ou l'émotion. Si quelque parole compatissante ou réconfortante faisait chaud au cœur des deux infortunés, ils n'échappaient pas à certains ricanements ou rudesses verbales sur leur folie des grandeurs ou leur naïveté. Face aux soucis des autres, chacun se rassurait un peu en pensant aux siens. Ils apprirent qu'Ufa et sa femme vivaient désormais à la campagne pour s'occuper de chevaux de course dans une grande ferme, sans chercher à les voir.

C'est Rony, l'ancien patron d'Ottah, chaleureux, expansif, amateur d'art d'avant-garde, qui, saisi par les événements, vint à son secours, ce alors que depuis peu, lui-même architecte, accablé par les charges qui pesaient plus lourd que les recettes, il avait mis la clé sous la porte et s'apprêtait à rejoindre son frère, collectionneur de tableaux, au Caire. Face à la recherche piétinante de son ami qui perdurait et à son tourment, il lui fit comprendre qu'au-delà de la morosité générale, le vide de six ans dans son dossier de présentation, même en cas d'une opportunité, ne l'avantageait pas pour se faire engager face aux jeunes diplômés habitués aux outils nouveaux et aux conceptions nouvelles. Ayant récemment aménagé l'apparat d'un grand hôtel, et connaissant le propriétaire, il lui a exposé la situation. La seule place encore disponible demeurait celle de réceptionniste de nuit, et encore fallait-il parler l'anglais. Il a évoqué sans grand enthousiasme cette possibilité à son ami. Mais Ottah, qui cherchait une lueur pour sortir du long tunnel dans lequel il ne cessait de se cogner, lui avoua que dans l'attente de mieux, il prendrait bien cet emploi. Très vite, après une entrevue avec le directeur de l'établissement, il s'appliquait déjà dans ces tâches nocturnes qui le sauvaient des mauvais rêves de la nuit.

Safia, soulagée par cette solution temporaire, devait s'adapter à ce nouveau rythme et au décalage qui bouleversait son quotidien. Elle retrouvait son mari à l'heure où elle amenait la petite Hana à l'école et rentrait sur la pointe des pieds pour ne pas le réveiller.

L'ironie du sort voulait que celui qui s'apprêtait à devenir investisseur dans son propre complexe hôtelier, au cœur de l'Histoire, devienne réceptionniste d'un autre hôtel dans des conditions pénibles et pesantes. C'était un travail lassant, pas tant par la multitude des tâches à accomplir que par le fait de s'exposer et la constatation de ce qui remuait douloureusement ses dramatiques souvenirs.

Il arrivait à son poste dès vingt heures pour remplacer le jeune Zied, toujours tiré à quatre épingles, cheveux taillés court, légèrement gominés, parlant couramment espagnol et anglais, arborant un éternel sourire heureux, le disposant à une belle ascension. Zied avait toujours pour lui un mot amical ou une petite anecdote, et son « au revoir » était énergique et chaleureux, truffé de bons souhaits et d'attentions.

Dès son arrivée, dans le tourbillon des va-et-vient des clients, des organisations à suivre, des renseignements qu'il ne pouvait pas tout à fait donner, Ottah se sentait, même dans cet emploi ordinaire, comme une pièce rapportée, lui qui n'était à ce même poste que par la grâce de l'ami de Rony. Ce n'est que vers minuit qu'il se retrouvait, soufflait, méditait. Derrière son large comptoir en noyer laqué, dans le silence qui balayait peu à peu les brouhahas, les rires et les paroles, à la lumière feutrée du grand hall, il observait, plus sereinement, les derniers clients retardataires, se précipitant vers leurs chambres sans le voir ou le regarder. Ses pensées lui revenaient alors et, confus, il se morfondait à l'idée de devoir assommer encore un paquet d'heures, éveillé, avant de retrouver son foyer. L'atmosphère paisible favorisait la détente et l'envie de s'étendre et de s'oublier. Il se contentait de cumuler, assis derrière son pupitre, lors des moments calmes, quelques pépites de sommeil, jusqu'à voir s'estomper peu à peu la noirceur de la nuit dans l'éclat de l'aube, et s'éclipsait.

Une mélancolie figée l'accompagnait dans ce travail sans perspective qui l'avait déboussolé et déréglé. À peine, avait-il déjeuné et dormi quelques heures qu'il fallait reprendre le relais du soir suivant sans avoir le temps de voir suffisamment sa femme et sa fille. En outre, son salaire ne leur permettait pas de boucler le mois sans privations et soucis. Safia, bonne cuisinière, retrouvant sa foi et quelques lueurs d'espoir, livrait des gâteaux maison, bien appréciés, à ce même hôtel, pour passer le cap de ces fins de mois allongées.

*****

Hana avait douze ans lorsque naquit Jana. Petite fille aux beaux yeux amandes couleur ambre et au teint doré, ressemblant comme deux images différentes d'une même face à sa sœur lorsqu'elle avait son âge. Cette naissance, que les parents émerveillés percevaient comme un don du Ciel, balaya d'emblée les poussières crasseuses du passé et l'ombre des regrets.

Le bébé apportait vitalité et enthousiasme ; il leur donnait envie de tourner toutes les pages froissées, déchirées et oubliées. Après tout, le couple n'avait qu'une quarantaine d'années et l'avenir gardait tout son sens et peut-être même quelques bonnes nouveautés. Ottah, qui guettait depuis quelques mois une issue à sa situation, venait de rejoindre un groupe d'architectes et retrouvait, avec du recul, ses marques et son état d'esprit des jours heureux. C'est Rony qui le prévint qu'un cabinet d'architecte était sur le point d'être créé par l'un de ses amis. Cette nouvelle sonna comme l'annonce d'une libération, la possibilité de remonter la pente. Dès lors, fort de ce soutien, il enchaînait son travail de nuit et les cours de jour pour acquérir la maîtrise des nouvelles techniques et tirait de cet empressement la promesse des jours meilleurs et la force de tenir. Six mois plus tard, après une parenthèse de dix ans où la vie n'avait montré qu'un visage défiguré, il retombait sur ses pieds, redessinait et travaillait dans un cadre amical et serein. Ils étaient six et chacun était responsable d'un domaine allant de la décoration intérieure à la réalisation des plans d'ingénieur et d'architecte à l'extérieur. Ottah, suivant son expérience antérieure, était la plupart du temps sur le chantier, effectuait la coordination des travaux entre différentes équipes et ouvriers. C'était plus laborieux que de travailler au bureau mais il se sentait en harmonie avec lui-même et avait retrouvé son sens de l'humour, son éloquence d'antan ainsi qu'une certaine légèreté. Il avait trop souffert pour ne pas apprécier à sa juste valeur chaque seconde de cette félicité. Ses plans, ses interventions étaient remarquées, son avis suivi. Le salaire inexistant du début, le temps que la société émerge de ses frais, jusqu'à générer des intérêts, devenait plutôt coquet. La vie s'annonçait plus douce ; elle offrait plus de choix et de possibilités. Avec Safia, ils avaient emménagé dans un appartement plus grand, s'étaient fait de nouveaux amis, recevaient, sortaient en savourant chaque moment de ce beau répit. Une réconciliation eut lieu avec Ufa et Talia à l'initiative d'Ottah qui, lors du premier anniversaire de Jana, les a invités simplement à cette réunion pour connaître leur deuxième enfant. Un soir, il avait soudain décroché son téléphone, comme si ça ne pouvait plus attendre, comme si ces années de silence n'avaient jamais existé. Safia, surprise et émue observait. L'accueil d'Ufa, qui portait un mal enfoui depuis le retour d'Égypte, fut à la hauteur de l'attente du couple. Les vibrations d'émotion dans les voix de l'un comme de l'autre avaient dû se communiquer à travers un simple échange court et informel.

Cette paix nouvelle remplissait un vide douloureux et inavoué dans le cœur de chacun et effaçait le chagrin résigné de Safia qui souffrait silencieusement de la séparation d'avec son unique frère. Ufa avait changé aussi. Il avait perdu tout esprit aventureux. Quelques cheveux blancs, des marques du temps intransigeant, les paroles réfléchies ou parfois pesantes, l'écoute attentive, l'attention du détail le rendaient plus attachant. Le sourire mettait plus longtemps à se dessiner, mais le regard ombragé de gêne du début avait vite perdu son amertume pour devenir attentif et affectueux. Hana s'était attachée à lui comme si le vide de sept ans n'avait jamais existé. « C'est le sang ! » fit Safia, émue, se réjouissant de ce rapprochement. Talia, qui sortait d'une longue solitude à la campagne, fit rapidement fondre la glace qui avait gelé les liens et arrêté la pensée sur le dernier souvenir de la débâcle. Aucune allusion à l'Égypte. Les deux couples étaient devenus à nouveau inséparables, comme pour rattraper chaque jour de ces sept longues années de séparation. Quelques semaines plus tard, Ufa annonça le prochain retour à Alep, comme si son départ avait été une sorte de fuite, de brouille avec ses liens et la ville. Comme si sa réconciliation avec sa sœur et son cousin lui octroyait un passeport de retour digne. Le couple d'un commun accord, avait décidé de ne pas avoir d'enfant. Talia se fit engager comme professeur d'histoire dans un lycée et Ufa, qui s'était initié au mécanisme de montre, ouvrit avec l'aide de ses beaux-parents, un petit magasin d'horlogerie et de réparation de montres et de pendules. Longtemps après, alors que chacun était ajusté dans sa vie nouvelle, que les deux femmes avaient retrouvé leur complicité, que le rire des deux cousins retentissait en même temps, comme avant, que la parole s'était débridée, ils purent enfin mettre des mots dépourvus de colère, sur leur ruine, et parler, encore ébahis, de leur malheureuse aventure et de l'escroquerie. « Plus j'y pense, plus je ne les voyais pas venir… » soupirait Ufa, les yeux incrédules ; « Travail de maître : le terrain existant, correspondant à la maquette qu'ils nous avaient distribuée comme des joujoux, le chantier en cours de construction avec ses ouvriers et des grues, les pyramides en face comme une promesse tenue… » ajoutait Ottah avant d'être doublé par Safia qui s'extasiait : « Mais vraiment, nous n'avons rien à nous reprocher, nous avons tout fait dans les règles de l'art, nous sommes allés vivre sur place, nous avons vérifié les papiers qu'ils nous ont montrés, vous vous êtes rendus régulièrement sur le chantier… Que pouvions-nous faire de plus ? » « J'aimerais tant les retrouver, les faire payer, les voir croupir en taule, ces ordures ! », s'indignait Talia. « Ils ont dû flairer la bonne affaire, avoir eu vent de la construction du ministère sur ce terrain-là, et après, jackpot… » « Bien exécuté quand même » soupira Ufa. « Je parie qu'ils avaient des complices au ministère, c'est impossible d'avoir une telle organisation, jusqu'à tromper le notaire… » ajoutait-il. « Peut-être qu'il était de mèche avec eux aussi ! » « Avec tout ce qu'ils ont pu récolter comme argent, pas compliqué de faire quelques bakchich à gauche et à droite... » concluait dépitée Talia.

*****

Hana et Jana grandissaient dans un environnement joyeux, entourés de parents aimants et soucieux de leur épanouissement et de leur éducation.

Hana aimait la peinture, et ses tableaux d'enfant suscitaient attention et admiration. Nina, une peintre, également professeure, que son père avait contactée suivant le conseil de Rony, l'avait prise en cours. Safia l'emmenait une fois par semaine à ce rendez-vous attendu et précieux, en se réjouissant de l'intérêt de sa fille pour ses cours et de son attachement pour sa professeure, une artiste dévouée et affectueuse. Plus tard, jeune adolescente, elle se déplaçait seule, à l'autre bout d'Alep, pour la voir et suivre ses conseils. De nombreuses toiles furent ébauchées avant de trouver, au fil des séances, formes, couleurs et l'éclat de la dernière touche, sous les yeux constamment attentifs de la peintre et ceux, admiratifs, de l'entourage. Safia s'empressait, à chaque nouvelle toile, de la photographier avant de la faire encadrer. Les murs du salon accueillaient chaque tableau pour les exposer aux visiteurs élogieux. Hana excellait dans les portraits des corps enlacés ou des visages presque estompés dans un flou de couleurs pastel parfois indistinctes, desquels

émergeaient des yeux et un beau regard, toujours lumineux aux différentes expressions.
« C'est la reine des yeux, comme elle les dessine vrais ! » lui disait-on. Un des portraits dépeignait la petite Jana avec ses beaux yeux couleur ambre dans une moue boudeuse, lançant un regard inquisiteur, comme elle avait l'habitude de faire pour tirer une vérité ou obtenir une faveur ou un baiser. Elle était fière de ce portrait et essayait d'imiter la pose qu'Hana avait si bien réussie à peindre. Jana trouvait, pour sa part, l'attrait à la lecture, et une partie de sa jeune vie côtoyait les fées, les sorcières, les princes et les pays des merveilles. Elle devenait tour à tour, déguisement à l'appui, la fée à la baguette incrustée de diamants, capable de tout, y compris de chasser la vieille sorcière au long menton ou de la transformer en vilain crapaud ; puis c'était la reine autoritaire qui condamnait ses sujets désobéissants à la geôle et au lointain exode ; à la fin venait la princesse solitaire, vêtue de satin bleu clair, guettant l'arrivée de son prince et son cortège. La famille s'amusait de ces animations qui égayaient l'ambiance et faisaient retentir des rires et des exclamations enthousiastes. Plus tard, adolescente, elle écrivit ses propres contes et poèmes. Safia, sa première lectrice, à travers ses personnages et le cheminement heureux de leur dessein, saisissait avec sourire, chez sa fille cadette, la quête d'amour et un fort désir de maternité et de fonder sa propre famille. Elle la motivait à lire et écrire dans une méditation et contemplation plus fouillées.

Elle, qui avait vu sa jeunesse s'envoler sans être allée dans ses études plus loin que le baccalauréat, rêvait de voir ses filles percer et tracer chacune son chemin dans les deux domaines qu'elle chérissait, la peinture pour Hana et l'écriture pour Jana. Les filles, toutes deux élancées et d'égale beauté, avaient chacune leurs penchants et leur caractère. Hana, réservée, rêveuse, s'avérait indépendante et ambitieuse ; Jana, expansive et fonceuse, demeurait dans la quête d'attention et d'affection. Aucune graine d'envie ne fissurait leur relation ; elles s'aimaient, se soutenaient et discutaient sur ce qui les passionnait ou éloignait.

II

Comme pressées par une course haletante les années couraient les unes après les autres. François était devenu un allergologue réputé pour ses diagnostics exacts et ses remèdes efficaces, combinant le naturel et le médical. Il était sollicité par le Tout-Paris et, n'ayant pas besoin d'exercer pour vivre, soignait parfois sans contrepartie. Mes parents lui avaient acheté un appartement boulevard Raspail, à quelques pas de chez nous, où il avait son cabinet de consultation. L'un de mes plaisirs s'annonçait, chaque semaine, le mercredi, lors de mon déjeuner en tête à tête, avec lui. Nous refaisions alors le monde sans gants ni dentelle. François demeurait toujours, hélas, face à ses espérances et ses attentes qui n'avaient pas trouvé élan ni contentement, seul avec parfois l'air abattu et des sourires étiolés et courts. Après quelques signes et paroles d'agacement de sa part sur des réflexions à ce sujet, mes parents semblaient avoir accepté cette situation comme un fait et n'en parlaient plus ni à la maison, ni en sa présence, ni même à demi-mot. C'est de moi qu'ils espéraient recueillir quelque nouvelle.

Je venais d'avoir quinze ans et commençais à compter plus pour ceux qui vivaient autour de moi. J'évoluais aussi physiquement, on me trouvait charmante, même si je n'avais pas les grands yeux bleus de François ni la silhouette élancée de maman. Cependant, plus je m'épanouissais, plus elle et mon père rapetissaient comme la courte tige verte et fraîche qui émerge du bulbe ferme et rond d'un oignon, en le fripant et en le ramollissant un peu plus, à mesure qu'elle s'en nourrit et qu'elle pousse. Ainsi, mes parents accusaient le passage des ans. Ma mère, selon la tradition des femmes de sa famille, ne cherchait pas à cacher ou teindre ses cheveux blancs, même si elle s'en occupait et qu'une coiffeuse venait tous les deux trois mois les couper et leur donner un éclat argenté, ce qui, avec le collier de perles et de diamants dont elle ne se séparait jamais, lui donnait une belle allure princière. Mon père, qui n'occupait plus de fonction officielle, fidèle à son allure avec son gilet costume orné d'un joli nœud papillon, assouvissait amplement, par différents choix de motifs, couleurs ou tailles, tout désir de fantaisie et de frasque. À l'occasion de certaines réceptions d'État ou diplomatiques, en rapport avec les pays où il avait été ambassadeur, ils étaient, lui et ma mère, de temps en temps conviés à des dîners mondains.

Un jour, nous reçûmes une enveloppe épaisse, plutôt grande, provenant de l'ambassade d'Égypte ; elle contenait deux beaux cartons d'invitation d'un précieux papier toilé ivoire. Il s'agissait d'une invitation à un récital privé de piano donné par un jeune pianiste cairote, suivi d'un dîner dans les salons privés de l'ambassade. Sur le premier carton figurait le nomde mes parents, suivi du mien, tracés dans une belle écriture à l'encre bleue. Le deuxième carton s'adressait au docteur François Préval…

Mon père connaissait le nouvel ambassadeur. Ce dernier, à son arrivée à Paris, l'avait contacté de la part de l'un de ses confrères et amis de l'époque, en Jordanie.

Aussitôt, papa l'avait reçu autour d'un thé et ils avaient discuté des deux pays, de sa nomination, de divers sujets et des souvenirs de séjours de mon père à l'étranger. Cependant, ce jour-là, mes parents étaient agréablement surpris que l'ambassadeur ait pensé également à nous inviter, François et moi. Nous décidâmes donc d'y aller, et ce d'autant que le programme du récital comprenait, entre autres pièces musicales, les deux dernières sonates de Beethoven que François adorait.

Cette sortie fut l'occasion de renouveler un peu ma garde-robe et suscita l'enthousiasme de ma mère qui, depuis quelques mois, me voyant sortie du format enfant, me vouait une attention et une amabilité toutes nouvelles que j'avais tant espérées et dont j'avais tant manqué.

C'est François qui passa nous prendre. Il était tout beau dans son ensemble gris bleu. Ma mère rayonnait dans sa robe blanche signée d'un grand couturier, qui s'évasait en plis nombreux et élégants à partir de sa taille ; à son cou brillaient deux rangées de perles et de diamants, assorties à ses boucles d'oreilles, dessinées en fleur à cinq pétales, couverts de morceaux de diamants, avec une perle ovale au milieu. Mon père avait choisi un costume gris anthracite en accord avec son nœud en soie piqué de fins pois en relief, tout comme son gilet. Quant à moi, depuis peu, une bataille contre un poids importun dont je ne parvenais guère à me *détreindre*, malgré les bons conseils de François ou de ma mère, avait été engagée. Ayant une douce inclinaison pour les friandises et les gâteaux, indispensables à ma bonne humeur, le combat semblait rude et long. Ce qui compliquait la séance d'essayage des tenues qui ne convenaient plus et qui, avant chaque sortie, se tassaient en boule, me laissant gênée et grincheuse. J'étais donc vêtue, ce soir-là, d'une robe vert pâle qui me comprimait le ventre et la taille.

*****

Les appartements privés de l'ambassade se trouvaient derrière un grand hôtel particulier, avenue d'Iéna, et s'ouvraient sur une cour fleurie, ornée de statues et de deux parterres de buis, fraîchement taillés en boule et en pyramide. Le tout s'ouvrait sur l'imposante tour Eiffel, habillée de son éclairage doux, et les jardins du Trocadéro, formant un magnifique tableau circulaire.
L'intérieur donnait sur de vastes salons au sol de marbre couvert de tapis fins. Beaucoup de dorures,

de meubles délicats, de marqueteries. On y voyait des brassées de grandes roses blanches répandant un doux effluve caressant, des tableaux de maître éclairés à peine par quelque lueur feutrée. Des hommes et des femmes emplis d'allégresse dans des tenues aussi discrètes que sophistiquées discutaient un verre à la main. Nous n'étions pas nombreux, tout au plus une cinquantaine. Quand il nous vit, l'ambassadeur, beaucoup plus jeune que mon père, s'empressa chaleureusement de venir à notre rencontre. Son épouse, charmante et gracieuse, le rejoignit aussitôt pour nous accueillir, et tous deux nous présentèrent à quelques invités.

Soudain, du milieu des êtres que l'on ne regardait que comme dans une scène de film ou sur un beau tableau avec des sujets et des silhouettes colorés, à la fois différents et semblables, dans l'attente de voir d'autres séquences, émergea, face à nous, une jeune fille radieuse, à la peau dorée et aux grands yeux vert-miel. Ses longs cheveux châtains à l'éclat d'or entouraient un beau visage aux traits fins. Une longue robe en mousseline beige, serrée à sa taille de guêpe, et brodée de pierres et de strass sur un buste épanoui, mettait sa silhouette parfaite en valeur.

L'épouse de l'ambassadeur nous la présenta :

— Voici Nora, notre fille…

Nous lui serrâmes la main. Elle eut un charmant sourire et un regard plus appuyé pour moi, peut-être parce que j'étais la plus jeune de l'assemblée ou qu'elle avait la certitude que je ne pouvais pas lui faire de l'ombre. Le regard de ma mère fit un aller-retour discret et rapide dans la direction de mon père et s'arrêta un instant sur le visage de François. Nora, qui était restée à mes côtés, me dit d'une voix douce : « J'aime ton prénom qui me rappelle Hélène de Shakespeare dans la pièce *Tout est bien qui finit bien*... » « Je ne la connais pas ! », répliquai-je aussitôt avant de l'entendre, confuse, souffler un « Ah ! ». François, qui nous écoutait, avança d'un pas pour nous rejoindre et dit comme pour approuver Nora : Hélène, la magicienne, réputée pour sa grande beauté ! C'est une belle tragi-comédie... Quand elle sera jouée on ira la voir.

Ils échangèrent ensuite quelques mots sur le pianiste qui allait jouer. Le visage de mon frère s'était animé d'une vivacité soudaine et d'un intérêt certain. En un rien de temps, avec quelques questions pertinentes qu'il lui posa d'une voix posée, avec naturel et une curiosité supposée légitime, auxquelles la jeune fille se prêtait, avec grâce et application, nous apprîmes qu'elle était fille unique, se plaisait à Paris, avait étudié au Caire l'archéologie et jouait du piano avec un fort engouement pour Chopin. D'après mon estimation, elle devait avoir vingt-cinq, vingt-six ans. Le concert allait commencer. Nous fûmes priés de prendre place dans le grand salon. Nora resta avec nous, sûrement pour accomplir son rôle de maîtresse des lieux et, au-delà, par attrait pour François, me dis-je.

Leurs regards, lorsqu'ils parlaient, s'attardaient, se fixaient, étaient profonds, quelque peu troublés et ne voyaient rien d'autre. Ils semblaient seuls dans la pièce. Un sentiment oppressant m'envahit, comme si j'allais perdre mon frère. À mesure qu'ils se rapprochaient, je me sentais tenue à l'écart, éloignée, oubliée. Emboîtant le pas à Nora, nous nous dirigeâmes vers la salle où se trouvait le piano. Quelques rangées de chaises délicates en velours rouge étaient disposées autour d'un piano laqué noir qui miroitait sur le marbre comme un joyau. Nous nous installâmes du côté gauche suivant le conseil de notre hôtesse pour mieux voir les mains du pianiste.
Au milieu de la salle, je scrutai le visage de mes parents qui m'adressèrent un sourire éloquent. Ils semblaient se réjouir du lien qui se tissait entre leur fils et une jeune fille de bonne famille qui visiblement recueillait leur aval et leur sympathie. La même félicité se lisait sur les traits détendus de la mère de Nora qui avait pris place à côté de ma mère. J'étais perplexe : d'un côté, j'étais heureuse que François éprouve et manifeste un intérêt si perceptible de par son attitude, son regard, sa voix, ses échanges teintés de curiosité pour une fille parfaite qui était en train de s'emparer de son cœur, si aisément et en si peu de temps, et, d'un autre, au-delà de la crainte de perdre l'affection entière de mon frère, je ressentais une amertume incommensurable de ne pas être cette fille ou plutôt je redoutais de ne pouvoir jamais être cette fille pour un François.

La perte prochaine de notre complicité, de nos échanges, de notre entente, du déjeuner en tête-à-tête du mercredi, m'effraya. À part lui, l'attention, la tendresse, l'intérêt d'aucune personne n'avaient jamais effleuré, touché ou caressé mon moi intérieur ou mon amour-propre. Je me sentais soudain seule. Eux, malgré une phrase à mon intention ou un coup d'œil par-ci par-là, dans ma direction, ne me voyaient plus. De temps en temps, j'échangeais un regard avec ma mère, mais nous ne communiquions pas avec les mêmes codes ni les mêmes attentes ; son regard convergeait aussitôt vers François et revenait, sans arrêt sur moi, sur l'instant présent.

Je ne voulais pas cependant voir germer en moi la graine d'envie ou un quelconque sentiment de jalousie. Je tentai alors, dans un pénible dialogue intérieur, d'expulser de moi tout sentiment nocif et rongeur. Cette lutte m'empêchait de jouir de la soirée, de la musique et de ce moment poétique. Depuis un bon quart d'heure déjà, le pianiste, fier comme un paon, avait salué vaillamment les convives et était en train de caresser les touches noires et blanches de l'instrument dans un nocturne émouvant de Chopin qui avivait encore un peu plus la solitude de mon âme, jusqu'à me faire retenir quelques larmes. C'était du reste le seul moment où les deux épris écoutaient à fond et ne chuchotaient plus guère. Finalement, c'est Beethoven qui vint à mon secours. La splendeur de sa sonate opus 110 que je connaissais dans ses moindres nuances, grâce à François, et que le pianiste interprétait avec fougue et vélocité, puis l'apothéose atteinte dans l'opus 111 avec sa puissance expressive et son divin swing, me bouleversèrent et chassèrent de mon esprit mes sentiments vains et tristes. Un dîner exquis fut servi dans le salon jumeau autour de six ou sept grandes tables rondes.

Les places étaient nominatives et les hôtes avaient subtilement placé Nora à côté de moi et non directement à côté de François, qui ne devait pas être le seul célibataire de la soirée. Mes parents, ceux de Nora, l'ambassadeur de Jordanie, accompagné de sa belle épouse, étaient à notre table. J'étais également près de Noha, le cousin de Nora, un jeune homme dépourvu de charme et corpulent, qui ne devait avoir qu'une ou deux années de plus que moi. Il ne semblait pas me voir ou m'entendre : même s'il ne me plaisait pas, toutes mes initiatives pour établir un dialogue échouaient sur ses réponses monosyllabiques et l'immobilité de son visage impassible et fade, à l'opposé de celui du pianiste, avenant et expressif, assis à côté de François qui semblait en être ravi.

Aussitôt, une discussion passionnante s'engagea entre eux autour de la musique, la carrière du pianiste et les œuvres qu'il avait interprétées.
— Quelles merveilles, ces dernières sonates ! Quelle intensité, Bravo ! Vous les avez admirablement interprétées sans emphase ni fioriture… disait François, admiratif.

— Merci ! En effet, chacune d'elles est comme un long voyage en plein océan, qu'il faut essayer de traverser sans se laisser chavirer par le trop-plein d'émotions et de sentiments…
— Avec ce second mouvement dans l'opus 111, ce swing, ce rythme endiablé, pourquoi ne dit-on pas que c'est Beethoven qui a inventé le jazz ? … remarqua, tout inspirée, Nora avant de recueillir l'acquiescement enthousiaste du pianiste qui lui lança :
— Absolument, il y a une forme de jazz dans cette partie, il était déjà en avance sur son époque… François, approbateur, ajouta :
— Un jazz architectural, alors !
J'avais juste voulu dire que j'avais beaucoup aimé le tout mais, ne sachant comment l'exprimer, je me tus. Nora, enthousiasmée, prenait fréquemment part à la discussion. Le vin auquel je n'avais pas droit, avait dilué la réserve du début. Elle échangeait avec François des paroles et des sourires francs en riant en même temps des traits d'humour du pianiste, un taquin éveillé et à l'aise, conscient de son art et de son succès.
Je savourais le délicieux agneau aux amandes et abricots caramélisés avec les affres de le voir épaissir un peu plus mes hanches et ma taille, mais sans renoncer plus tard à goûter, malgré l'œil avertisseur de ma mère, aux pâtisseries, aux palettes des gâteaux secs, à la crème ou à la chantilly et aux brochettes de fruits : ce qui, à la fin, adoucit un peu mon état d'esprit. Je m'aperçus que c'était le seul

point d'intérêt que je partageais avec le cousin de Nora qui était lui aussi en bel appétit.
Nous nous séparâmes de l'ambassadeur, de sa femme et de Nora comme des amis de longue date, avec la promesse de se revoir très vite.

François, en nous raccompagnant, s'invita pour un dernier verre, à notre grande joie de voir la soirée se prolonger. Sans aller par quatre chemins, il fit l'éloge de l'ambassadeur et de sa femme et lança : « Vous vouliez depuis toujours me voir accompagné ? Ce sera peut-être chose faite avec la fille que je viens de rencontrer ! » Le ton était donné sans ambiguïté. Ma mère prononça : « Je suis ravie de l'apprendre ! »

« Elle est, en effet, charmante ! » « Et intelligente, ce qui ne gâche rien ! » ajouta mon père dans l'approbation générale. « Et toi, qu'en penses-tu, ma chère Hélène ? » me demanda François en me fixant d'un regard attentif.
« Fantastique ! Elle est parfaite, elle possède toutes les qualités ; je pense qu'elle pourra être une merveilleuse épouse et que je pourrai l'aimer comme belle-sœur ! » « On n'en est pas encore là ! » dit souriant et heureux François qui se leva pour me prendre dans ses bras, comme si mon avis était le vrai aval qui comptait et qu'il attendait.

Il nous quitta joyeusement. Un nouveau volet, éclairant sa vie, venait de s'ouvrir, celui tant attendu, espéré ou redouté. Il pouvait enterrer ce célibat si polémique qui lui avait beaucoup pesé, l'avait tant gêné et interpellé. À trente-trois ans, il était temps. J'étais contente d'avoir pu extirper de mes tripes, malgré mes réticences et mes pensées envahissantes, mon véritable avis, banni d'envie, car j'approuvais au fond ce choix et aimais mon frère au-delà des calculs et des sentiments inavouables.

Deux semaines plus tard, les Gouda venaient chez nous comme si on se connaissait depuis toujours. Les deux familles s'appréciaient, s'estimaient, et la relation était cordiale et chaleureuse. Très vite, François et Nora, dont l'attrait et le sentiment de l'un pour l'autre ne semblaient échapper à personne, éprouvèrent, au-delà des réunions de famille, le désir de se voir à deux, chez nous, chez François ou chez Nora. Pour un peu, je me serais sentie capable de basculer dans un rude esprit de rivalité, du haut de mes quinze ans, et de manœuvrer contre Nora. Pour un peu : un seul regard dédaigneux, un sourire affecté, un manque de sincérité, une fierté trop manifestée, un attachement trop affiché, un soupçon d'indifférence ou d'insensibilité, j'aurais pu espérer l'éclatement de leur relation afin de voir mon frère libre et désengagé ; enfin, pour un peu, j'aurais pu souhaiter ne pas avoir à voir Nora dans l'étalage de sa bonne humeur, l'expression de ses dons et la perfection de sa beauté, qui me lançaient des défis, et des motifs de comparaison…

Mais Nora était un être noble et banni de toute

mesquinerie. Humble, elle ne connaissait pas la prétention et était à dix mille lieues de l'autosatisfaction. C'était naturellement une fille positive et généreuse qui savait aplanir les sentiments les plus emmêlés et confus avec l'art de mettre l'autre, par son naturel, à l'aise et dans une bonne disposition d'esprit.

Très vite je sentis que nous n'étions pas en conflit, car elle était dans mon camp et nous ne menions aucun combat. Toutes mes suspicions d'un tort ou d'un mal caché, ou encore les suppositions d'un esprit frondeur sur un terrain qui s'y prêtait tombaient les unes après les autres. Tant de clarté faisait doucement monter en moi un moi pur et innocent, enclin à l'amitié et au dévouement.

Ainsi, l'arrivée de Nora ne toucha pas à mon déjeuner du mercredi. Nous continuions, François et moi, à refaire le monde, à ma grande joie, comme habituellement. Le mot Nora surgissait quelquefois dans la conversation mais l'essentiel de nos débats tournait autour de notre quotidien, de nos parents, des événements des jours précédents et s'arrêtait sur des questions me concernant. Parfois, lors de leur sortie à deux, c'est Nora qui prenait l'initiative de m'appeler et de me demander *sœuraternellement* de me joindre à eux.

Un horizon lumineux s'ouvrit par cette union également pour moi. Nora m'aimait et m'appréciait. Son regard tantôt enthousiaste, tantôt inquiet, tantôt couvert, tantôt rieur, suivant mon humeur ou mes états d'âme du moment, l'attestait ; elle s'égayait de tout son visage à l'idée de pouvoir susciter en moi une joie, et mon air triste ou bougonnant faisait soudain fondre son sourire et tomber son élan.

Presque chaque jour elle m'appelait, parfois pour ne rien dire ou juste pour échanger ; souvent, à l'approche de la fin de semaine pendant que François consultait, elle me proposait une promenade, une visite d'exposition, un déjeuner lorsque je n'étais pas en classe ou simplement de faire quelque emplette ou de prendre un thé avec moi et discuter, si je le pouvais.
À ma première visite chez elle, dans la belle demeure de l'ambassade, alors que je croyais me risquer à la rencontre d'une gravure de mode, grisée par l'ivresse de son être, et l'allégresse de sa beauté, assise sur son petit nuage, loin des affres existentielles, des soucis du quotidien ou de l'angoisse du lendemain, je me trouvai face à un être frêle et sensible avec un vécu des plus difficiles, ayant juste su mettre des pansements sur des fêlures et des peines invisibles. Elle m'avait reçue sans formalité, dans un banal pantalon tee-shirt, et m'avait parlé de tout, à cœur ouvert. Elle me montra sa chambre, ses photos, ses objets fétiches et, très vite, elle fit sauter le cadenas qui comprimait ses secrets pour tous me les exposer. Et tandis que je la supposais fille unique, ayant bénéficié dès sa naissance d'un amour entier de la part de parents jeunes et attachés, elle m'avoua avoir été assombrie et éprouvée, pendant

de longues années, à cause d'une folie amoureuse de son père qui affligea longtemps sa mère ; ce qui avait failli tout casser et la faire basculer à jamais dans la détresse. Tandis que je contemplais ses grands yeux lumineux, entourés de ces cils si longs, ne portant pas un soupçon de fard ou d'artifice ; tandis que j'évaluais sa peau lisse et hâlée, sa silhouette longiligne, comme ciselée et taillée, en me demandant ce qui pouvait encore lui rester à espérer, elle confessa avoir été chagrinée par la solitude ou des rencontres infortunées, à l'opposé de ses aspirations ; avoir été trahie par sa meilleure amie, la seule et unique fois où elle avait été vraiment éprise ; avoir été atteinte par les pensées sombres et la perspective d'un avenir incertain et hypothétique dans un Caire poussiéreux et traditionnel où la femme devait courir et peiner pour conserver ses droits et ses acquis. Elle m'avoua, enfin, que François était à l'image de l'âme sœur, de celui qu'elle rêvait de rencontrer ; qu'elle n'avait jamais éprouvé ces sentiments pour aucun autre homme ; et qu'elle l'avait su, ce jour au concert, dès notre arrivée, à la veille de ses vingt-neuf ans… Nora croyait aussi au destin, sinistre ou merveilleux ; selon elle, tout était dessiné et gravé, comme dans le marbre, avec ses plus infimes détails, dès le premier jour jusqu'à la fin, par cette force supérieure et mystérieuse qu'on nomme Dieu ; que nous ne faisons que suivre le chemin qui se tend sous nos pas, où que l'on se trouve, qu'on le veuille ou non. Les convictions de Nora illuminaient en moi la possibilité d'heureux bouleversements et de voir surgir la vie

pour moi sous un autre angle. L'hypothèse d'un destin pour chacun me rassurait et me dispensait de me plaindre, de me fustiger ou de geindre, dans l'attente de voir émerger sur ma route, plutôt, le meilleur, sans avoir eu à me battre. Ce fut, en effet, ce qui était arrivé à Nora et à François. Ses aveux m'apprenaient à ne pas céder aux suppositions pour tirer des conclusions, fondées uniquement sur le seul visible ou plausible. Incrédule, moi qui n'avais jamais eu de vraies amies, j'étais émerveillée à l'idée d'avoir trouvé en la personne de Nora une amie, future belle-sœur, confidente et, finalement, une sœur.
François de loin, sans intervenir ni donner d'avis, était ravi de notre rapprochement et du lien qui se tissait entre Nora et moi. Il savait qu'aucune de nous n'était l'adepte du faux-semblant et que cette entente était destinée à perdurer dans le temps. Très vite, elle et mon frère se sont révélés indispensables au bonheur l'un de l'autre. L'amour naissant entre eux devenait flagrant et leur désir de le vivre ensemble semblait évident. Lors d'un dîner chez les parents de Nora, ils exprimèrent ce désir. Les parents de part et d'autre étant heureux et consentants leur confièrent la liberté de prendre toutes les décisions qui convenaient, et le choix de la forme qu'ils souhaitaient donner à leur alliance. François et Nora voulaient avoir des enfants, et ce, dans les règles de l'art. Ils optèrent alors pour un mariage sans fracas.

*****

Deux mois plus tard eut lieu la cérémonie de mariage de François à la mairie du 6e en matinée, puis en soirée chez les Gouda, à l'ambassade, en présence des familles et des amis.
Dans ce cadre floral et somptueux, c'était si émouvant pour moi de les voir en habits de noce : Nora, en fine dentelle blanche à traîne, un chignon bas romantique avec des tresses, mettant en valeur les pendentifs en diamant à ses oreilles, offerts par ma mère, enveloppée dans un long voile léger, semblait avancer dans un nuage, presque invisible. François, beau et svelte, les cheveux plus courts que sa coupe habituelle, portait un smoking noir avec un nœud papillon. Son allure, sa ferveur et un soupçon de gravité dans son ton me faisaient monter les larmes aux yeux. Depuis que Nora m'avait dévoilé l'infidélité de son père, je scrutais celui-ci. La cinquantaine bien sonnée, mince, petit, les traits harmonieux, le front dégarni lui donnant un côté avenant, la peau mate, les yeux clairs sans couleur précise, laissaient deviner un homme sincère, enthousiaste et certainement assagi depuis. Son regard attentif n'était réservé qu'à son épouse et à sa fille ; il survolait l'assemblée ou se fixait au sol pour mieux écouter. Mais quand l'interlocuteur le captivait, ce regard filant et neutre devenait tour à tour expressif, rieur et attentif. Il me regarda ainsi quand il m'interrogea un jour avec intérêt sur mes projets.

« Savez-vous déjà quel secteur vous choisirez

après le bac ? » « Oui, la médecine ! » « Oh, comme votre frère, bravo, Mademoiselle Hélène ! » s'était-il extasié, avant d'exposer le reste de son admiration à mes parents.
« Avec François et vous, nous n'aurons plus alors de souci de santé à nous faire, deux médecins dans une même famille ! » avait ajouté la mère de Nora en me couvrant de son regard affectueux. « Il va falloir alors travailler dur ! » avait répliqué mon père à mon intention dans un sourire teinté d'une ironie malicieuse. « Il faut d'abord penser à réussir son bac!... » avait conclu ma mère, le regard sérieux, sur un ton sentencieux, dans un esprit plus pragmatique. La main de Nora sur mon épaule me fit chaud au cœur.

Finalement, je trouvais son père aimable avec un bon esprit de famille, beaucoup plus chaleureux que le mien, même si celui-ci était resté, à ma connaissance, toujours fidèle à sa femme.
La mère de Nora, du même âge que son mari mais paraissant plus jeune, belle, élégante, au beau visage ovale, à la peau hâlée, avec les mêmes yeux verts que Nora, était aussi une femme de cœur. Elle recevait régulièrement les femmes égyptiennes en détresse à l'ambassade, essayait de les aider ou d'être la passerelle entre elles et leur famille, au pays. Elle apportait aussi son soutien aux jeunes talents de son pays, leur organisait, à l'ambassade ou ailleurs, des expositions ou des concerts, comme ce fut le cas pour le pianiste qu'on écouta, à l'ambassade, ce jour

fatidique. Le couple semblait s'aimer véritablement, contre vents et marées, ce qui l'avait certainement sauvé de la cassure et d'un naufrage assuré. Leurs échanges étaient affectueux et leurs regards épris et tendres. Ils déployaient l'un pour l'autre un trésor de petites attentions. Autant elle était discrète et parlait peu, autant lui discutait de tout, d'une voix sonore, avec des mots choisis dans des intonations joyeuses. Je me dis que son charme devait se situer dans son élocution. Il semblait proche de François, discutait de politique, lui faisait des apartés lors des réunions, et jouait avec lui, enthousiasmé, au backgammon.

Ce soir-là, animé et en mouvement, comme s'il réalisait un rêve, il ne cessait de recueillir l'avis de ma mère ou de demander des conseils à mon père pour les détails qui restaient à ajuster. Au passage, me croisant, dans un débordement d'allégresse, il me tint des deux mains et prononça avec un regard rieur et enthousiaste :
« En attendant votre tour, vous voilà belle-sœur, Hélène ! » Ce qui me fit sourire et me projeta dans le futur. Le champagne coulait à flots et se distribuait dans du cristal long sur des plateaux que portaient, avec dextérité, des hommes en blanc et or. J'eus à ma grande surprise une coupe offerte par le marié, devant le regard consentant de mon père, et je goûtai pour la première fois, en levant mon verre à François, à ce nectar doré…
Il me resta de cette soirée le souvenir des regards

brillants, de l'amour en effervescence, des amas de lys, de roses et d'orchidées, de perles et de diamants, des douces valses de Strauss, de l'étourdissement de mon premier champagne, de la pièce montée vertigineuse et du sourire heureux et émouvant de Nora et de François. Ils s'envolèrent le lendemain pour le Nil à Louxor, qu'il tardait à Nora de faire connaître à son mari. L'appartement de François était fin prêt et redécoré en prenant en compte les marques et les couleurs préférées de sa bien-aimée. Au centre du salon trônait le beau piano de Nora, celui du concert. Elle jouait tous les jours de belles mélodies romantiques, colorées de nuances dans une palette sonore allant du très doux à un *fortissimo* assourdissant qu'elle accusait avec force, passion et élan. À chaque fois que je me trouvais chez eux, j'étais fascinée par la beauté d'une étude dite « nouvelle » de Chopin. Une douceur ! Une longue et passionnante mélodie polyrythmique tissée de notes de la même durée, se suivant, trois à la main droite sur quatre à la gauche, équilibre subtil à obtenir, au demeurant, selon Nora. Puis venait la *Fantaisie-Impromptu*, une autre merveille de Chopin ; morceau où les doigts glissaient et couraient entre les touches, les survolaient ou les battaient avec accent et fougue, dans des passages étourdissants et à une vitesse époustouflante. Dans les phrasés splendides de la partie centrale, lyrique comme un chant passionné et douloureux, je contemplais les doigts fins de Nora lier les sons avec une subtilité précautionneuse. Elle était heureuse d'avoir trouvé en chacun de nous un auditeur attentif, curieux et intéressé, surtout en la personne de son époux, enthousiaste et admiratif. Elle m'avoua n'avoir presque jamais joué pour quelqu'un d'autre, à part, bien sûr, de temps en temps, pour ses parents ou ses professeurs… Je regrettais que mes parents n'aient jamais pensé à me faire apprendre ce bel instrument. Nora, qui avait été, dès le départ, adoptée et aimée par tous, devint avec François une source d'attention, d'affection et d'occupation. Notre famille s'agrandissait. Chaque vendredi soir leur était réservé spécialement, et les parents de Nora nous rejoignaient pour le dîner. Les Gouda, qui adoraient les fêtes et les retrouvailles, recevaient à leur tour tous les quinze jours. De temps à autre, Nora aussi nous réunissait, et elle se révéla, également, douée pour l'art de la cuisine, conformément aux dires de François : elle improvisait de succulents plats en sauce en y mettant des herbes fraîches parfumées, du safran, des amandes et de la crème, tout cela avec une touche personnelle, pour nous faire découvrir des saveurs nouvelles. Sa table, avec la nappe brodée, la porcelaine fine, des fleurs et des bougies, offrait quelques notes de plus dans la subtilité et le prolongement de son goût raffiné. Lors de ses soirées, j'arrivais plus tôt pour l'aider, même si sa mère lui envoyait une Égyptienne dévouée pour préparer le repas, l'assister et servir, et, deux fois par semaine, pour épousseter, astiquer, laver, lessiver et blanchir.

Ce mariage nous avait encore davantage rapprochées,

Nora et moi. Mon déjeuner du mercredi avait toujours lieu en sa présence et aussitôt après le repas elle s'éclipsait vers son piano pour nous laisser discuter. Les pièces du bonheur de François s'étaient toutes ajustées comme dans un puzzle : il aimait son métier, son cadre de vie ; Nora lui était une douce source d'inspiration et d'équilibre ; et surtout, il était heureux de l'entente parfaite entre sa femme et le reste de sa famille. Les retrouvailles étaient une occasion de joie et d'échanges. Ce bonheur connut son paroxysme lorsqu'un soir, chez eux, ils nous annoncèrent l'attente d'un heureux événement... L'arrivée prochaine d'un bébé pour eux, d'un petit-fils ou d'une petite-fille pour les grands-parents, et d'un neveu ou d'une nièce pour moi, sa seule tante, nous remplit tous de ferveur et de joie. Nora était émue à chaque instant, comme si tous ses espoirs se concrétisaient dans ce ventre rond qui s'épanouissait chaque semaine davantage. Les grands-mères faisaient des emplettes ensemble, les grands-pères qui allaient découvrir pour la première fois leur petit-enfant, souriaient et faisaient secrètement des plans. Ainsi naquit un jour froid de novembre un petit être : Hadrien ! Ô Hadrien ! Dès que je le vis, je sus que rien ne serait plus jamais pour moi comme avant. Hadrien était le cœur de l'amour. François, dont le regard avait trouvé plus de profondeur, semblait ne plus vivre que pour voir, toucher et embrasser son fils. Nora, inespérément heureuse face à cet être fin qui avait hérité de ses grands yeux vert-miel, me souffla un jour, saisie et fascinée, alors qu'Hadrien n'avait que quelques mois : « C'est effarant ! Combien il est devenu sens, espoir, et l'objet de ma vie comme si ce que j'avais vécu avant ne comptait pas… Et bien sûr, je le dis en estimant François comme une part de moi… » Hadrien nous avait, en effet, tous subjugués et évoluait dans la tendresse infinie de chacun de nous. Mon père, avec sa posture et sa présence imposante, devenait jovial, joueur et souriant face à lui ; il le tenait avec précaution dans ses bras et le regardait droit dans les yeux, intensément, comme pour mieux le voir. Ma mère s'asseyait devant son landau et essayait déjà de dialoguer avec lui, finissant par rire de toutes ses dents, comme je l'avais rarement vue ainsi rire. Les parents de Nora, plus proches que jamais, face à la plus belle œuvre de leur fille, lui tournaient autour et essayaient de tempérer leur émotion alors qu'il était le centre de leur attention. Le père, avec son sérieux, devenait quémandeur d'un petit sourire, prêt à faire toutes sortes de pitreries. La mère, épanouie, avait en permanence le souci des questions pragmatiques. Et en ce qui me concernait, ma vie s'était liée à jamais à celui que je proposais de garder, au lieu de me rendre aux réceptions auxquelles ses parents devaient assister et où j'étais également conviée.

III

Nora et François tenaient à donner une éducation soignée exempte de toute gâterie ou de dorloterie inutiles à Hadrien. Mais tous ces amours et ces soins, ces rais sans fin de tendresse et de flamme nourrissaient le petit garçon, et forgeaient, à son insu, sa personnalité et ses traits de caractère. Nora, qui avait envisagé un temps de travailler, oublia vite ses projets pour se consacrer à son fils. Ainsi Hadrien ne connut auprès de lui que les femmes de sa famille. Dans ces périodes de réjouissances et de célébrations de la première année d'Hadrien, puis de la deuxième, où toutes les attentions, y compris la mienne, convergeaient vers lui et son épanouissement, j'eus mon bac avec mention très bien. François m'avait à l'œil mais avec moins de disponibilité. Notre déjeuner du mercredi était balayé par la force des événements et des occupations nouvelles qui avaient accaparé également le temps et l'attention de Nora. Et ce passage éclair du temps nous permettait de voir Hadrien déambuler et mâchouiller des syllabes parmi lesquelles après les fameux « mam-ân ! pa-pa ! ». Il nous appelait chacun comme cela lui était possible : « mèrr, pèrr, Any, paji » pour les grands-parents et « Elô » qu'il prononçait avec toute sa bouche pour moi.

Mon succès au bac fut fêté. Pour la première fois, c'était moi le sujet des réjouissances et des attentions, des hypothèses les plus joyeuses et audacieuses, de l'envol possible de mes rêves et de mes ambitions. Le regard de mes parents était devenu différent, plus doux, plus avenant et, par moments, heureux et complaisant. Nora et François me tournaient autour et nous discutions de projets futurs. Les parents de Nora songeaient déjà au choix d'une spécialité et chacun y allait de ses préférences : dermatologue ou chirurgien plastique pour la mère, cardiologue ou neurologue pour le père et, bien sûr, pédiatre pour Nora. J'étais tellement heureuse et surprise de l'intérêt qu'on me portait que j'avais envie de faire à la fois toutes ces spécialités.

Mais l'extase ne dura pas longtemps. Après une année commune à tous les étudiants en médecine, je ratai de façon fracassante le fameux concours et l'entrée en deuxième année. Pataugeant dans l'incrédulité et la honte, sur les conseils de François, afin de me raccrocher à quelque chose, sans toutefois ni passion ni conviction, je me présentai à d'autres examens et concours, et me vis, finalement, noyée dans mes ambitions. Une kyrielle d'échecs avant une mièvre admission.

Ce fut le résultat du concours externe de « cadre médical spécialisé » dans la fonction publique. Concours que j'avais passé dans la foulée, et sans motivation particulière. Je voulus renoncer à ce petit succès qui ne m'enthousiasmait pas, mais

François me convainquit que cela valait la peine, que ce concours me permettrait d'avoir un diplôme d'État et de travailler avec lui à l'hôpital, ce qui n'aurait pas été possible sans cet « exploit ». Ainsi, en plein questionnement de moi-même, alors que rien n'avançait comme j'avais tant voulu et espéré, je suivis sans ferveur ni élan les études qui me permettraient de travailler, un jour, avec François.

Le sentiment de solitude qui m'avait longtemps accompagnée surgissait de nouveau, plus particulièrement dans les assemblées et lors des réunions. Chacun était avec les siens, vieux ou jeune, sauf moi seule, papillonnant sans direction. Mes parents, marqués par l'âge, s'étaient encore plus rapprochés l'un de l'autre et parlaient d'une seule voix, même sans s'écouter. Le jour de mes 20 ans, le meilleur âge, alors qu'une grande fête était donnée à l'occasion de mon anniversaire, je n'avais ni amies ni ami à inviter. Comme si la relation de couple était réservée aux autres et que j'étais destinée à être simple spectatrice, la confidente et la cinquième roue du carrosse. Certes, je ne rencontrais aucun être du sexe opposé autour de moi pour nouer des sentiments ; les amis de François étaient trop âgés et les études que j'étais contrainte de mener ne me faisaient voir que d'autres filles soit déjà engagées, soit à l'affût de trouver, au plus vite, leur autre moitié.

Une gêne avait pénétré mon esprit, commandait mon comportement et se reflétait à travers mon regard terne et fuyant. Un froid s'était installé entre

mes parents et moi. Mon échec en médecine avait fait tomber brutalement un idéal auquel ils n'avaient jamais vraiment cru ; le reste ne suscitait pas de commentaire et ne servait qu'à combler un vide ; pour eux, c'étaient des études de seconde zone. Le presque désintérêt de mes parents qui avaient placé, et ce dès le départ, toutes leurs attentes sur François, et désormais sur Hadrien, m'affligeait ; pour un peu, j'aurais pu détester François qui était toujours au centre des intérêts. Ce revers qui m'avait touchée au plus profond avait pâli mon sourire et séché ma parole.
Les mots d'encouragement de François ou ceux, réconfortants, de Nora, ou, pis, le silence de ses parents, m'enfonçaient davantage dans le désarroi, l'égarement et l'impuissance. Je ne me sentais ni dans un bon état d'esprit ni dans une quelconque sérénité pour faire face au présent et suivre le cours de mon existence sans trop blâmer la vie et ses contretemps. De plus, avec mon surpoids envahissant contre lequel j'avais capitulé, à force d'éprouvantes et vaines diètes, je ne pouvais ni sourire ni me sentir belle. Comme une condamnée, j'étais émue par le seul regard profond qui se tournait vers moi, celui de Nora, qui sentait mon isolement et la brouille que j'avais entamée avec moi-même. Elle avait gentiment cherché, mais en vain, à me rapprocher du seul garçon de sa famille, Noha, le fameux cousin du jour du concert qui m'avait ignorée et que je n'avais pas aimé. Mon seul moment d'apaisement était quand je retrouvais

Hadrien, le regardais, l'entendais parler et le serrais fort dans mes bras. Il m'éclairait le cœur et l'humeur lorsque je lui lisais une histoire, suivais, avec lui sur mes genoux, ou à côté de moi, un dessin animé, un jeu télévisé ou un film avant d'en parler avec des mots et des mimiques. Son rire brusque et éclatant, son beau regard se tournant soudain vers moi, interrogateur, à chaque séquence émouvante, m'étaient un baume adoucissant. Il ne voyait ni mon poids, ni les études de médecine que je ne menais pas, ni l'amertume que je ressentais si souvent. J'étais reconnaissante à Nora de me le laisser ainsi, souvent, sans intervenir ni se montrer car, dès qu'il la voyait, il glissait et courait tel un petit lapin vers sa mère.

Lors des sorties de ses parents je venais le garder. Il sautait de joie à ma vue et fêtait mon arrivée ; seulement, dès qu'il apercevait sa mère en train de s'éclipser, il éclatait aussi brusquement que lorsqu'il riait, mais en sanglots, le visage rouge, la bouche ouverte de détresse, le regard accroché à la porte, dans une douleur que rien au monde ni personne à part elle ne pouvait apaiser. Une fois, elle dut même renoncer à sa sortie, car elle savait que ce n'était pas qu'une tristesse passagère. Pourtant Nora n'était pas très câline, ne se montrait pas possessive et essayait, quitte à élever la voix, d'instaurer déjà le sens de la valeur de chaque attitude et de chaque parole. Mais, malgré son jeune âge, il devait sentir, dans son seul regard, l'océan d'amour, de sacrifice

et d'abnégation dont elle était capable pour lui. Cet amour avait une tout autre forme avec François. Il se ressourçait auprès de lui. Dès qu'il arrivait à la maison, il l'embrassait, le soulevait, lui faisait faire la pirouette, puis polémiquait avec lui qui commençait à avoir son langage et sa petite logique, comme deux amis. Les traits de son caractère se formaient à mesure qu'il grandissait, et faisaient apparaître ses goûts, ses penchants ou ce qui le rebutait. Il tenait à se voir, du haut de ses cinq ans, élégant, dans des vêtements assortis, et cela tombait bien avec tous les beaux habits que Nora lui achetait et commandait. Le soir de ses six ans, nous fondîmes d'attendrissement en l'entendant jouer, sur un signe de sa mère, avec ses deux petites mains, un menuet de Bach et un thème de Chopin. Nora lui donnait des cours de piano depuis plus d'un an déjà et voulait ainsi nous faire la surprise. Elle-même était émue par tant de maîtrise et de musicalité, par tant d'assurance devant tous ces regards émerveillés.
Face à ses dispositions, à sa vive compréhension, à sa sensibilité, à son exigence envers soi et les autres, à une sorte d'estime et de respect de lui-même, nourris et forgés par sa mère, nous avions tendance à traiter Hadrien comme une grande personne. Il continuait le piano avec passion, apprenait aussi l'anglais, la peinture et le dessin, et son père l'emmenait tous les samedis à des cours d'escrime et d'escalade.

Je suivais toutes ses performances de près avec un

immense enthousiasme, et je me réjouissais, parfois, de voir dans ses yeux pour moi la même intensité, la même attention, le même regard examinateur, débordant d'affection, qu'il avait pour sa mère. Ce n'était pas le cas ni avec mes parents ni avec ceux de Nora : une frontière invisible, sûrement liée à l'âge, semblait les séparer, malgré une montagne de présents et un trésor d'amour de la part de chacun d'entre eux. Avec François, le regard était familier, taquin, défiant ; celui du concurrent, car il aimait sa maman autant que lui, et le privilège de cet amour se décidait, souvent, sous le regard attendri et amusé de Nora au cours d'un duel à l'escrime ou d'un match de boxe à l'issue desquels son père sortait presque toujours vaincu. Ils essayaient depuis quelques années d'avoir un autre enfant, sans succès. Je venais de finir ma formation et d'obtenir mon diplôme. Finalement, ces cinq années avaient été salvatrices et riches en enseignement. Je connaissais la plupart des médicaments et leurs usages, je savais injecter toutes sortes de produits, je savais lire les radios et les échographies et j'étais familiarisée avec le système administratif hospitalier et ses labyrinthes.

J'avais été embauchée depuis quelques mois au Centre métropolitain, où François consultait deux fois par semaine, et c'était une grande joie de le voir et de travailler au même endroit que lui. J'observais en tant que cadre relationnel le bon déroulement des relations des différents corps de métier avec l'administration et je connaissais les chefs de chaque service. Ces compétences qui n'étaient pas moindres que celles d'un médecin et desquelles profitait, au quotidien, mon entourage, m'avaient valu un autre regard de la part des autres. J'étais reconnaissante à François qui m'avait encouragée sur cette voie. Mes parents, contents, semblaient enfin apprécier l'évolution de leur fille qui, au passage, avait perdu quelques kilos et avait trouvé élégance, forme et un certain charme. J'attirais l'attention et de doux sourires de quelques collègues et médecins, mais tout comme mon frère j'avais des idéaux, je connaissais l'éclat d'un regard surpris soudain par celui qui l'enflamme, je connaissais cette extase qui transfigure, rend beau et serein ; l'emprise de ce sentiment, qui malgré soi envahit la pensée et tous les autres sens ; cette continuelle ferveur aux tripes, dans l'attente, ne vous laissant plus vivre comme avant, pour avoir vu Nora et François. Je ne pouvais donc pas imaginer me fondre avec un être pour n'en faire qu'un si je n'étais pas éprise et en flamme, et ce n'était pas encore le cas. L'assurance que j'avais acquise par mes responsabilités et mon indépendance me permettait plus d'aisance parmi les miens. J'entendais plus le son de mon rire et je prenais plus part aux débats. Les années se succédaient dans un rythme semblable et le petit Hadrien évoluait et grandissait avec plus de profondeur dans le regard, un sens aigu de l'observation et une sensibilité rare ; il ressentait le même amour inconditionnel pour sa mère, vouait le même fort attachement à son père, et nous couvrait de sa grande tendresse.

L'anniversaire de ses dix ans fut célébré chez les parents de sa mère. Les Gouda avaient tenu à le fêter à l'ambassade. Un lieu si chargé de souvenirs. Tant de fêtes, de réunions, de paroles dites et entendues, de regards échangés et perçus, de sourires et d'éclats de rire, de rêves et d'illusions, de beaux habits et de bijoux, de fleurs, de mets fins et de grands crus ! Je sentais encore le doux effluve diffus des gros lys blancs du jour du mariage, le goût enivrant de mon premier champagne, la joie débordante de M. Gouda et ses propos plaisantins. Mais je leur trouvais ce soir-là un air grave, silencieux et maussade ; pas question de lancer une plaisanterie ou de raconter une blague, pas de proposition d'une partie de backgammon qui en passionnait toujours plus d'un. Finalement, face à nos interrogations, ils annoncèrent, presque froissés et incrédules, que, par suite du changement de gouvernement en Égypte, ils étaient démis de leurs fonctions et allaient devoir quitter la France dans les deux mois, car ils perdaient leur passeport diplomatique qui leur tenait lieu de titre de séjour.
Cette annonce nous a tous pris de court et attristés. Nora, qui venait d'apprendre la nouvelle en même temps que nous, ne put retenir ses larmes devant le regard soucieux d'Hadrien. Mes parents restaient confondus ; mon père qui, au cours de sa carrière, en savait long sur ces changements intempestifs, inattendus et sans recours, déplora ces bouleversements

et cet éloignement. Le père de Nora, qui avait toujours le dernier mot joyeux et positif, reprit d'un ton plus gai, dans le souci de ne pas trop assombrir la fête :

« Eh bien ! ce n'est pas plus mal ! Ça vous obligera à venir au Caire ! Il était temps depuis qu'on se connaît ; le petit ne connaît pas encore le pays de sa mère ! Nous irons dès la fin de ce mois préparer la maison et vous viendrez tous nous voir ; la maison est grande et le soleil garanti !... ». La mère de Nora approuva, l'air affecté, comme si elle venait d'apprendre, elle aussi, la nouvelle. Nora restait silencieuse. François se retourna vers son beau-père : « Et pour vous, ce n'est pas interdit de revenir sans le poids des responsabilités, en tant que simples invités, ce n'est quand même pas l'Antarctique, c'est à trois ou quatre heures d'avion, n'est-ce pas ? » « Oui, quatre heures ! » affirma Anny, la mère de Nora. « Ce n'est rien, quatre heures ! Un film, une collation, quelques papotages, on est arrivés ! » conclut François à l'intention de sa femme en cherchant à minimiser la mauvaise nouvelle.

M. Gouda, affecté par l'air abattu de sa fille et de son petit-fils, essaya de reprendre l'humour qui, d'habitude, s'offrait à lui d'instinct, entre deux énoncés et remarques. Il parla avec Hadrien de son école, de ses matières préférées et lui posa, rehaussée d'un sourire étonné et d'une voix portant des accents de surprise, sa question fétiche : « Au fait,

tu ne m'as jamais dit ce que tu aimerais faire quand tu seras grand ? » « Médecin ! » avait répliqué aussitôt, d'un ton déterminé, mon petit-neveu, la même réponse que j'avais donnée à la même question, dix ans plus tôt, sans toutefois avoir vu mon vœu se réaliser… Mais j'étais certaine que les anges entoureraient Hadrien, à l'heure venue, pour le propulser et le placer sur le chemin menant, sans embûche ni déroute, vers ses rêves. L'ambiance restait, malgré tout, lourde et pesante.
Ce départ allait changer le cours de nombreuses choses pour Nora. Elle avait l'habitude de voir presque tous les jours sa mère, de lui confier tous ses soucis et de lui demander conseil lorsqu'elle hésitait ; c'était un soutien inestimable et je comprenais, moi qui n'avais jamais pu compter sur la mienne, l'importance de cette présence et la nostalgie de son absence. Je me dis que je serai plus présente, pour elle, désormais.

3

Rony songeait souvent à Ottah et à sa mésaventure hors du commun. Il en parlait autour de lui, comme par besoin d'entendre l'effarement et l'indignation des autres, comme s'il se substituait à cet ami maudit, dans son épreuve et, puisque ce n'était pas lui, il se devait de se recueillir dans cet état de compassion. Chacun y allait de son jugement dans cette histoire pour à la fin, incriminer sa naïveté, au-delà de la poisse. Il vit ses traits littéralement se creuser en quelques années, lui, le bel homme aux plus beaux yeux du monde qui avait tout pour être heureux. Souvent, il déambulait dans les environs des Pyramides, contemplait leur figure ocre et songeait à ce que pouvait ressentir son ami, d'abord dans son illusion, puis dans sa désillusion. En face, au loin, il observait, hagard, les édifices du fameux ministère, entourés de hauts palmiers et de longs réverbères en belles rangées, et imaginait le terrain en construction comme à l'époque où son ami y veillait. Il tergiversait entre un sourire béat et une désolation muette et mesurait la somme de candeur qu'il fallait pour se trouver ainsi sur la paille, et le gigantesque goût du risque et de l'esclandre de la part des malfrats… Rony se réjouissait d'avoir pu être utile à son ami et le propulser à travailler dans son domaine après des années de labeur et de combat psychologique. Ottah lui donnait de temps à autre des nouvelles et suivait son actualité ; il n'osait jamais lui proposer de venir lui rendre visite. Le Caire ne lui avait pas été docile, alors que c'était une source d'épanouissement et de succès pour lui. Dès son arrivée, il avait fait merveille dans la galerie de son frère, Moeez. Son apparence élégante, mêlant dans ses habits cuir et soie, sa vaste connaissance de la peinture contemporaine et son flair infaillible, avait fait de lui un interlocuteur privilégié, un connaisseur recherché dont l'avis ou la critique comptait et paraissait sous forme d'articles dans des gazettes. Après quelques bénéfices mirobolants, il acheta une grande galerie dans le quartier chic de Zamalek, dans l'île du Nil, en plein cœur du Caire. Cette adresse prestigieuse, à côté de l'opéra, figurait dans le carnet de tout passionné d'art. Depuis trois ans, il s'investissait dans la peinture d'un jeune Syrien nommé Setti qui était venu un soir le voir, ses toiles sous le bras. Il l'avait accueilli avec bienveillance et lui avait acheté sur-le-champ toutes ses toiles. Rony s'intéressait depuis à lui, lui passait des commandes et avait prévu de l'exposer, captivé par son univers, caractérisé par un lyrisme désordonné, une lumière bleutée qui le touchait mais que Moeez et les autres qualifiaient de froide et glacée. Sa palette comprenait une multitude de nuances dans le vert et bleu, virées parfois au blanc ou au violet, ou tout estompé dans le gris en touches pointillées. Rony trouvait sa perspective déformée, originale et ses lignes fluides, admirables. Ses tableaux abstraits, également, dans ses couleurs fétiches, reflétaient des mystères et un univers particulier. La dernière commande concernait une série de travaux à l'huile sur les Pyramides en adoptant l'ocre et le gris. Durant un mois, il l'emmenait en voiture, chaque midi sous le soleil oblique, sur les hauteurs du Caire, face aux tombeaux des pharaons et au Nil. Sept toiles, d'une beauté saisissante, avaient été réalisées, sans toutefois le moindre lien avec le paysage réel. Le bleu dominait à nouveau. Une toile liait un large Nil presque blanc au ciel bleu pâle, et embrumait de gris les Pyramides, en triangles fluides, comme l'ombre d'elles-mêmes, le tout dominé par un soleil rouge. Une autre joignait le bleu du ciel à l'azur du Nil bordé de bateaux chavirés. Dans une autre, tout l'espace était occupé par la tête géante et déformée du Sphinx avec un sourire cynique et figé. Rony était interloqué par cette figure qui évoquait dans son esprit le Sphinx qu'aurait pu imaginer Ottah dans sa détresse. Songeur et amusé, il laissait faire l'artiste et parfois assistait silencieux à son travail derrière lui. Il observait son corps menu, ses bras fins, l'un qui tenait la palette, l'autre qui, dans des gestes précis et assurés, étalait ses couleurs et posait finement ses touches sans rien reprendre ou retoucher ; il semblait l'oublier derrière et s'appliquait avec engouement, le regard attentif et absorbé. Peu à peu, son intérêt pour ce jeune artiste, grâce aux expositions qu'il lui organisait, fréquentées par les passionnés et les professionnels, avait fait de lui une valeur ascendante et le nom de Setti revenait dans les conversations, ce qui avait fait monter le prix de ses toiles. Rony, de nature généreuse, s'en réjouissait, et la valeur de ses nombreuses toiles grimpait en même temps que la cote de l'artiste. Ainsi, depuis son départ d'Alep, il menait la vie de ses rêves.

Tenant fermement à son célibat et à sa liberté, il n'avait jamais voulu, ni même songé, à fonder une famille ou à se marier, ce d'autant que peu le savaient, il était attiré par les hommes et ne voyait dans les femmes qu'une source de soucis et de difficultés. Il était bientôt sollicité de voyager, pour estimer, évaluer, expertiser différents dessins, toiles et autres œuvres : Londres, Rome, New York et Paris dont il tomba passionnément amoureux. Paris l'aimanta par son architecture, ses trésors, sa vie nocturne et mille autres étincelles. Il regrettait de ne pas avoir découvert plus tôt cette cité aussi merveilleuse que mystérieuse, et décida coûte que coûte d'y ouvrir une galerie et de s'y installer. Son frère, de passage, approuva, fasciné, et s'associa en vendant sa propre galerie et en s'occupant de celle de Zamalek. Il était persuadé que son frère l'agrandirait et que le succès l'entourerait.

*****

Rony fit alors l'acquisition d'une galerie près de

la place des Vosges, à proximité de laquelle il élut domicile. Commença rapidement pour lui la belle vie et des rencontres aussi intéressantes qu'enrichissantes. Il devenait une des figures recherchées des vernissages, des avant-premières et des soirées. On lui demandait des notes sur ses impressions et ses diagnostics. Ses pairs étaient chaleureux, s'avéraient fins et épicuriens ; ils adoraient l'Égypte, connaissaient la valeur de l'art et payaient pour ce qui leur plaisait et semblait avoir de l'avenir. L'argent coulait en même temps que le champagne lors des expositions et des sorties mondaines.

C'est lors d'un vernissage qu'il fit la connaissance de Walter, dit Willy. Vingt-cinq ans, beau, svelte, sourire fascinant, regard pétillant. Élégant dans son ensemble vert olive tout près du corps, avec ses délicats souliers en daim de la même couleur, il lui parla de peinture et des manies des artistes qui avaient la cote et qu'il connaissait. Ses belles mains soignées faisaient tantôt référence à une image dans un catalogue, tantôt l'une passait négligemment dans ses cheveux châtains, accompagnant une répartie ou une petite blague. Il suivit Rony et le fascina par des remarques cocasses, un rire sonore, des gestes amples, et une voix éclatante, agrémentée d'un léger accent anglais. Rony était sur un nuage. Il n'aurait jamais pu imaginer échanger avec une telle liberté avec un homme, sans se faire remarquer par une demi-douzaine de paires d'yeux outrés et sombres.

Ils se revirent, et très vite cette relation s'embrasa dans un amour emporté. Rony sentait revivre sa jeunesse, mais sans tourment, censure ou rejet. Willy était conscient de son charme et de son effet. En Rony, deux fois son âge, il trouvait aussitôt l'attention qu'il recherchait, puis l'amour qu'il voulait susciter. Rony lui offrait assurance et protection ; la promesse d'une existence flatteuse. Ils avaient des échanges réjouissants et des nuits torrides laissant Rony épris et sans voix. Willy était sans le sou, il habitait dans un petit deux-pièces fusionné, sous les toits, s'accrochait à toute surface brillante pour en décrocher quelque vernis social grâce à sa présentation impeccable qui lui valait parfois quelque participation ou contribution rémunérée. Il se faisait inviter quand il le pouvait dans des réceptions raffinées et restait à l'affût des opportunités. Au premier abord, Willy semblait posséder une belle culture ; sur chaque sujet il avait un avis pertinent et du tac au tac, mais son premier constat était sans suite, et face à une discussion qui devenait sinueuse, il restait démuni et sans réplique ; il se retirait alors de l'échange ou déviait habilement le sujet sur un domaine qui lui permettait davantage de débattre. Dans l'embarras ou face à un dénuement, il se sauvait avec un négligeant « ça, j'sais pas, amour ! ». Rony ne voyait en lui que ce qui le charmait et l'enthousiasmait. Il lui demanda de s'installer avec lui. Willy, après quelques faibles tergiversations, emménagea alors dans son large appartement et voulut aussitôt l'orner suivant ses goûts et désirs. Il fit couvrir les murs de tissus soyeux, fit mettre dans le plafond suspendu de l'éclairage rose, couvrit la grande table d'une nappe tissée de fil d'or et fit poser dessus un chandelier somptueux ; il flambait tous les trois jours une fortune dans de gros bouquets de magnolias et de roses et commandait des mets fins et raffinés aux grands traiteurs, comme pour réaliser des images d'un rêve retenu ou d'un conte. Rony, heureux, bien dans son duo, vendait des tableaux et le laissait faire. Willy s'occupait de lui, veillait à tout, gérait les tracas du jour pendant que Rony spéculait, et ils goûtaient ensemble aux soirées interminables dans des endroits en vogue et des restaurants des plus raffinés, avant de se livrer à l'extase d'un amour forcené. Willy était bon amant, arrachait le plaisir et en donnait à foison. Très rapidement, sa présence, sa voix, ses commentaires ou ses médisances, rehaussées du rauque de son rire complaisant, la chaleur de sa peau et son souffle devinrent indispensables, attendus et essentiels au bonheur de Rony. Conscient de son pouvoir, Willy voulait tout savoir, maîtriser et diriger : la vie de Rony, ses connaissances, ses intérêts ; voulait même contrôler ses dépenses, intervenir entre lui et son frère, qu'il trouvait envahissant et dépensier. Rony avait la protestation molle ; au fond, il était heureux par l'attention que Willy lui portait et par sa jalousie débridée et folle. Il aimait sans s'avouer être dominé, voire malmené et Willy, fort de sa jeunesse, de son charme et de la dépendance qu'il avait su susciter, le menait comme il voulait vers ses choix et ses intérêts. Méfiant, il lui exigeait, lors des rencontres avec de jeunes artistes, de l'accompagner et que l'on sache qu'il était son compagnon bien aimé. « Attends, je ne suis pas Oscar Wilde, hein ! » grognait Rony, quelque peu excédé, avant de céder, somme toute, content et flatté. Pour une exposition chez lui, Rony invita Setti. Il dut essuyer deux jours la mine boudeuse de Willy, qui, conscient de la valeur de l'artiste et son importance pour lui, manifestait de la mauvaise volonté pour l'accueillir. « C'est sa peinture qui m'apporte le plus d'argent, veux-tu que je m'en passe ? » Parole qui avait le don de tempérer les bougonnements de l'amant envieux et dépensier. La présence de Setti à l'esprit fin qui arrivait avec une trentaine de grandes toiles, toutes plus saisissantes les unes que les autres, avait réellement enchanté et émerveillé Rony, et rendu Willy envieux et désemparé. Il avait besoin, comme pour justifier sa présence et son importance pour Rony, de faire la démonstration de son autorité.

Il affichait alors ses décisions pour tout, mettait les points sur les i dans des scènes terribles, s'attendait à ce que Setti le remercie lui après une sortie et restait constamment dépité par l'intérêt que suscitait le jeune Syrien auprès de Rony et ses amis. Il dénigrait en catimini sa peinture, ne cessait de battre le plancher de ses chaussures et de s'affairer dans toutes les pièces, devant le jeune artiste, hagard et

songeur. Rony, démuni et embarrassé, freiné par la crainte de froisser son jeune amant ou de le voir le quitter, endurait et aplanissait, tant bien que mal, ses faux pas et ses excès. Le jeune Setti, charmé par les mille attraits et facettes de Paris qu'il souhaitait mettre en dessins et en huiles, malgré le succès de son exposition et la prévenance des amis de Rony, préféra s'éclipser, face à l'arrogance de Willy et pour éviter dissensions et querelles à son ami.
Paris lui semblait une potion magique, pour susciter l'amour et le romantisme, faite d'innombrables ingrédients qu'il aurait tous voulu savourer, humer et sentir. Mais il rebroussait chemin presque à jeun dans l'espoir d'y revenir. Aussitôt seuls, Willy, soulagé, minaudant, affriolant et câlin, effaça de baisers les dernières traces d'amertume sur les traits de Rony.

IV

Le retour des Gouda au Caire eut lieu après quelques autres réunions de famille plus sereines. Ils se quittèrent avec la ferme résolution d'effectuer, de part et d'autre, des voyages réguliers entre les deux capitales. Nora essayait, ne serait-ce que devant Hadrien, de garder sa bonne humeur et de lancer, dans une perspective de faits joyeux, un arc-en-ciel de suggestions et de plans, même si au fond elle restait affectée et morne. Afin de dédramatiser la situation pour de bon, François promit à Nora un voyage au Caire pour les vacances qui arrivaient deux semaines plus tard. Cette nouvelle donna un peu de tonus et de joie à tous. La ferveur de Nora d'emmener son fils dans le pays de sa naissance était une source d'allégresse.

Ils partirent alors deux semaines en Égypte pour vivre d'inoubliables moments de réjouissances, de balades, de découvertes et de visites, sous un ciel rayonnant et limpide, dans une atmosphère d'hospitalité généreuse et festive. François et Hadrien en revinrent enchantés, avec la tête emplie de rêves, d'images, de saveurs et de parfums du Caire, des valises chargées de présents et de souvenirs, aux côtés de Nora, fière et réjouie. Hadrien était impressionné par la beauté du Nil et la grandeur des Pyramides. Il s'extasiait à leur évocation en famille et son sourire faisait écho à celui de sa mère qui projetait déjà d'autres circuits touristiques et une croisière, avec toute la famille sur le Nil.

L'idée d'un voyage en Égypte, avec toute ma famille, me chatouillait également l'esprit et me tenait délicieusement en attente.

Je prenais mon poste au Centre métropolitain dès 16 heures et, n'ayant pas d'obligation, je rentrais le soir après 22 heures. Ainsi, je proposais aussi souvent que je le pouvais de déjeuner avec Nora, et après 15 heures nous nous séparions pour nous rendre, moi à l'hôpital et elle à l'école pour chercher Hadrien. Un beau jour ensoleillé de mai nous déjeunions sur une belle terrasse, face au jardin du Luxembourg. De larges rais de lumière nous illuminaient le visage dans un délicieux cache-cache. J'observais Nora en train de picorer sa sole meunière, et la trouvais d'une beauté resplendissante. À quarante et un ans, elle en faisait dix de moins, comme si l'âge la bonifiait et l'épanouissait chaque année un peu plus. Ses cheveux châtain or brillaient de mille éclats sous ce soleil espiègle et sa peau lisse et radieuse ne comportait pas la moindre ride ou trace du temps écoulé. Je me dis que c'était le reflet de sa belle âme, de l'amour dans lequel elle était baignée sans discontinuité ; l'amour qu'elle donnait et qu'elle recevait et qui l'embrassait et la caressait si bien dans son épanouissement et son bien-être. Sa générosité m'empêchait d'être envieuse de sa félicité ; seulement, je fis un vœu pour connaître au plus vite le même sort qu'elle.

Devant le peu de temps qui nous restait, nous nous dirigeâmes vers le jardin du Luxembourg pour faire quelques pas à travers les grandes étendues de gazon, bordées de massifs et de corbeilles de fleurs. Soudain, Nora s'immobilisa, le visage livide, et sa main se crispa sur son ventre. « J'ai mal ! » put-elle seulement souffler en grimaçant, sans pouvoir bouger ni parler davantage. Elle se plia, poussa un faible gémissement avant de s'écrouler à terre. « Nora ! Nora ! » Hébétée, je l'appelais dans la panique avant de demander de l'aide. Quelqu'un partit rapidement alerter les secours. Je ne savais pas par où commencer. Un instant je pensai à une intoxication alimentaire, mais j'avais mangé la même chose qu'elle. À l'arrivée de l'ambulance, elle avait perdu connaissance. Affolée, ne voulant pas alarmer François, je demandai à l'ambulancier de foncer vers le Centre métropolitain. À peine sur les lieux, j'appelai ma mère pour qu'elle aille chercher Hadrien sans rien lui dire. Je connaissais le médecin chef aux urgences et lui expliquai succinctement ce qui était arrivé. « J'espère que ce n'est pas une crise d'appendicite ! Il faut vite faire une échographie pelvienne… ». François n'était pas encore arrivé et je ne savais pas où le trouver. J'accompagnai Nora dans la salle d'échographie. Son ventre était légèrement gonflé.

Je n'en croyais pas mes yeux devant l'écran et voulais, à ce moment précis, trouver une consolation dans le fait que je n'étais pas médecin et que je pouvais me tromper dans ma vision et ma lecture, mais l'air préoccupé de l'échographe, qui haussa les sourcils avant de me lancer un regard des plus soucieux, semblait confirmer ce que je craignais.
— Je vois une grosse masse à chaque ovaire avec… épanchement… Il faut vite faire un scanner Avez-vous prévenu votre frère, le docteur Préval ? me demanda-t-il.
— Non, j'essaie de le joindre… Ce sont des tumeurs qu'on voit là, n'est-ce pas, Docteur ?
— Oui ! Et ça a malheureusement l'air d'avoir touché d'autres organes, il faut faire également une IRM pour être fixés ; pas de temps à perdre…
François descendit aux urgences, interloqué. Je ne pouvais pas le consoler, car il savait lire les images et les radios.
— Appelez l'assistante du Professeur Lefabre au service gynécologie pendant que je vais effectuer un scanner, nous avisa le médecin échographe, le regard alerte.
Je connaissais le Professeur Lefabre, qui était le chef du service de chirurgie cancérologique et gynécologique pour avoir relayé le dossier de certaines de ses patientes. Ma position et mon rôle et ceux de François, qui était médecin chef dans le service d'allergologie, nous facilitèrent les contacts. Le chirurgien nous prit aussitôt au téléphone et nous

demanda de monter dès que nous aurions le résultat du scanner. Nora fut envoyée immédiatement en réanimation. Les clichés à la main, dans un état de choc à la vue des images et à la lecture du résultat, François passa un coup de téléphone à l'un de ses amis cancérologues, puis nous montâmes au 6e étage dans notre communion silencieuse avec le Seigneur. Le Professeur Lefabre avait décalé un rendez-vous et nous attendait. Face aux clichés, il nous regarda par-dessus ses lunettes et grommela entre les dents :
— C'est pas beau tout ça ! Je descends l'examiner en espérant qu'elle ait repris connaissance ; il faut l'opérer au plus vite, peut-être demain à la première heure…
— Oui Professeur, c'est ce que je pense… répliqua François, interloqué.
— Elle ne s'est jamais plainte de douleurs ou de gênes ?
Des tumeurs pareilles n'arrivent pas du jour au lendemain…
—Pas trop… de temps en temps elle sentait un tiraillement, mais nous cherchions à avoir d'autres enfants et on attribuait certains de ses désagréments au traitement qu'elle prenait à ce sujet ; cependant, j'ai remarqué qu'elle avait bien perdu l'appétit et qu'elle maigrissait… débita comme un automate égaré François.

Nous accompagnâmes le Professeur Lefabre à la salle de réanimation. Nora venait de reprendre

connaissance et était sous analgésique en perfusion. À la vue de François, elle lui tendit fébrilement avec un demi-sourire sa main et chuchota en me regardant :
— Qu'est-ce qui m'est arrivé, soudain ?
— Tu as eu un malaise dans le jardin ! balbutiai-je en l'observant attentivement.

J'espérais qu'elle ne lise pas dans mon regard ce que je savais, traversais et redoutais, j'espérais pouvoir faire durer ce moment innocent encore longtemps, voir ce regard souriant et serein briller sans la peur d'un lendemain tremblotant, menace tangible d'affaissement, de chute et de dégringolade…

Soudain, comme paniquée, elle cria presque :
— Et Hadrien ! Où est-il ?
— Ne t'inquiète pas, maman a été prévenue et elle est allée le chercher à l'école pour le garder avec elle.
— J'avais une douleur atroce, mon Dieu ! dit-elle en regardant François.
—Nora, voici le Professeur Lefabre qui nous fait l'extrême amabilité de modifier ses consultations afin de t'examiner…

Après son examen, le Professeur vint vers François et lui expliqua à voix douce l'état délicat de Nora. Il ordonna à l'infirmier-chef une prise de sang immédiate et une autre dans quatre heures pour plusieurs analyses, plus un test de marqueurs, et accepta de l'opérer le lendemain. Face à l'air blafard de François qui voulait en savoir plus, il prononça, le visage fermé : « Cher confrère, je ne peux pas vous dire davantage avant d'avoir le résultat de la biopsie et la lecture des analyses que je viens de prescrire. Prévenez votre épouse tout de même qu'elle restera au Centre et qu'elle subira une opération importante demain. Tous ses organes génitaux vont, malheureusement, être retirés, et j'espère que les dégâts se sont arrêtés là, vu l'épanchement… »

Nora ne se rendait pas compte de l'ampleur du mal qui semblait s'être propagé en elle. Elle n'avait plus mal et voulait rentrer pour reprendre le cours normal de sa vie, comme pour oublier la parenthèse regrettable de ce jour passé au parc qui avait gâché notre promenade. Elle ne pensait qu'à Hadrien. Sans nous étendre sur les détails sordides et effrayants, nous dûmes lui faire comprendre l'urgence de son état et la nécessité d'une opération imminente et d'une hospitalisation immédiate…

Il est inutile de s'attarder sur cette séquence douloureuse car c'était une fissure de peine et d'épreuves qui fendait la vie de François et d'Hadrien.

L'IRM, les analyses et la biopsie des organes retirés indiquaient un cancer au stade avancé des deux ovaires avec métastases à distance, y compris au foie. Il n'a même pas été recommandé, vu l'aspect fatal que présentait son état, et le peu de temps qui lui restait à vivre, de s'abîmer davantage dans un lourd traitement.

François devenait l'ombre de lui-même, tout en voulant garder contenance, force et espoir, face à sa femme et à son fils, lui aussi était à plaindre. À l'aide de maquillage, malgré ses sourires figés sur un visage affligé, Nora s'efforçait d'afficher du tonus, de l'optimisme et de la vivacité. Hadrien, qui sentait la gravité de l'état de sa mère, restait silencieux et pensif à côté d'elle, sans la quitter. Les parents de Nora, tenus au courant, étaient aussitôt arrivés du Caire. Mes parents, incrédules, restaient hébétés et prostrés. Ils me faisaient répéter l'incident, faisaient des suppositions et exprimaient des regrets.

L'événement sonnait la fin de l'insouciance et de la paix, des réunions festives et gaies, des plans et des projets. Nora ne voulait pas céder au monstre ; elle s'habillait de vêtements colorés, jouait du piano, exploitait la moindre force en elle pour revitaliser sa famille, chasser le mal et ce qui les assombrissait. Je pense qu'elle croyait à la force de son destin qui allait renverser rapidement la situation tout comme il l'avait si violemment déclenchée. S'il pouvait la chavirer si brutalement, il pouvait aussi la relever en la guérissant ! Elle buvait les infusions que François lui préparait et ne voulait rien savoir de plus sur son état et son évolution ; elle fermait les yeux sur sa maigreur, son teint jaune, les douleurs qui gonflaient ses veines et l'immobilisaient pendant des heures, sans la moindre plainte ni la moindre larme. Chaque souffle de plus était une continuation de la vie aux côtés de François et d'Hadrien. Elle préférait vers la fin s'économiser en ne restant qu'avec eux ; ni ses parents ni nous ne devions entamer ces quelques derniers moments de bonheur. Elle se reposait sans bouger toute la journée jusqu'à 16 heures, heure à laquelle Hadrien et, un peu plus tard, François rentraient, afin de concentrer et dépenser son peu d'énergie avec et pour eux. L'Égyptienne qui l'aidait lors des fêtes venait désormais tous les jours faire le ménage, les courses et la cuisine. Elle aussi avait ses grigris et ses recettes contre le mal, faits de poudres, de prières et de sorcelleries. Nora la laissait faire et espérait, tout en consumant chaque jour un peu plus son capital vie. Parfois, pendant ses heures de repos, ses parents venaient doucement s'asseoir, sans rien demander ou dire, avant de partir à l'heure où rentrait son fils. Ils se réfugiaient alors chez mes parents pour trouver du soutien et ensemble réunir la force de leurs esprits.

Lui avais-je porté le mauvais œil, ce jour maudit, face au soleil et à la splendeur du temps, en étant si admirative ? Je restais médusée et interdite face au basculement dont j'étais si cruellement témoin et affligée. Comment était-il possible qu'une telle femme, si belle, si jeune et en pleine forme puisse périr d'un tel mal, si vite ? Peut-être n'aurait-elle pas dû s'acharner, via de lourds traitements, pour inciter et forcer la venue d'un autre enfant ? Était-ce ce traitement qui fit entrer dans son corps le monstre noir poussant à bout ses organes ? Ce monstre qui ravage et détruit tout sur son passage, qu'on arrive parfois à déloger, mais gare à ce qu'il ne revienne, car si ce n'est pas par la porte, il entrerait par la fenêtre ou même par une seule fente laissée ouverte, et peut, dans son anarchie et sa cruauté, prendre possession de tous les lieux jusqu'à broyer sa proie avec ses horribles griffes et la projeter hors de chez elle… Elle qui croyait au destin…

Et Hadrien ? Qu'avait-il fait pour perdre ainsi sa mère, et qu'allait-il devenir ? Comment enjamber ce gouffre géant, ce précipice qui s'ouvrait si terriblement sous ses pieds ? Quels dégâts l'absence de cette mère, qui était son appui, son pilier, son alliée et sa lumière, allait lui imprimer ? Comment François allait-il pouvoir se relever d'une telle fatalité, alors qu'après tant d'années il vivait un bonheur parfait, et menait sa barque par un temps ensoleillé, sur une mer douce et apaisée ? Ya-t-il un prix à payer lorsque le ciel reste longtemps bleu ?

Nora voulait me voir. C'est l'Égyptienne qui m'appela pour me le dire. Le jour même, à 14 heures, trois mois après notre fatidique déjeuner. Je me précipitai vers elle le cœur palpitant. J'avais respecté, malgré ma peine, sa volonté de consacrer la poignée de semaines, de jours et d'heures qui lui restaient, à ceux qui lui étaient les plus proches et les plus chers. C'est François, impuissant et éprouvé, qui faisait le relais avec nous sur son état.

L'Égyptienne m'ouvrit la porte et me conduisit, en me parlant dans un chuchotement précautionneux, vers sa chambre. Mon Dieu ! Elle était méconnaissable, squelettique, les traits figés, les yeux creux, l'air affligé. Même pas la force de sourire ; sa parole était lourde et hésitante, par moments saccadée, comme si elle éprouvait des difficultés à mouvoir sa mâchoire ou à bien articuler. Mais le regard était le même : profond, sensible et alerte :

— Merci, Hélène, d'être venue… J'ai besoin de toi. C'est pour moi et Hadrien, aussi pour François… C'est la fin pour moi, désolée… Une émotion montait en elle et l'empêcha quelques instants de continuer.

— On ne me le dit pas mais je crois que depuis quelques jours mon cerveau est en train d'être atteint lui aussi, j'ai des oublis et beaucoup d'absences ; je ne veux pas faire souffrir davantage les miens, je ne veux pas plus de déchéance… Il faut en finir… Il ne faut pas que je laisse une pire image de moi à mon fils. Est-ce que tu peux m'aider à y mettre fin ? Tu es la seule…

— Voyons, Nora, que me demandes-tu ? Comment le peux-tu, comment le pourrai-je ? Les larmes qui se bousculaient soudain dans mes yeux par l'éprouvante détresse qui m'oppressait, couvrirent mon visage et m'empêchèrent d'en dire davantage. De grosses larmes sillonnaient le long de ses joues pâles. Je l'embrassai et lui demandai de me laisser venir la voir plus souvent. Elle me regarda longtemps dans les yeux et souffla :

— Peux-tu alors me promettre une chose ?
— Ce que tu voudras !
— Tu prendras soin d'Hadrien ? Il est encore très jeune !
— Tu peux compter sur moi. Hadrien est la prunelle de mes yeux…
— Merci. J'avais besoin de te l'entendre dire… Ce serait merveilleux si tu pouvais venir vivre ici, tant que tu restes célibataire… Penses-tu que ce sera possible ? bafouilla-t-elle en m'implorant du regard…
— Oui, je crois… S'il le veut…
— Il le veut ! Il t'aime. Nous avons parlé longuement de toutes ces choses durant nos tête-à-tête, ces temps-ci ; je crois qu'il est prêt ; c'est très important pour moi de le savoir pour pouvoir partir en paix
— C'est promis, Nora ! Je viendrai.
Dans une joie soudaine qui lui fit esquisser un sourire, elle ouvrit les bras et je m'y précipitai pour la serrer contre moi. L'Égyptienne nous apporta du thé et du baklava que nous bûmes et dégustâmes dans un silence et une sorte de répit.

*****

Cinq jours plus tard, elle mourait. Je la soupçonne d'avoir précipité sa fin en renonçant à s'alimenter.

François tenta tout pour obtenir une place au Père-Lachaise, dans la division voisine de Chopin, l'adulé de sa femme. Nous n'étions pas nombreux au cimetière :

la famille et quelques collègues de François. C'était lors d'une journée diluvienne. Les images colorées et gaies de nos souvenirs se lavaient dans cette pluie pour devenir sombres et tristes. Hadrien à côté de son père, regard à terre, préparé par sa mère pour cette séparation, ne pleurait pas, comme tenu par une promesse. Mais les parents de Nora ne retenaient pas le torrent de larmes qui inondait leur maigre visage en détresse. Ils ne comprenaient pas ce qui venait d'arriver et la mort cruelle de leur fille adorée. Je pleurais aussi. J'aimais Nora de tout mon cœur ; elle me manquait déjà beaucoup. François, à côté de son fils, semblait perdu et vieilli, ses cheveux avaient sensiblement blanchi et il avait maigri. Ma mère essuyait discrètement ses yeux et était soutenue par mon père qui ne quittait pas du regard son petit-fils. J'étais derrière lui comme un poteau. Je savais que je ne remplacerai jamais Nora, mais qu'il pouvait désormais compter sur moi, ne serait-ce que par la promesse que j'avais faite, cinq jours plus tôt, à sa mère. Rughieh, debout, à côté de moi, derrière Hadrien, avait aussi l'air morne et abattue. Elle grommelait, toute concentrée, le regard perdu dans l'horizon, des paroles indistinctes. Peut- être des prières. Noha, le cousin de Nora, que j'avais rencontré treize ans plus tôt, était là, accompagné de sa femme et de ses parents. Il n'avait pas changé de corpulence et avait le même comportement introverti et distant. L'assemblée était invitée à se réunir chez ses parents où séjournaient les Gouda, pour un déjeuner.

Nous fûmes tous assemblés alors un peu plus tard dans leur bel appartement où une préparation cérémonieuse et un grand déjeuner réunissaient d'autres amis et connaissances. Puis, après beaucoup de silence, dans un recueillement muet avec des regards tantôt tendres et discrets, tantôt tristes et mouillés sur Hadrien, nous nous levâmes pour partir nous retrouver chez mes parents.
Les adieux avec les Gouda étaient douloureux et accompagnés d'un flot de sanglots. Rughieh, qui, à l'initiative de Nora, avait été engagée en permanence chez François, nous accompagnait. Sa présence était rassurante et appréciée. Sans avoir encore évoqué le sujet, Hadrien s'attendait à ce que je les accompagne chez eux. François me regardait sans vouloir rien m'imposer et mon consentement sembla être un voile de soulagement qui détendit soudain son visage. Avec un regard reconnaissant, il prononça :
« Merci, Hélène ! Tu verras si le changement ne va pas être trop contraignant pour toi… Nora avait fait préparer la chambre d'amis… ». Hadrien esquissa un léger sourire, peut-être son premier depuis ces derniers jours et Rughieh, réjouie, s'exclama :
« Que Dieu vous bénisse ! C'est la bonté même de ne pas laisser seul le petit… » J'allai donc, investie d'une nouvelle énergie, dans ma chambre pour préparer ma valise sur-le-champ. Je me dis que le soir le plus difficile pour Hadrien devait être celui-ci. Nora avait, en effet, pensé à tout. La chambre d'amis était dotée d'un grand lit tout neuf,

d'un bureau sur lequel se trouvait une grande corbeille de fleurs. Une enveloppe à côté, avec mon nom, contenait un carton sur lequel était inscrit de sa main : « Merci pour tout, ma chère Hélène ! ». Une boîte sur laquelle figurait encore mon prénom, contenait quelques bijoux. Un billet à l'intérieur me les dédiait avec des mots touchants…
Émue, face au regard brillant de François et d'Hadrien et, avec l'aide de Rughieh, je m'installai.
Mon souci était de faire en sorte que rien ne change pour Hadrien, que l'absence de sa maman ne lui pèse pas au-delà de son chagrin. Il avait été prévu que Rughieh vaque comme à son habitude à ses occupations. J'avais prévu de changer bientôt les horaires de mon travail pour me mettre au diapason avec François et être présente dès 16 h 30, devant l'école d'Hadrien. Ainsi, le matin, je prenais le petit-déjeuner avec lui et l'accompagnais à l'école avant d'aller au Centre.
Rughieh, qui s'était installée dans la chambre du dernier étage, arrivait à 9 heures et s'organisait comme cela lui convenait pour faire des courses, le ménage, le linge et les repas. François, qui depuis l'absence de Nora dormait dans son bureau, continuait sa vie à son rythme et, quand il ne consultait pas l'après-midi, allait à ma place chercher Hadrien avec lequel il revenait en traversant le jardin du Luxembourg.

Cependant, leur deuil ne faisait que commencer. Au lendemain de mon installation, François fit le grand ménage dans ses affaires. Je constatai, stupéfaite, qu'il était en train de jeter parmi beaucoup d'objets tous ses échantillons et sa collection d'herbiers : de nombreux cartons, chemises et classeurs, tous ses spécimens séchés depuis tant d'années…

— Mais, que fais-tu ? lui demandai-je, étonnée.

— Je jette !

— Mais pourquoi ? ?

— Je croyais que ma recherche et ma collection pouvaient un jour me servir… Une illusion…

— Ça peut intéresser Hadrien !

— Je lui ai posé la question : il ne les veut pas !

Je comprenais à présent. Les infusions multiples, auxquelles s'était accrochée Nora en les buvant à longueur de journée, dans l'espoir d'une amélioration de son état et face à l'attente secrète de chacun, s'étaient révélées vaines et inefficaces…

François essayait de créer un environnement nouveau, changeait l'agencement des meubles, supprimait tous les objets qui rappelaient directement Nora, et bouleversait les habitudes d'antan. Mais l'image de l'être aimé était gravée à jamais dans son esprit, sa mémoire et ses rêves.

Je prenais à peu près le rythme de ma nouvelle vie sans rien bousculer. C'était si précieux de vivre à côté d'Hadrien, de discuter avec lui, de découvrir chaque fois un peu plus son univers, ses goûts et son état d'esprit. Il était intelligent, pertinent et sensible. Une autorité innée et assumée, due à son éducation et à l'amour dans lequel ses traits de caractère avaient été pétris et dessinés, suscitait respect, estime et l'écoute attentive des rares paroles qu'il exprimait. Nous parlions peu de sa mère. Certaines choses la concernant l'intéressaient, d'autres le rebutaient et le troublaient. Bien que Nora, depuis la découverte de sa maladie, avait anticipé les choses et lui avait trouvé une autre professeure, il ne voulait plus toucher au piano. Ce alors qu'il nous avait laissé béats d'admiration, six mois plus tôt, devant un *Impromptu* de Schubert qu'il avait interprété, avec grâce et vélocité, sous le regard attentif, ému et fier de sa mère. Pis, il ne supportait même pas la présence du piano à la maison ; je pense que cela lui rappelait trop Nora et ce qu'elle jouait. L'instrument fut couvert et, plus tard, face à quelque malaise sourd et visible sur le visage de l'enfant, François le vendit et mit le fruit de la vente sur le compte de son fils.

Le départ de l'instrument était une épine enlevée de ce pied douloureux qui ne voulait plus avancer, et c'était si désolant de le constater. Ainsi, chacun d'eux, face à son deuil, se détachait d'une entité chère à son cœur comme pour s'acquitter d'une dette qui n'était peut-être pas due, par rapport à un destin vite éteint, contre lequel personne ne pouvait rien : Hadrien tournait le dos à son piano ; et son père jetait un herbier de mille pièces, recherchées, étudiées et conservées depuis tant d'années…
Et moi, face à la vie, ses œuvres, ses épreuves, ses caprices, ses redondances, ses ironies, ses clins d'œil ou

son apathie, j'abandonnai la pensée du lendemain et le souci de mon destin, car la maîtrise de l'un ou de l'autre ne m'appartenait et ne me préoccupait plus ; autant vivre l'instant présent et essayer de le rendre plaisant pour ces deux êtres froissés et dépassés qui accrochés à leurs souvenirs ne voyaient plus le passage des jours et des mois. Il fallait, certes, apprivoiser leur détresse. François ressentait le besoin de se recueillir chaque semaine au Père-Lachaise, mais Hadrien n'aimait pas se rendre au cimetière ni en parler. Sa discrétion invitait à la finesse et je me contentais de l'écouter sans rien juger. Il aimait les réunions de famille, mais plus les festivités. Pour l'anniversaire de ses treize ans je lui proposai d'inviter ses camarades mais je me heurtai à son refus ferme. Nous le célébrâmes alors chez mes parents sans invité. J'avais compris par son attitude et sa manière d'être que son « Oui » ne changeait jamais, tout comme son « Non », et qu'il ne prononçait ni l'un ni l'autre sans avoir bien pesé le sens du mot. L'épreuve traversée emportait avec elle une part de son enfance, de son insouciance, de son innocence et le contraignait d'assumer en homme désormais. Le gouffre redouté, grand ouvert par cette disparition ne pouvait pas être traversé en une seule enjambée ; il allait falloir beaucoup de temps. Beaucoup de temps pour laver cette empreinte de mélancolie muette qui avait terni ses beaux yeux vert-miel.

Cependant, il s'attachait à ce qui était en rapport avec le pays de sa mère, ou à tout ce qui avait une saveur orientale : les mets, les parfums, les mosquées, le chant et la prière, mais lorsque ses grands-parents l'invitaient à y passer ses vacances, il rechignait et ne voulait pas y aller. Toutefois, il les rencontrait volontiers quand ils venaient à Paris, encore fallait-il que je l'accompagne… Pourtant, il aimait Rughieh qu'il avait toujours vue en présence de sa mère et qui devait constamment la lui rappeler. J'essayais de ne plus analyser, et plutôt de m'adapter aux faits et à ses souhaits. J'espérais pouvoir, de nouveau, trouver dans son regard des marques d'enthousiasme et d'intérêt qui le rendaient si espiègle et aventurier, à l'affût d'occasions de surprendre et de fasciner.

François, qui avait lui-même son jardin secret, à quarante-sept ans, se sentait déjà vieux et usé. Une partie de sa vitalité, de ses intérêts et de sa vivacité devenait cendre et se soulevait sous le vent fort des souvenirs et des regrets. Il passait méthodiquement une grande partie de sa journée à consulter et le reste du temps se passait avec Hadrien ou avec nos parents qui commençaient à être frêles et âgés. Il n'y a pire deuil que celui qui se voit enfoui et muet. La mère de Nora, qui pleurait sa fille arrachée, avait sûrement pu expédier une part de sa détresse vers d'autres horizons, écoutes et sensibilités. Ce qui permettait à la fin de ne garder que les souvenirs des beaux moments passés et de mettre son chagrin en retrait pour pouvoir mieux avancer.

Mais François stagnait face au mur qui s'était dressé

soudain sur son chemin et qui l'avait immobilisé, terrassé et décontenancé. Pourtant, au Centre, c'était le veuf le plus convoité. Il n'avait que largement le choix de refaire sa vie avec l'une des collègues ou des patientes qui lui souriaient. Mais, comme une personne en appétit qui dégustait le mets dont il raffolait avant qu'on le lui retire, il avait perdu le goût et ne désirait plus manger juste pour consommer. Il se consacrait en revanche à ses recherches pour trouver l'antidote définitif qu'il étudiait contre l'agression des substances allergisantes sur le système immunitaire. Je pense que la meilleure partie de sa journée se déroulait ensuite en compagnie d'Hadrien qu'il emmenait chaque vendredi au cinéma avant d'entamer une balade et même finir la soirée, en tête à tête, au restaurant.

*****

À trente et un ans, ma vie se consumait dans un automatisme robotique et sans saveur : la journée se déroulait en deux parties : la première à mon poste au Centre, et la seconde avec Hadrien, François et nos parents, presque sans loisir, ni vacances, ni sortie. Face à cette maussaderie qui épandait son ombre mélancolique sur nos vies, il était temps de réagir, d'y mettre un peu d'ordre et peut-être de plaisir…

Mes parents possédaient une grande propriété, belle et ancienne à quelques kilomètres de Figeac dans le Lot-et-Garonne, au cœur des vignobles, tenue et habitée gracieusement par un couple dont le mari venait de mourir. Je décidai de prendre un peu les rênes de notre sort, entre un frère brisé et morne et des parents devenus dépendants et vieux.

Pour commencer, je pris des dispositions pour aider la fermière à s'installer dans son village, puis, avec le soutien et l'enthousiasme de toute la famille, j'entrepris de rénover, avec l'intervention d'un architecte, cette grande maison qui possédait de nombreux salons, chambres, dépendances, un verger et trois hectares de terrain arboré. J'eus l'idée d'y faire installer une piscine chauffée sous véranda, un terrain de tennis et un équipement sportif avec sauna et jacuzzi, dans l'intention de faire de cet endroit un lieu de repos et de loisirs. Mes parents étaient rentiers et fortunés, et l'idée de retourner dans cette propriété sur la terre de leurs ancêtres les enthousiasma et les réjouit.

Le projet anima François et Hadrien qui m'accompagnaient dans mes allers-retours. J'avais choisi un architecte dans la région pour l'avancement plus rapide des travaux et nous décidions ensemble, avec François et Hadrien, des plans, des couleurs et du choix des meubles. Hadrien semblait animé d'une nouvelle énergie face à ce domaine verdoyant et apaisant, dans un endroit où il n'y avait aucune trace ou souvenir de sa mère. Par ailleurs, depuis un certain temps, il s'intéressait à la course à pied et, dès que possible, il s'éclipsait pour courir des kilomètres avant de rentrer, fatigué mais apaisé, et parfois même serein et gai. Je pensais que ça lui permettait de se retrouver, de méditer sur ce qui restait encore pour lui une énigme. Je me dis qu'il pouvait faire, dans le Lot, la découverte à pied de tant de villages, de réserves et de forêts…

Ce projet me poussait en avant avec une perspective joyeuse et stimulante. Mes parents, réconfortés et dans l'expectative, regardaient avec intérêt les clichés que je leur montrais de l'avancement du projet et y trouvaient un nouvel élan et un nouveau sujet de discussion et de débat. Onze mois plus tard tout était prêt et, dans un confort luxueux, nous savourions, tous ensemble, la douceur d'un hors temps de paix et d'agrément qui nous manquait tellement. Hadrien baptisa le domaine la Castanea en raison du nombre des châtaigniers centenaires qui s'y trouvaient, nom que nous adoptâmes sur-le-champ. À la Castanea chacun avait sa chambre avec salle de bains. Chaque matin, Rughieh mettait sur la grande table en bois de la salle à manger ouverte sur la cuisine, le service du petit-déjeuner avec différents mets, de délicieuses confitures maison et un généreux bouquet de fleurs cueillies dans le jardin.

Chacun prenait son petit-déjeuner à son réveil à l'heure qu'il voulait. Ensuite, le déjeuner, servi à 13 h 30 nous réunissait tous longuement. Puis s'offrait à chacun une plage horaire libre jusqu'au dîner, prévu vers 20 h 30.

L'après-midi, François et Hadrien jouaient au tennis, mes parents lisaient paisiblement sous les pommiers et moi, après quelques brasses dans la piscine et un peu de gymnastique, je contemplais avec délice l'œuvre réussie qui nous avait tous rassemblés ainsi. Rughieh, qui régnait dans une cuisine vaste et spacieuse, donnant des deux côtés accès au parc et au jardin, par des portes-fenêtres souvent grandes ouvertes, semblait réjouie et à son aise dans cet espace. Parfois, sa cousine l'accompagnait pour l'aider et profiter de l'air de la compagne. Elles s'affairaient alors, pour notre grand bonheur, dans une préparation fougueuse de succulentes tartes et de gâteaux, qu'elles servaient ensuite avec du thé noir qui prenait la teinte de l'ambre, dans des verres transparents, à la taille fine, et elles nous parlaient avec gaieté ou nostalgie de leur pays, de leurs souvenirs et de leur destin.

Nora n'était jamais loin de mes pensées dans ces moments de délassement et de paix. Je la voyais cueillir des fleurs, discuter avec Rughieh, toute rieuse, papillonner dans le parc, bras dessus bras dessous avec Hadrien, taquiner avec ses éclats de rire François pour la découverte d'un nouveau feuillage, et me parler d'elle et de moi, dans le cœur de nos confidences. Je pense qu'elle demeurait, sous une forme lointaine et inaccessible, tel un songe, présente dans l'esprit de chacun, mais sans que personne, comme par une convention tacite, ne l'évoque ou n'en parle.

À la Castanea la vie avançait un peu. Cette terre était un bol d'air lorsque nous oubliions de respirer.

Hadrien devenait beau et svelte, il semblait serein et apaisé. Il lisait beaucoup et retrouvait, à petits pas, ses marques et ses repères. La course à pied était devenue sa nouvelle passion, sa boussole même ! Il s'entraînait de nombreuses fois par semaine et faisait des heures et des heures de course comme à la recherche d'un temps perdu ou dans l'intention de le perdre pour, peut-être, pouvoir avancer et arriver plus vite à sa destination et au bout de ce vague et constant mal-être inavoué qui l'habitait.

À seize ans, il intensifia son entraînement dans le but de participer au grand marathon de Paris-Élan, sur 42 195 km, ouvert aux athlètes dès l'âge de seize ans. Son père, qui souriait d'abord à cet engouement nouveau, commença à s'inquiéter du temps et de l'énergie qu'il y consacrait. Heureusement qu'il réussissait brillamment ses examens avec une année d'avance.

Nous commencions, alors, François et moi, à nous pencher sur cette discipline, à suivre tous les grands marathons et lisions des articles et des rapports qui pouvaient nous éclairer. La moitié des coureurs avouaient courir pour perdre du poids, alors qu'Hadrien n'avait pas un gramme de trop à brûler. Finalement, sous couvert de curiosité, un jour devant l'écran, en regardant l'immense grappe colorée d'hommes et de femmes qui cavalaient à

toute allure comme pour décrocher au plus vite leur étoile ou attraper au vol la chance filante, ou encore embrasser le sacre d'un couronnement sentimental, je lançai :
— Qu'est-ce qui les motive à avaler la route comme ça Hadrien ? Juste pour faire du sport, ou dans le souci d'une mise en forme ?
Pas forcément ! Le défi ! Pour repousser leurs limites, récolter quelque satisfaction ou œuvrer pour une action…
« Œuvrer pour une action ! » je répétai.
Je savais qu'Hadrien n'entreprenait rien d'absurde et au hasard.

Quelques jours plus tard, en rangeant sa chambre, je découvris un ouvrage sur la gynécologie. Je pensai, un moment, souriante, à un attrait pour le sexe opposé, mais le livre était médical et expliquait en détail les organes génitaux de la femme. Un peu plus loin, sur la table de nuit, je vis un dépliant du marathon Paris-Élan, sur le premier feuillet duquel figurait, en caractères gras : « Courons ensemble dans l'esprit de vaincre le cancer… » !

Je fis aussitôt le lien. Rien n'était oublié ! Il naviguait toujours entre la vie réelle et la hantise de la maladie qui avait emporté si vite sa mère et qu'il cherchait à vaincre et à élucider.
Hadrien participa au grand marathon Paris-Élan trois semaines plus tard. Nous l'accompagnâmes au point de départ, à la place de l'Étoile, avec mon père

qui, admiratif, approuvait le choix sportif et l'esprit combatif de son petit-fils. Il lui parlait du champion de 1956 qu'il avait connu, « un gaillard impressionnant… ». Après le top départ et dans l'attente de son retour, une fois qu'il devint une petite tache colorée dans cet immense tableau mouvant qui s'éloignait, nous nous installâmes dans une brasserie pour siroter et papoter en faisant des suppositions diverses sur la véritable motivation des coureurs et l'intérêt d'Hadrien. Deux heures plus tard environ, il revenait, sous les applaudissements, au milieu d'un comité d'accueil survolté et criard, après avoir traversé tout Paris, jusqu'au bois de Vincennes. Il avait fini sa course au bout de 2 heures 8 minutes 45 secondes, à quelques secondes du vainqueur.
Heureux de son expérience, il sentait, avec cette course, avoir fait avancer d'un souffle une action, un élan et une conviction. Son épuisement et son enthousiasme à son arrivée marquaient un aboutissement et un vrai soulagement pour son père et son grand-père.

Hadrien eut son bac à dix-sept ans avec mention très bien dans l'enthousiasme de toute la famille. Son père, heureux, le regardait avec des yeux admiratifs et amusés dans une attitude amicale et fière. Une autre étape venait d'être franchie. Le petit Hadrien avait grandi. Tant d'émotions, tant d'épreuves, tant d'évolutions. Une voiture fut sa récompense offerte par ses grands-parents, cadeau qui le motiva

pour obtenir quelques mois plus tard son permis de conduire. Il consentit cette fois, à fêter l'événement en présence de ses autres grands-parents qui arrivaient du Caire pour le féliciter, et aussi de la tante de sa mère et de son cousin, à la grande joie de mes parents, de François et de moi-même.
Rughieh, sa cousine et une amie de celle-ci, œuvraient depuis quelques jours déjà à la préparation de mets divers et de délices sucrés, et décoraient l'appartement de mille fleurs et de plateaux de fruits secs et frais.

Elles avaient dressé, sous la surveillance de ma mère qui s'affairait joyeusement avec énergie, une belle table de fête avec le service en porcelaine fine de ma mère, offert par la sienne à son mariage, qu'elle ne sortait qu'en cas de grands soupers. De nombreuses années de service à l'ambassade avaient donné à Rughieh une certaine finesse et un sens aigu de l'accueil. Sa présence était rassurante et le gage d'une belle soirée festive et animée.
À la suggestion d'Hadrien, nous plaçâmes une grande photo de Nora dans un cadre doré, sur la cheminée. Le temps avait fait, en partie, son œuvre. Nora s'envolait d'une réalité tangible et quotidienne vers les songes les plus lointains et devenait, avec l'auréole du temps autour de son image et de ses souvenirs, une autre réalité, présente mais impalpable.
Ce fut une occasion pour nous de sourire enfin à la vie, en sa présence, sans se sentir écrasés par la pensée de son absence.

Une demi-douzaine de camarades de mon jeune neveu faisait également partie des convives, tous bac en poche et rieurs. Il y avait trois charmantes jeunes filles vives et spontanées, comme seules au monde, dans un coin du salon, criant presque pour s'exprimer, dans une effervescence qui les unissait. C'était si amusant de rentrer dans leur univers. Je les observais de loin et décelai un désir de séduction, ou même quelques émotions, dans l'attitude et la pose de chacune, et, particulièrement, une ferveur dans l'œil de l'une, Chloé, fine et pétillante, habillée d'une robe rouge moulante, constamment en mouvement. Elle ne manquait pas de plonger ses beaux yeux noirs dans ceux d'Hadrien pour lui demander un avis, lui poser une question ou attirer son attention. Sa voix feutrée dotait chacune de ses phrases d'un ou deux « Hadrien », et son papillonnement autour de lui, qu'elle embrassait du regard, ne laissait point de doute sur la tournure qu'elle souhaitait donner à leur lien.

J'examinais du coin de l'œil Hadrien, et ne déchiffrais dans ses expressions que l'empreinte de son assurance habituelle et son demi-sourire cordial et mesuré. Pas un soupçon de sentimentalité ou une quelconque trace d'émotivité : même rire, même regard de velours, même maintien pour les camarades filles ou garçons. Le rire d'Hadrien, sans fracas ni éclat, épanouissait son visage, lui faisait baisser le regard et secouait légèrement son buste. Je ne vis pas ce rire ni aucune autre marque de joie ce jour-là et regrettai pour la petite Chloé ses répliques courtes et succinctes. Je lui aurais volontiers donné ce conseil : « Parfois la distance est le meilleur outil pour chercher à regarder quelqu'un de plus près ». Je ne la revis plus dans les réunions et les assemblées.

Chacune des retrouvailles avec les parents de Nora nous enchantait. Nos souvenirs, notre relation, nos joies et nos chagrins avaient chassé toutes sortes de faux-semblants pour nous rapprocher. Quand ils étaient à Paris on se voyait presque tous les jours ; la plupart du temps, chez mes parents ou même au restaurant, ce qui constituait pour ma mère et mon père des sorties attendues et gaies.

Dans leur discussion à deux, je surprenais parfois ma mère, qui d'habitude avait un maintien discret, à parler avec un débit accéléré, montrant son vif intérêt. Sa voix douce ou son rire en cascade allant jusqu'à devenir criard, exprimait sa joie ou son indignation, selon divers sujets. En soulignant ses dires, sans s'en apercevoir, elle donnait de légères tapes du bout de ses doigts sur la main d'Anny qui avait toujours une écoute attentive. Elle prolongeait les échanges en abondant dans le sens de ma mère, et toutes deux semblaient réjouies par ces apartés.

Une fois, ma mère lui parla de Rughieh pour la remercier de la leur avoir fait connaître, car elle était une aide inestimable et désormais une confidente de confiance. En effet, ma mère lui parlait d'égal à égal

de ce qui la préoccupait, et l'écoutait avec attention. Rughieh disait les choses simplement et donnait son avis sans le moindre tact et calcul.
Les parents de Nora nous accompagnaient souvent à la Castanea, lorsqu'ils venaient en France. Ils aimaient l'endroit et c'était un plaisir de les avoir. Mon père, qui appréciait Hazan Gouda, trouvait en sa compagnie un ami fidèle avec qui il avait toujours de multiples sujets à discuter. C'était le seul avec qui il parlait même de religion ou de politique, mettant de côté la diplomatie et ses tiroirs stratégiques. Ils refaisaient le monde, de Paris au Caire, parfois en présence de François qui les écoutait. Puis, venait la joie de s'aventurer, de s'exciter et de s'extasier, sans voir le temps passer, dans des parties interminables de backgammon que nous adorions et auquel nous savions tous jouer. À chaque arrivée à Paris, ils nous rapportaient une multitude de présents et un backgammon différent ; le dernier, dont le coffret et le tablier étaient en marqueterie, devait coûter une petite fortune. Hadrien aussi s'y intéressait de près et jouait des parties très animées avec son grand-père, Hazan Gouda, qui était, selon les dires de François, l'un des meilleurs joueurs, avec un jet de dés particulièrement maîtrisé. Il arrivait même à Hadrien de battre ce grand-père, avec des rires discrets qui soulignaient sa ferveur et son bien-être. Parfois, Hazan Gouda s'asseyait à côté de moi et me parlait de Nora. Il me disait que sa femme était encore trop sensible à son évocation, qu'elle la voyait souvent dans ses

rêves et restait hagarde dès son réveil… Il me disait que Nora m'aimait beaucoup et me considérait comme une sœur. Je lui confiais que sa pensée ne me quittait pas et que je la voyais comme si elle était devant moi à chaque fois qu'on était tous ensemble ou à chaque fois que je regardais Hadrien, pensant toujours combien elle serait fière si elle était là. Lui qui me vit grandir me dit un jour :
— Et vous, Hélène, vous êtes comme ma fille, pourquoi ne pensez-vous pas à fonder votre propre famille ? Au bout du compte, c'est ce qui reste à chacun ! Ni père, ni mère, ni frères ou sœurs, ni amis… Ce qui compte, c'est sa moitié, sa propre famille !
Devant mon silence, comme si je ne pouvais pas être concernée par ce genre d'attention et de réflexion, il ajouta :
— Peut-être que vous n'avez pas encore rencontré l'élu de votre cœur ! Ça viendra, alors…
— Non, je l'avoue, je vois tous les jours les mêmes personnes à l'hôpital et je suis tombée dans une routine : les jours, les mois, les années courent sous mon nez sans que je puisse les rattraper…
— Peut-être placez-vous la barre trop haute ! Remarquez, avec un père comme le vôtre, un frère comme le docteur et un neveu si brillant comme Hadrien… C'est compréhensible, le choix devient quelque peu difficile, en tout cas, j'espère voir votre mariage !

Je le remerciai et restai touchée par son attention ; personne d'autre ne pensait à mon devenir. Je comp-

tais pour mes parents comme un moyen pour faire évoluer et avancer les desseins et les visées des autres. Je me demandai :
« Et pourquoi, en effet, étais-je destinée à la solitude, en simple spectatrice du bonheur des autres ? ». Je me souvins alors des paroles de Nora qui croyait au destin, qu'il arrivait ce qui devait arriver et que nos efforts pour le contrer ou le provoquer ne seraient que vains. Ce constat m'apaisait, sans vraiment me rassurer.

4

Durant les vacances de Noël, après un séjour merveilleux sous le soleil d'Acapulco, où le couple avait célébré les premières heures du Nouvel An, dans l'ivresse et la légèreté d'un monde pailleté et insouciant, Rony et Willy rentraient à Paris avec le soleil dans la peau et le moral.

Rony avait reçu une lettre d'Ottah que Moeez lui remit. Ottah lui parlait d'Hana qui venait d'avoir son baccalauréat, de ses progrès en peinture et de sa décision de l'envoyer étudier aux Beaux-Arts… Il lui demandait des renseignements sur les conditions d'admission.

Cette décision déchirante tirée de leur amour pour leur fille et son avenir était au prix d'un réel sacrifice. Hana rêvait de ce Paris que Nina, sa professeure, qui y avait vécu quatre ans, sublimait et lui décrivait avec des étoiles dans les yeux.
C'était une passerelle magique vers le sublime, vers d'autres horizons, couleurs et perspectives.
Rony se renseigna le jour même et téléphona tout ému à son ami :
— Comment vas-tu mon vieux !
— Ça fait plaisir de t'entendre Rony ! Je n'apprends que de bonnes nouvelles te concernant, comment vas-tu, comment est Paris ?

— Merveilleux ! Magique ! Tu dois venir !
— En attendant c'est Hana qui souhaite venir, qu'en penses-tu ? Les conditions d'entrée ne sont-elles pas trop difficiles ?
— Les admissions se font sur épreuve et à la suite d'un entretien avec le jury. Je lui ai pris un dossier d'inscription que je t'envoie aujourd'hui. Il ne faut pas tarder à le remplir car il doit être déposé d'ici deux mois… Je ne doute pas de ses chances, je serai ravi de la rencontrer.
— Ça me rassure que tu sois là, elle est très indépendante, parle couramment le français ; je pense qu'elle va pouvoir se débrouiller…
— Tu peux aussi compter sur moi, Ottah …

Ottah retrouvait, au terme de cet échange où l'essentiel avait été dit de part et d'autre, le Rony chaleureux et aimable qu'il connaissait.

Le temps peut durcir les vices mais n'altère pas les vertus.

Les préparatifs, les va-et-vient soucieux et affairés de la famille avec chacun ses conseils, ses pronostics et ses présents pour la future Parisienne avaient distillé une ferveur délicieuse mêlée aux affres de la séparation dans la famille Farag.

Le jour du départ les larmes ne se retenaient plus. Hana, qui serait reçue par Rony, le temps de s'installer, devait réussir et les promesses de retrouvailles dans la plus belle ville du monde furent échangées entre les deux sœurs.

Rony, connaissant Willy et son esprit possessif, ressentait quelque inquiétude à la nouvelle de l'arrivée d'Hana. Il commença par décrire la banqueroute et le fiasco qui avait frappé sa famille et lui-même en lui demandant d'être accueillant et à la hauteur avec elle. Willy consentit du bout des lèvres à condition que la situation ne perdure pas. Mais à la vue d'Hana il resta interdit par sa beauté. Rony lui-même semblait confus devant cette belle jeune femme élancée aux magnifiques yeux verts, aux longs cheveux ondulés aux éclats d'or. Hana, souriante et émerveillée, marchait d'un pas léger avec les espérances de ses dix-huit ans, munie d'une multitude de présents pour ses hôtes. Un dîner dans une grande brasserie et une petite excursion au cœur de Paris, suivis d'un dernier verre dans un palace, couronnèrent cette première soirée. Willy expliquait chaque monument qui arrachait un soupir d'admiration à Hana, avec la fierté de celui qui étale ses biens et présente sa propriété et ses joyaux.

Hana fut à son tour éprise par le charme envoûtant de Paris, ses bâtiments clairs, ses éclairages discrets, ses pavés centenaires qui avaient sûrement vu déambuler Delacroix, Van Gogh et Monet. La Seine, les ponts et la tour Eiffel de ses cartes postales prenaient consistance. Elle caressait du regard cette fois de près les platanes des Champs-Élysées. Le ciel était bleu marine et y brillaient quelques étoiles éparpillées mais splendides. De retour à l'appartement, enivrée encore par sa visite et le vin qu'elle avait dégusté pour la première fois, dans un bien-être caressant,

assise autour de la table couverte de tissu brodé au fil d'or, en enveloppant nonchalamment de sa main droite la tasse chaude d'une infusion sucrée et odorante de fleurs et de menthe que Rony avait servie, elle le remercia d'un regard spontané empli de reconnaissance : « Merci pour tout ! »
— De ri-en ! détacha à sa place Willy en ajoutant d'un mauvais regard :
— Profites-en, car tu n'as vu, très chère, que le côté clinquant de Paris ; l'envers du décor t'attend, et c'est une tout autre histoire… Puis, il pouffa d'un grand rire assuré avant de lancer mi-plaisant, mi-sérieux :
— Les chambres de bonne, six étages à pied, t'as pas peur des souris, j'espère…
Rony, surpris du ton et de la liberté de parole que Willy prenait et du regard soudain réveillé d'Hana, comme si elle sortait d'un songe, souffla d'un ton avertissant :
— Arrête Willy ! ce n'est pas drôle…
— Mais c'est la vérité de Paris, voyons !

Hana ne savait que répondre, seulement son délicieux état de flottement venait de s'évaporer pour la laisser chavirer dans le réel et dans la pensée des tâches qui, en effet, l'attendaient dès le lendemain.

Rony tenta de changer de sujet et vint s'asseoir à côté d'elle, lui demandant de lui parler de la famille, de sa peinture, de Nina. Un léger sourire détendit un peu les traits de la jeune fille à l'évocation du nom de sa professeure et de sa peinture. Elle lui souffla dans un élan d'enthousiasme :

— J’ai apporté quelques dessins et peintures, je vais vous les montrer, dit-elle en se dirigeant énergiquement vers la chambre où elle était installée, sans attendre la réponse de Rony. Elle en revint aussitôt avec quelques croquis. Willy, qui pendant ce temps s’était changé, s’approchait, intrigué.
Rony prit des mains impatientes la pile, fixa attentivement chaque croquis, en même temps que Willy, resté debout derrière lui. Puis, comme s’il cherchait des mots adéquats, il tourna sa tête vers Hana et lui demanda doucement :
— Tu aimes beaucoup les portraits, n’est-ce pas ?
— Oui… entre autres…
— Tu as une belle technique, le sens de la perspective ; les lignes sont belles et fluides mais je m’excuse de te le dire, ça manque d’originalité ; ça se rapproche de la photographie…

Willy s’éloigna à pas doux avec un sourire sournois sans rien dire.

Hana, qui attendait depuis des années ces quelques secondes d’observation et l’avis de celui qui était devenu un illustre critique, en qui tout son entourage avait placé ses attentes et ses espérances, venait de recevoir une gifle aussi inattendue que claquante. Le pire, c’était que Rony était bienveillant et nulle malice n’animait ses pensées ou ses sentiments. Mais alors comment ne pouvait-il percevoir les expressions qui animaient chaque regard, chaque visage ? Comment pouvait-il comparer ses personnages aériens à des photos ?…

Un désir irrésistible de sanglot creusait sa gorge. Elle finit par débiter :
— Aucune expression ne ressort donc de ces dessins ?
— Bien sûr que si, mais tu en ressens autant face à une photo… Propos qui fit pouffer Willy à l'autre bout de la pièce, malgré lui. Rony, conscient de pouvoir blesser sa jeune invitée, s'empressa de mieux traduire sa pensée.
— Chère Hana, d'abord, je te félicite pour ta passion, ensuite tu as toutes tes chances d'être admise aux Beaux-Arts, je n'en doute pas une seconde. Seulement, si j'ai un conseil à te donner, une réflexion à faire, ce serait de te dire :
« Sors du carcan des formes et des limites ; ouvre ton champ ». L'art ne doit pas se contenter de donner seulement une belle expression ou une fidèle représentation, il doit susciter un espace de liberté pour permettre à chacun de s'y promener sans directive, sans limite, sans contrainte. Le but dans la création n'est pas d'être seulement ému devant une belle image ou une métaphore artistique saisie par tous. Cette liberté se trouve principalement dans l'abstraction. C'est l'art abstrait qui permet de créer un lien personnel, mental, intellectuel, voire émotionnel, propre à chacun, avec l'œuvre.

Hana, n'avait pas de répartie, ne savait pas à quoi s'accrocher pour fuir cet instant qui l'écrasait. Ce constat pour elle qui avait approfondi l'art du portrait était cruel. Rony n'avait pas remarqué sa sensibilité ; les croquis qu'il avait en main étaient tous imagés.

Ces poses, ces corps repliés, ces regards embués, ces sourires étiolés n'établissaient-ils pas de lien, ne montraient-ils pas une expression nouvelle ou les impressions du peintre ?

Bouleversée, passée de la légèreté la plus délicieuse à une lourdeur affligeante et fiévreuse, comme si elle avait perdu un être cher ou qu'on lui avait claqué au nez la porte mi-ouverte vers le succès, elle avala sa salive et afficha un sourire avant de les saluer quelques instants plus tard et de se réfugier dans la chambre d'amis. Elle se rendait soudain compte d'un petit cataclysme : sa peinture n'intéressait pas Rony.

Le lendemain, le couple fut particulièrement aimable et souriant avec elle et même si Willy évoqua à deux reprises Setti et un autre peintre, aucune allusion à la peinture ne vint rappeler la discussion de la veille. Les propos se voulaient pragmatiques, désignaient le programme de la journée et les endroits où se retrouver. Rony proposa à Hana de l'accompagner à la galerie qui se trouvait à quelques pas de l'appartement ; idée que la jeune femme accueillit chaleureusement. La nuit lui avait permis de se situer, de prendre du recul. Elle n'avait que dix-huit ans et était faite de la pâte qui était la sienne avec les sensibilités qui en découlaient. Il y aurait dans ce Paris peut-être d'autres Rony qui apprécieraient davantage cette sensibilité. L'art abstrait n'avait jamais provoqué en elle le besoin de l'adopter. De ses pinceaux émergeaient des visages et des silhouettes parfois reconnaissables mais avec les sentiments, le regard, la lumière qu'elle ressentait et suscitait.

Quel objectif, quelle photographie est capable de donner ce qu'elle n'a pas en face ?

Gourmande de chaque détail, Hana avait retrouvé sa joie de se savoir à Paris, et tout en marchant à côté de Rony, vers sa galerie, elle observait avec délectation tout autour d'elle : les belles grandes portes sculptées des hôtels particuliers, le nombre des statues dans les rues, les cours, les squares et même truffées dans les façades ; les cafés animés et remplis, bordés d'une terrasse malgré le peu d'espace ; les passants enjoués aux regards vifs mais discrets, les dames âgées aux cheveux couleur pastel, libérées de leur âge pour s'habiller ; les chiens miniatures courant derrière leur maître comme des petits jouets. Même la présentation respectueuse des fruits, luisants et colorés, en belles rangées, les pâtisseries aux noms improbables, ou chez le boucher, la disposition de différents types de volaille et de viande, découpée, ficelée, entourée, enguirlandée, accrochée, posée côte à côte, dans une belle fraîcheur, la captivaient.

Nebka, la galerie de Rony, était admirablement située sous une arcade de la place des Vosges face au jardin entouré d'un large collier de platanes taillés au carré.

— Quel endroit merveilleux, quelle belle place !

— C'est une des places les plus anciennes de Paris, elle respire les siècles avec les plus beaux hôtels particuliers, devenus pour la plupart des musées. Victor Hugo y habitait au numéro 6 ! Tu peux aller visiter sa maison tranquillement quand tu le voudras…

— Oh, je le ferai, je pense que je n'aurai jamais assez à visiter, Paris est comme une œuvre d'art géante répartie en vingt arrondissements !

Rony la regarda avec un sourire enthousiaste :

— Bravo, bien trouvé, même si tous les arrondissements que tu ne connais pas encore ne sont pas du même niveau, mais, en effet, chaque quartier, tu verras, a son charme et ses caractéristiques…

Elle franchit devant Rony une grande porte vitrée avant de se retrouver dans une vaste salle claire au plancher boisé bien ciré, aux multiples murs garnis. Splendides. Au milieu de la pièce, sur un socle ciselé, une fine statue de femme en marbre blanc, cou et taille démesurément étirés, portant une jupe ample soulevée par le vent, si fluide malgré le poids de la pierre, accueillait admirablement le visiteur. D'autres supports exhibaient des créations complexes en bronze, une grosse pelote mal enroulée, des barres entortillées avec le même aspect de chaque côté. Au plafond, en guise de lustre, était accroché un plateau transparent, portant des verres à vin et une carafe contenant la lumière, en déséquilibre et légèrement penché, comme si tout allait à chaque instant chavirer. Les hauts murs, sous différents éclairages, exposaient des toiles des plus petites aux plus démesurées. Certaines s'imposaient avec de grosses taches barbouillées dans des couleurs vives et des motifs des plus sophistiqués.

Rony lui présenta Martine, son assistante qui l'épaulait et tenait la galerie en son absence. Cheveux argentés, sourire accueillant, elle était courtoise et discrète. Aussitôt, elle remit quelques courriers et télécopies à Rony et lui communiqua les messages de la matinée.

Hana alla vers les tableaux. L'abstrait s'imposait en effet. Elle resta admirative devant une toile figurative dominée par le rouge et l'orange et de fines lignes blanches et dorées en relief. Sur le mur voisin, une mer tonitruante l'attira aussitôt par ses couleurs et son énergie comme si elle entendait le déchaînement des vagues : c'était signé Setti. Elle était émue. Une autre toile du même artiste dépeignait les Pyramides comme trois montagnes grises, sombres et embrouillées, sous un ciel argenté, déchiré par un morceau de braise. Un ensemble de sentiments la bouleversa. Elle gardait des souvenirs troublants de ces amas gris qui avaient marqué au fer rouge ses parents et elle, petite.

Rony après une longue discussion au téléphone vint vers elle, lui parla de quelques peintures et de leur peintre et lui annonça qu'ils déjeuneraient sur une terrasse fleurie, de l'autre côté de la place. Ils descendirent ensuite voir la salle du sous-sol. Belle

pièce également, truffée d'un trésor de croquis, de dessins et de sculptures en marbre. Rony alla chercher deux cafés et ils s'installèrent autour d'une table basse dans des fauteuils moelleux en cuir couleur sable. Il trouva qu'elle avait les yeux de son père. Il plongea dans ses souvenirs et lui parla de sa rencontre avec Ottah qui était son meilleur ami, le seul qui ne l'avait jamais jugé pour ce qu'il était dans un pays où aimer un autre homme équivalait à un péché. Même si leurs chemins avait un peu bifurqué après le mariage d'Ottah, ils avaient continué à se voir et à travailler ensemble. C'est avec lui qu'il avait ses meilleurs souvenirs. Il évoqua l'amabilité de sa grand-mère qui l'invitait souvent en lui préparant des plats succulents alors que lui avait perdu la sienne à peine cinq ans. Rony fit aussi allusion à l'escroquerie dont ses parents avaient été victimes et qui avait bouleversé leur vie, dans une désolation toujours vive. Hana, à nouveau bouleversée par les mauvaises réminiscences, remarqua que son père, de plusieurs années plus jeune que Rony, paraissait plus marqué par les revers du temps.
Elle avait envie de lui dire que sa présence avait mis du baume au cœur de son père, qu'il l'a aidé à reprendre, malgré tout, le dessus sur les épreuves et à surmonter la pente vertigineuse ; elle aurait voulu lui dire qu'elle l'aimait déjà comme un oncle, contente de l'avoir et de pouvoir lui ouvrir son cœur. Mais à cet instant, la résonance métallique de la voix de Willy qui entrait, entrecoupée de son rire

sonore et de ses blagues avec Martine, avant de dévaler l'escalier de ses pas bruyants, retint Hana dans ses confidences. Willy lui semblait de ces êtres dont la présence occupe tout l'espace.
Aussitôt arrivé, il lui lança :
— T'as vu la galerie ? C'est superbe, hein !
— Oui, c'est magnifique !
— Ce quartier est l'endroit le plus recherché de Paris. Les vrais aristos habitent ici dans des hôtels particuliers à te couper le souffle… Tu te trouveras peut-être ici un mari riche… lâcha-t-il avec une moue *plaisantine* qui ne fit pas sourire la jeune fille.
— Ce n'est pas le but, intervint Rony, en adressant un regard complice à Hana, elle est ici pour ses études…
— L'un n'empêche pas l'autre, très cher, bredouilla, tout enjoué, Willy avec son ricanement, avant de s'enquérir :
— Où déjeune-t-on, amour ?
— Au Pavillon du Roi…
— Ah là, là ! Mademoiselle a de la chance !
— Toi, aussi…, bafouilla malgré elle Hana, sans le regarder. Le mot inattendu enleva, comme un vent sec, le trop-plein de la raillerie chez Willy et lui rendit son regard dur, comme si on l'avait giflé.

Dans ce jardin, ombragé par des tonnelles de roses odorantes et de pivoines blanches, juste derrière la façade de son pavillon, bâti quatre siècles plus tôt sur l'ordre d'Henri IV, Hana sentait un hors du temps enivrant, au cœur de l'Histoire de France, à quelques mètres du métro, des boutiques et des passants. Les pavés centenaires renforçaient ce sentiment et l'atmosphère romantique, embaumée par les senteurs de bougies, laissait libre cours aux songes, au recueillement et à la méditation. Elle savait que ces instants d'insouciance dans un tel cadre étaient comptés, qu'elle devrait se battre prochainement avec l'envers du décor, comme en son temps, Rony, pour se frayer son propre chemin vers ces bâtisses fleuries et ses rêves. Il lui fallait vivre avec le peu d'argent que son père allait lui envoyer au prix de son dévouement et d'un travail éprouvant sur des chantiers acrobatiques et risqués. Plus que jamais elle était décidée, Setti et son succès à l'esprit, de marquer sa route de sa peinture et d'y laisser son empreinte. Elle ne voulait pas compter sur Rony. Mais sa présence l'apaisait et la rassurait.

Dès le lendemain, munie de son courage, de son carnet de notes, du plan de Paris et celui du métro, elle sortit en même temps que Rony à la découverte de Paris et de ses adresses.

Elle se rendit d'abord aux Beaux-Arts, y fit quelques pas et huma l'atmosphère rêvée en observant attentivement les étudiants chargés de leurs travaux en discussion ou en passant. Il faisait froid mais le temps sous un soleil blanc était admirable, invitait à la flânerie, à la découverte de la ville, à sourire, à croire en ses chances et en l'avenir. Nina

lui avait parlé de la Cité Universitaire. Elle s'y dirigea, se renseigna et remplit un dossier pour l'obtention d'une chambre en attendant son inscription aux Beaux-Arts. Le soir elle rentra avec un beau bouquet de grosses roses thé pour Rony. Il n'était pas encore arrivé et c'était Willy qui la recevait. Il récupéra aussitôt le bouquet en précisant :
— C'est moi le responsable des fleurs ici, mademoiselle ! Tu vois ces superbes bouquets de roses longues que je commande tous les quatre, cinq jours, sur la table ronde ? Parfois avec des camélias ou des pivoines… ?
— Oui, elles sont superbes ...
— Tiens cocote, ne laisse pas tes affaires ici, le tissu est délicat ! ordonna Willy sans aucune nuance en lui tendant ses quelques dépliants et sachets de courses qu'elle avait déposées sur la table pour faire place au bouquet dans sa main.

Le ton était autoritaire et imposa le silence à la jeune fille avant qu'elle ne se réfugie dans sa chambre en attendant Rony. À son arrivée, elle se précipita dans le salon pour le voir, toujours dans l'effervescence de sa journée. Rony l'écouta attentivement et lui dit quelques mots admiratifs sur ses prouesses. Hana ne voyait pas son bouquet et murmura en regardant Willy :
— Et les fleurs ?
Willy fit allusion avec sa main au bouquet, raccourci et serré dans un petit vase de fortune :
— Elle a apporté des fleurs… dit-il à l'attention de Rony en désignant un vase dans la cuisine, près de l'évier.

— Oh, il ne fallait pas ! C'est gentil ! lança Rony en jetant un œil en direction de la cuisine au bouquet massacré.

Willy monopolisa aussitôt le dialogue en lui détaillant sa journée, les courses pour le dîner du soir, l'échange avec le voisin d'en-dessous, le rendez-vous chez le dentiste. Les propos étaient banals, n'évoquaient que les tâches quotidiennes mais Rony semblait les écouter d'une oreille attentive avec délectation et amusement, comme si à travers ces paroles il admirait l'accent, l'énergie et le timbre de la voix de son jeune amant.

Hana voulait aider à la cuisine et se vit obligée d'obtempérer aux ordres de Willy, qui la cogna à deux reprises sans s'excuser. La soirée finit relativement tôt. À la fin du dîner, en dégustant la délicieuse infusion odorante que servait à chaque fin de repas Rony, elle se vit critiquer pour le choix de ses vêtements démodés, selon Willy…

— C'est pour toi ! Ici les gens accordent beaucoup d'importance à l'apparence et à l'élégance…

— Mais Hana est très belle ! dit Rony en lui souriant.

— Elle le sera plus si elle s'habille avec des vêtements de son âge ! Là, on dirait ma grand-mère ! ajoute-t-il dans un éclat de rire que Rony n'a pas suivi, en répétant :

— Elle est très bien comme elle est…

Hana, émue, essaya de lui afficher une mine d'indifférence sans le regarder, sans vouloir discuter. Elle n'aimait ni son regard, ni son rire, ni le son de sa voix ni sa façon brutale d'aborder les sujets.

Elle se demanda ce que Rony, un être fin et sentimental trouvait à cette brute pour lui laisser un tel espace et une telle liberté.

Willy n'avait rien à lui ou à son nom. Il dépensait l'argent d'un compte commun que Rony approvisionnait tous les mois ; il n'avait pour tout appui que le simple attachement de son vieil amant. Si un grain de sable venait perturber la mécanique bien huilée de leur ménage, il perdrait tout en même temps.

*****

Willy, conscient du charme, et de la beauté captivante d'Hana, de la part de sensibilité qui sommeille dans chaque homme pour le sexe opposé, fût-ce chez un homosexuel, éprouvait, depuis l'arrivée de la jeune femme, quelques affres et de latentes inquiétudes. Pour lui, rien ne paraissait impossible dans la vie et il devait être vigilant, aux aguets et surtout à côté de Rony en présence de la jeune fille.

N'était-il pas, lui-même, secrètement troublé en voyant ses seins ronds, ses hanches bien dessinées et ses jambes longues, n'avait-il pas déjà fantasmé sur elle plusieurs fois, l'extase qui avait ravi Rony lors de leurs derniers ébats ? Ne rêvait-il pas de ster le pas avec elle, dans un parfait « ni vu ni connu » aventureux et ardent ? Elle réveillait en lui sa part masculine, voire animale, à l'état pur, en l'absence de toute sentimentalité.

Il pourrait en être de même pour Rony, vigueur en moins, mais éventuels sentiments en plus pour une fille débarquant de son bled avec ses coutumes et sa culture, et pouvant lui donner un héritier.

Il savait de plus que l'entourage de Rony ne l'appréciait pas, que son frère traînait des pieds pour venir à Paris, et quand il était là, son regard était fuyant et ses mots pour lui, rares. Hana aussi se méfiait de lui ; de son regard émanait un reflet opaque de dédain ; « elle est le premier danger à écarter, avec tact et acrobatie. Setti, plus de nouvelles, plus revu, non plus. Bon débarras ! Mais ses tableaux valent de plus en plus chers… Que Rony aille au Caire à la pêche d'un maximum de tableaux pour garnir son grand coffre-fort et *basta* ! »

*****

Après une semaine inoubliable à Paris, la tête débordante de moments sublimes, d'images et de sensations nouvelles, Hana, en attendant le résultat de ses épreuves, retourna à Alep, les mains chargées de présents pour la petite Jana et chaque autre membre de la famille.

Elle respirait chaque instant de ces retrouvailles chaleureuses avec ces êtres chers qui l'aimaient, qui l'entouraient avec la pureté de leur élan affectif, leur joie et leur attention soutenue et caressante.
C'était comme si elle les retrouvait après des années. Elle respirait les cheveux brillants de la petite Jana,

collée à elle, la Barbie blonde qu'elle lui avait rapportée de Paris à la main, et lui décrivait son voyage et tout ce qu'elle avait visité.

Ce fut Rony qui lui annonça sa réussite au concours d'entrée et son admission aux Beaux-Arts ! Transportée de joie, face à ses espérances qui commençaient à prendre la tournure souhaitée, sa motivation, ses inspirations décuplèrent. La nouvelle fut célébrée. Ufa, Talia, ses grands-parents et Nina, sa professeure, furent tous réunis chez Ottah et Safia. De nombreux clichés éternisent ces moments de grandes retrouvailles, de vraies joies et de promesses.

Le retour à Paris se fit dans une délicieuse effervescence teintée de quelque anxiété ; mais le sentiment d'aller de l'avant, alors que la vie tournait en rond à Alep, prit le dessus. L'accueil de Rony fut toujours chaleureux et Willy resta égal à lui-même dans sa posture autoritaire de maître de maison, dans ses manies, dans ses propos et ses blagues douteuses. Cette fois Hana, connaissant un peu la ville, s'y déplaça avec plus d'assurance et examina les étapes de son installation et les démarches administratives à accomplir. Quelque temps après, elle obtenait une chambre à la Cité Universitaire.

La promesse de trouver bientôt son indépendance dans la capitale de la création lui insuffla une énergie nouvelle, face à une perspective illimitée.

4

Au terme de sa première année de médecine, Hadrien réussit brillamment son concours, celui sur lequel mes illusions s'étaient brisées. Je restais admirative. Les parents de Nora suivaient depuis Le Caire les réussites de leur petit-fils.

Le temps et la présence régulière des Gouda nous avaient rapprochés des autres membres de leur famille, et même le cousin de Nora, Noha, était devenu une figure familière qu'on apprenait à connaître et à apprécier. Je compris que derrière son masque d'impassibilité se trouvait un être affectueux et paisible, seulement figé dans sa timidité et la crainte d'être jugé. Nous les invitâmes à la Castanea et il se révéla un joueur de tennis hors pair qui savait rire, blaguer et rendre service. Hadrien l'aimait bien ; il avait effectué un voyage inoubliable au Caire avec lui et, saisi par une multitude de sentiments, de rencontres et de faits, envisageait d'autres escapades en sa compagnie.

Mes parents se sentaient à leur aise à la Castanea et, bientôt, ils nous exprimèrent le souhait de quitter Paris pour s'y installer définitivement, afin de s'épargner de longs allers-retours pour y passer seulement quelques journées.

Nous approuvâmes unanimement ce choix, et Zora, la cousine de Rughieh, se porta volontaire pour les accompagner. François me proposa alors de laisser son appartement à Hadrien qui poursuivait ses longues études, et de faire des travaux chez mes parents pour nous y installer. J'acceptai volontiers et nous entreprîmes des travaux d'embellissement dans leur logement avant d'y emménager, quelques mois plus tard, dans un nouvel élan, un nouvel espace et une nouvelle vie.

Dans la même attente de la félicité, nous nous laissions emporter par le torrent du temps, tantôt docile, tantôt buté, qui s'écoulait en enchaînant les jours, les mois et les années.

Pour François, autant la porte de son amitié était grande ouverte, autant sa vie personnelle semblait une bulle close, à laquelle personne ni aucune femme n'avait accès. Il consacrait tout son temps à ses recherches qui étaient, depuis quatre ans, en cours d'essai clinique dans deux grands laboratoires et auprès de cinq cents volontaires, avec des résultats déjà plus que probants. Il avait en effet trouvé une substance végétale qui neutralisait toute allergie aux groupes pollens végétaux, ce qui pouvait marquer une révolution dans ce domaine pour des millions de personnes. Une prouesse ! Le temps et l'énergie qu'il y consacrait semblaient suffire à son épanouissement. De mon côté, je voyais un peu de monde et je sortais avec un collègue du bureau, sans le dévoiler à personne, mais sans être suffisamment amoureuse pour voir la vie en rose ou rêver, dans ces sorties en tête à tête, à un projet d'avenir, ou encore frémir de la moindre étincelle, ou d'une quelconque ferveur. Je n'y voyais que des défauts : la mièvrerie de la conversation, le regard trop plongeant dans l'échancrure de mon col, les questions indiscrètes ou des propos ne faisant briller ni l'esprit ni l'orgueil, et, pour finir, le coup d'œil long et suspect sur la note. Alors, en attendant de voir surgir de quelque part l'élu de mon cœur, je suivais l'évolution de mon cher neveu et restais sans trop me tourmenter à la disposition de mon sort.

Entre différents examens, études et concours, Hadrien courut deux grands marathons : au premier, il rata le podium d'un rien et au second, l'année suivante, bingo ! À force de volonté, il fut le vainqueur en pulvérisant même le record des cinq années précédentes de quatre secondes. C'était un accomplissement. Un succès véritable qui put lui apporter quelque douceur durable pour lui permettre de classer le marathon désormais dans ses souvenirs, comme un début de but atteint.

Il sortait aussi avec de belles conquêtes que nous apercevions de temps en temps, une différente, à chaque fois, sans en parler ni à son père ni à moi. Nous nous disions, François et moi, que ça ne devait pas être celle qui régnait sur son cœur et nous

n'étions nullement pressés de le voir s'engager si vite dans une vie à deux. J'étais persuadée qu'il n'était pas un coureur, un capricieux ou un séducteur, mais qu'il cherchait simplement l'âme sœur. Une fois, au Centre, je pus aborder le sujet avec lui en me plaignant un peu de mes rencontres insipides :
— À chaque fois, je tombe sur le même type d'homme ! Comme si c'était écrit ! L'histoire se répète, on dirait ! Confidence face à laquelle il sourit d'abord en m'observant d'un regard profond, avant de répondre d'une voix calme :
— Ça viendra peut-être !...
— J'ai quarante et un ans, tu sais ! Il y a quelque chose qui s'appelle l'horloge biologique chez la femme... Ce n'est pas à toi que je vais l'apprendre...
— Ne t'inquiète pas ; jusqu'à quarante-cinq ans, voire plus, il n'y aura aucun problème, si tu fais allusion à la possibilité de faire des enfants.
— Et toi, Hadrien, t'aimerais en avoir, des enfants ?
— Oui ! Au moins un...
Son « Oui » déterminé, en me regardant droit dans les yeux, en disait long sur son désir. Il ressentit aussitôt le besoin d'ajouter, comme pour se justifier :
— C'est l'accomplissement de l'amour, c'est mon but si un jour je devais me marier...
— Et que devrait-elle posséder cette heureuse élue, à part mettre un petit chéri au monde ?
Enclin à s'étendre sur le sujet, ce jour-là, il s'assit derrière mon bureau et, croisant ses mains derrière la nuque, répondit, le regard perdu dans le vague :

De l'alchimie ! Il faut de l'alchimie entre deux personnes qu'aucun critère préétabli ne pourrait remplacer. J'avoue que j'ai un penchant pour l'esprit et le charme oriental ; je pense qu'il n'y a pas besoin d'une analyse pour comprendre le pourquoi du comment. C'est la part maternelle présente dans mon être et dans mon esprit, qui me guide dans mes choix, mes sentiments…

— Je comprends ! Tu as tout le temps et toutes les chances pour réaliser tes vœux… dis-je spontanément, absorbée par mille détails piquants et amers que je n'arrivais pas à élucider et à mettre en évidence.

— Rien n'est sûr, chère Hélène ! dit-il en se levant comme s'il se rappelait soudain son emploi du temps.

Je voyais un peu plus clair ; primo, Hadrien pensait à l'amour et le cherchait, voilà pourquoi, dans cette quête, il passait d'une femme à l'autre, et secundo, il tenait à avoir des enfants dans une conviction inébranlable que je ne lui soupçonnais pas. Pour l'heure, sans trop se tracasser, il se consacrait entièrement à ses études et à son travail.

Classé dans le top 20 au vu de ses résultats brillants, Hadrien avait l'embarras du choix pour son internat. Il choisit nos services au Centre métropolitain de Paris, à la grande joie de François et de moi-même qui le croisions de temps en temps.

Après son diplôme de docteur en médecine qui

accapara six ans de sa vie, il s'engouffra, sans la moindre hésitation, dans la spécialisation en oncologie et en chirurgie gynécologique qui était son objectif dès le départ. Il poursuivit ensuite, durant encore de nombreuses années, des études d'anatomie et de chirurgie, en même temps que des consultations et des opérations qu'il assurait dans le service du Professeur Lefabre, qui avait opéré Nora.

Le reste de son temps était consacré à la recherche sur la chirurgie robotique pour le traitement des cancers délicats et compliqués. C'était du reste, l'objet de sa thèse, qu'il estimait la voie d'avenir.

Conscient de la nouveauté du sujet, il se rendit avant sa soutenance à Boston pour participer à plusieurs colloques et congrès internationaux sur la question et l'avenir de la chirurgie robotique. À son retour, il s'entraîna des heures et des heures sur cette méthode, inédite en France, qui demandait une dextérité incomparable. Après quelques périodes de repli, pendant lesquelles engagé dans ses travaux où il ne communiquait pas, il réussit la soutenance de sa thèse qui confirmait sa spécialité en chirurgie cancérologique et gynécologique. Sa thèse intitulée « Le robot humain... » suscita les félicitations du jury et un succès retentissant dans le milieu scientifique.

Tous ces travaux, accueillis avec enthousiasme par le corps médical, l'épanouissaient autant que la vie me fanait, moi, et rendait vieux François. Mes parents moururent à trois mois d'intervalle, après avoir fêté en grande pompe, avec toute la famille, des collègues et des amis, la soutenance de la thèse d'Hadrien et, trois semaines plus tard, la validation des travaux de recherche de François par les organismes de l'État, après des années de persévérance. Je pense que le jour où son nom et le résultat de ses longues recherches avaient été publiés dans les bulletins et magazines médicaux puis annoncés dans la presse et les médias, François put respirer quelque parfum de reconnaissance et de bonheur, après des années de peine, de labeur et d'abnégation.

Il avait eu beau jeter, dans son immense chagrin et sur le coup de la déception, sa collection d'herbiers, fruit de quarante ans de recherche, le résultat de cet intérêt, de cette passion et de cette délicate exploration qui, à défaut d'avoir fait des miracles, apportait une solution inespérée à la cause de l'allergie et au célèbre rhume des foins, était là. L'année suivante, il partageait le prix Nobel de la recherche médicale avec un scientifique hongrois qui avait découvert certains gènes responsables des maladies congénitales. La lueur de fierté dans le regard de son fils, qui était lui-même un brillant homme de science, représentait le noyau d'une pure joie, comme si cet instant avait motivé tous ses efforts des années durant. Ce soir de fête, le sourire de François était radieux, et son air, serein et apaisé. Mission accomplie.

C'était la première fois que je voyais mon père s'extasier presque, et lui dédier un regard si admiratif : « Bravo, mon fils, tu as accompli un exploit, je suis

si fier de toi ! Je peux mourir en paix, à présent… » avant d'expliquer, d'une voix posée, à ma mère la portée de ses découvertes et les prix qui l'avait récompensé.
« Il aura sans nul doute la Légion d'honneur, une renommée internationale et une fortune colossale ! Son nom sera à jamais gravé au panthéon des médecins célèbres et dévoués. » Les explications de mon père faisaient briller les yeux fascinés de ma mère qui distribuait des « Bravo ! Bravo, François, bravo, mon grand ! », et avait subjugué et captivé Hadrien qui levait son verre en son honneur.

Trois jours après cette fête qui avait lieu à la Castanea et, alors que nous étions rentrés, Zora nous appelait pour bafouiller entre deux larmes la nouvelle. Mon père ne se levait plus, « Monsieur ne respire plus et Madame ne peut plus bouger… » Aussitôt, Hadrien, François et moi, nous fonçâmes vers la Castanea, à son chevet après avoir averti les urgences à Figeac. Il était mort d'un arrêt cardiaque à l'aube, dans son sommeil. Ma mère, en état de choc, restait béate et muette et ne pouvait plus bouger. Nous l'emmenâmes avec difficulté à Paris où elle fut transférée au Centre métropolitain et sur-le-champ hospitalisée…

On se retrouva de nouveau au cimetière avec, au-delà du chagrin, le sentiment d'un aboutissement et d'un départ qui nous guettaient tous un jour, dont personne ne connaissait la date.

Ma mère qui revenait à la maison après une semaine d'hospitalisation, retrouva à peu près sa mobilité mais perdit, en grande partie, la mémoire : elle ne reconnaissait qu'Hadrien et François. Regard vide, visage livide, poings fermés, murée dans un mutisme obstiné, feint ou réel, elle refusait de s'alimenter. Elle rendit son dernier soupir trois mois plus tard.
Tout devint soudain vide. L'habitude de les voir assis, tels deux pigeons épris, nous était si familière, si rassurante, si chère. Ils n'avaient jamais été loin l'un de l'autre depuis la retraite de mon père : un couple fidèle et uni, sans caprice, ni exubérance ou démonstration de son attachement. Ils ne verraient pas mon mariage ni celui d'Hadrien. Je pleurais soudain l'absence de cette présence qui était comme un rempart même dans son silence ou son indifférence.

5

C'est Rony qui accompagna Hana vers son studio le jour de son installation. Willy, vêtu de cuir noir, les cheveux gominés, comme s'il allait à une fête, était à ses côtés, assis à l'avant de la grosse cylindrée et sans se retourner émettait des commentaires à l'attention d'Hana.

— Tu auras le RER B désormais pour te déplacer.

— C'est en face du parc Montsouris, c'est superbe ! lança Rony tout en se garant et en regardant Hana dans son rétroviseur.

Ils traversèrent le parc de la Cité, les valises à la main. Face à l'immeuble, Willy faisant une grimace bredouilla :

« On dirait un hôpital… » Le studio d'Hana était situé au rez-de-chaussée, au bout d'un couloir mal éclairé.

La pièce, d'une vingtaine de mètres, était simple, propre, équipée d'un lit simple, d'un bureau, de deux chaises, d'une petite télévision, de quelques étagères et d'une penderie.

Devant le bloc-douche lavabo-sanitaire, Willy arbora une mine de « comment peut-on vivre dans une telle exiguïté ! » et ne put s'empêcher d'articuler, réellement saisi par l'absence d'apparat :

— Tu commences à découvrir l'envers du décor de Paris, Mademoiselle…

— Au moins c'est bien situé et beaucoup mieux que la chambre de bonne du sixième étage sans ascenseur, avec en bonus des souris que tu m'avais prédit, très cher ! lança excédée Hana sans le regarder.

— Je vivais dans plus petit que ça quand j'étais étudiant au Caire ! s'exclama Rony en fixant Willy.

— Bon, on te souhaite bonne chance ! dit Willy en incitant Rony à partir.

Rony plaça soigneusement les toiles et le matériel de peinture d'Hana à côté de la penderie et posa sa grande valise sur le bureau pour lui en faciliter l'accès. Il s'assit ensuite sur le lit en le testant et murmura : « Il est bien… » Voyant Willy resté debout, il se leva, fit quelques pas vers la fenêtre qui donnait sur un autre bâtiment et un bout du parc, observa un peu l'extérieur à travers les rideaux de coton blanc et articula avec enthousiasme :

— C'est superbe ce parc. Royal ! tu peux faire un jogging quotidien… Puis, en se retournant vers Hana qui comme désappointée restait plantée au milieu de la pièce, il poursuivit :

— C'est pas donné à tout le monde de vivre dans un parc à Paris.

— Allez, on y va ! réclama Willy qui semblait s'ennuyer, il faut la laisser se reposer, elle a du pain sur la planche.

Ils embrassèrent tous deux Hana et Rony lui rappela :

— N'hésite pas à m'appeler si tu as besoin de quoi que ce soit !

— C'est très gentil, merci.
— Et c'est pas interdit de revenir nous voir ! lança Willy avec un demi-sourire teinté d'une vanité assurée que Rony ne saisit pas ; celui-ci s'empressa d'ajouter :
— Bien sûr qu'elle viendra, quand elle voudra, on est à moins d'une demi-heure…
— Oui, en taxi, fit Willy, en RER c'est une tout autre histoire…
— Mais le taxi me convient très bien, il y a une station justement devant le parc ! déclara Hana avec un sourire. Tout en les accompagnant jusqu'à la porte principale, elle s'exclama une nouvelle fois, à l'attention de Rony, « Merci pour tout… »

Dans la voiture, conscient de son train de vie luxueux, et saisi par l'existence d'une vie étudiante modeste, Willy demanda :
— Pourquoi la maison du Cambodge ?
— Parce qu'il n'y avait pas de places disponibles ailleurs…
— Pas de chance, elle ne pourra pas se faire d'amis… Les Asiatiques sont très communautaires…
— Mais elle rencontrera d'autres personnes en dehors de ce bâtiment…
— C'était pas terrible !
— C'est parfait pour ce qu'elle paye. Il ne faut rien sous-estimer, la reine d'Iran était étudiante ici même, dans une chambre semblable, avant de rencontrer le Chah et de devenir impératrice…

— Ouais, il y a aussi des gens qui gagnent au loto.
— Oui, il y a aussi des gens qui dorment dehors…
— Il faut de tout pour faire un monde, conclut Willy en riant et en prenant la main de Rony dans la sienne.

Aussitôt après le départ de Rony et de Willy, dans cette chambre silencieuse, Hana se sentant oppressée par une solitude grise à l'image du ciel sombre et bas s'assit doucement sur le lit, couvrit son visage à deux mains et fondit en larmes. Elle qui était si réjouie à l'idée de son indépendance venait d'être gagnée par les affres de l'ennui et de l'isolement. Les propos de Willy, son air supérieur, son regard moqueur avaient accentué ce sentiment de détresse et de mal-être. Comment pourrait-elle faire face à la vie, durablement, dans cet état d'esprit, sans les siens, sans nul ami, à part Rony, tenu fermement en mains par Willy ?

Elle alluma la télévision, but de l'eau à même le robinet et se dit qu'elle devait réussir pour ses parents, leur sacrifice, sa peinture, le regard de Nina, et peut-être un jour, celui de Setti qu'elle verrait sur un pied d'égalité ; devant Rony qui ne l'avait pas calculée, face à l'arrogance de Willy qui n'avait d'estime que pour ce qui brillait. Elle était après tout à Paris, son rêve depuis toujours ; ce passage à vide, ici, ne serait qu'une escale dans une longue vie. Il lui faudrait croire en ses chances et en sa bonne étoile.

Dès le lendemain, tout se déroula beaucoup mieux. Elle avait bien dormi, un soleil caressant souriait à travers la vitre. Dans la salle commune elle put échanger quelques mots avec d'autres étudiants, l'équipe administrative était aimable et à l'écoute. Elle avait pris la brochure des programmes culturels et des concerts qui se déroulaient dans la grande salle avec un piano splendide. Elle venait de téléphoner à ses parents, la voix de chacun, celle de Jana, éclatante, les propos affectueux et tendres de tous lui avaient adouci l'état d'esprit ; elle rebondissait à nouveau dans son optimisme. Ses cours avaient commencé. Elle adorait ses séances de l'étude d'art, de peinture et de dessins d'après nature morte ou de modèle vivant. Il fallait beaucoup d'essais avant de respirer à travers les touches et les couleurs la fraîcheur des fleurs odorantes dans un vase transparent ou en cuivre à l'éclat d'or, ou de sentir les fruits dans la corbeille, appétissants, palpables ou juteux. Ses meilleures réussites étaient ses nus et les visages aux différentes expressions ; aussi les yeux que ses professeurs mettaient en avant dans leurs notes d'appréciation.

Elle s'était liée d'amitié avec quelques étudiants, mais les rapports se limitaient à l'échange sur les projets de chacun, sur les dates des événements culturels ou artistiques, les réunions, les rencontres avec des artistes ou des visites des expositions et des musées. Parfois un verre boulevard Saint-Germain ou une séance de cinéma suivie d'une pizzeria achevait la soirée d'un vendredi.

L'entente avec les filles s'avérait plus délicate,

c'était comme si elles ne l'aimaient pas ou ne la voyaient pas, comme si sa présence ou son engouement pour son art les agaçaient. Son succès auprès des garçons n'arrangeait pas ce sentiment de méfiance et cette distance.

Hana n'était proche d'aucun d'eux en particulier ; ils lui semblaient trop jeunes, trop négligents et parfois quelque peu snobs ; mais elle appréciait les sorties en groupe, où chacun payait sa part, à l'opposé des coutumes de son pays où les questions d'argent ne se réglaient qu'entre hommes. Certains élèves avaient un train de vie luxueux, se déplaçaient avec leur propre voiture, s'habillaient de vêtements de marques, vivaient seuls ou en couple dans leur propre logement.

Un mur invisible la séparait des autres et la maintenait dans sa solitude tout en étant au milieu d'eux. C'était peut-être à cause du fait qu'elle n'avait pas les codes de leur langage, de son léger accent, de sa provenance d'un pays différent ou peut-être des allusions et des blagues qu'elle ne saisissait pas instantanément, ce qui lui donnait l'air quelque peu ringard et lui valait un soupçon de sourire chez certains, si oppressant pour elle.

Les journées étaient chargées et courtes. Elle se rendit vite compte que la Nebka, la galerie de Rony, était une référence dans le milieu, et que Setti, reconnu par tous, était vu comme un des meilleurs peintres de sa génération.

Hana frayait sans pousser son chemin dans le milieu. À plusieurs reprises, ses toiles avaient été exposées sur les murs lumineux des Beaux-Arts. Un dessin montrant une femme à cinq visages superposés, entre l'étonnement, la colère, l'indifférence, la joie et la tristesse lui avait valu les félicitations du jury lors d'un examen. Le dessin était encadré et avait été exposé dans la grande salle d'exposition de l'École durant des semaines avant d'être remarqué par un galeriste de la rue de Seine.

Rony l'invitait souvent un dimanche à midi ou parfois, quand ils étaient disponibles, un samedi soir.

Elle appréciait intensément ces retrouvailles, ses discussions avec Rony qu'elle voyait un peu comme un oncle dans le désert sans famille qu'elle traversait, et faisait tout pour contourner la virulence habituelle de Willy qui l'agaçait souvent avec ses remarques, ses avis et ses interrogations, notamment une qui revenait en boucle à chaque réunion : « Tu t'es trouvé un p'tit-copain ?». Jamais, il ne s'intéressait à sa peinture, à sa vie d'étudiante, à ses états d'âme, à ses impressions. Rony non plus. Elle se sentait froissée qu'il ne s'intéressât guère au-delà de deux questions d'ordre général à ses travaux. Il n'avait dans la bouche et l'esprit qu'un seul mot. Setti ! Setti qui venait de vendre deux toiles à New York, chacune à 200 000 dollars…

Un samedi soir elle devait dîner avec eux. Elle fit d'abord escale à la Galerie de la rue de Seine pour un vernissage ; son dessin était toujours exposé dans la salle des œuvres permanentes et figurait dans le catalogue de la maison. Elle prit un catalogue comme un avant-goût du succès et arriva chez Rony, catalogue dans une main, un sac avec une bouteille de champagne dans l'autre. Rony était au téléphone et c'est Willy qui l'accueillit, habillé élégamment en blanc, enjoué et content. En sortant la bouteille et fixant la marque il lui jeta un regard désabusé et afficha une moue dépitée en articulant sur un ton mi-sérieux, mi-plaisantin :

— Ça vient du supermarché ?! Tu aurais pu faire un effort avec la marque, très chère !

— Oh, désolée, je ferai mieux la prochaine fois !

À ce moment, Rony avança vers elle, la salua et l'embrassa.

— On t'attendait pour ouvrir une bouteille, dit-il en sortant d'un seau rempli de glaçons une belle bouteille bleu nuit. Hana était contente de se retrouver chez eux où elle avait les souvenirs des premiers jours à Paris. La bouteille fut ouverte avec un court bruit sourd avant qu'une fumée glacée n'en sortît aussitôt comme une brume. Rony servit dans de belles coupes en cristal fin et tendit la première coupe à Hana :

— Tchin ! lança-t-il tout en entrechoquant son verre à celui d'Hana puis à celui de Willy. Hana en susurrant « santé ! » avança sa coupe vers celle de Willy qui ne bougea pas de sa place.

Le liquide doré était un bonheur qui piquait délicatement sa bouche en diffusant sa fraîcheur dans sa gorge.

— C'est bon, hein ! Un des meilleurs champagnes ! asséna Willy en regardant sa coupe puis en toisant Hana d'un regard malicieux : alors ?
— Alors quoi ?
— Tu t'es trouvé un p'tit ami?
— Combien de fois comptes-tu me poser cette question ? rétorqua-t-elle avec un sourire agacé, avant de poursuivre d'un ton plus apaisé : « Eh bien, non, toujours pas de petit ami, on ne veut pas de moi ! »
— Il faut chercher la raison, t'es peut-être trop rigide…
— Mais de quoi tu te mêles ?
— Ce serait plus sympa de se trouver à quatre plutôt qu'à trois, ne trouves-tu pas ?
— Non, pas forcément, parfois il vaut mieux être seul que mal accompagné !
— Que veux-tu insinuer ?
— Mais rien, tu es susceptible en plus ? Viens plutôt voir mon dessin dans un catalogue ! rétorqua Hana pour faire diversion et ne pas rentrer dans une discussion venimeuse avec lui qui, à chaque fois, affectait Rony.
Rony, qui observait leur échange un peu las, se saisit doucement du catalogue et le feuilleta. Le cœur d'Hana se mit en effervescence à la page qui précédait son dessin. Rony tourna la page, repéra le cliché qu'il fixa attentivement puis leva les yeux sur Hana et hocha la tête avec une moue d'approbation :
— Original !
Ce simple qualificatif de la part de Rony était un cadeau. Elle attendait depuis des mois une parole

positive, encourageante, enthousiaste de sa part. Elle connaissait la valeur de ce mot. Elle avait envie d'aller l'embrasser. C'était un triomphe cette petite reconnaissance. Il n'y avait pas besoin de plus pour elle. Rony était toujours dans la concision. Willy capta aussitôt la valeur de ce court jugement et entendit Rony énoncer en regardant Hana dont le visage s'était épanoui :

— On essaie de caser un ou deux dessins à une prochaine expo… ?

— Mais avec plaisir !

Willy se saisit du catalogue.

— Ça ? ! T'es pas sérieux Rony ! Tu es devenue presbyte ou quoi ?

Hana l'observa, émue, les yeux moins rieurs sans répliquer. Il poursuivit :

— Sans déconner, l'idée est peut-être bonne, t'as voulu mettre plusieurs expressions sur la même tête, mais le rendu n'est pas ressenti, tout se ressemble puis il y a un côté bizarroïde, voire grotesque dans ce dessin, tu as de la chance qu'ils t'exposent rue de Seine…

— Ça va, depuis quand fais-tu ton critique d'art, toi !

— J'suis pas aveugle hein ! Je te donne mon avis sincère, très chère ; j'ai vécu de nombreuses années aux côtés d'un connaisseur et j'ai rencontré les peintres les plus célèbres…

Soudain la sonnerie stridente du téléphone les interrompit net. Rony, comme surpris, se précipita vers le combiné sur lequel convergèrent les regards des deux autres.

— Setti ! …
À l'énoncé du nom du peintre Hana s'émut et devint attentive ; Willy, pâle, se leva.
— Comment vas-tu mon grand ?… Oh ! le ministère, c'est formidable !… Quand ? C'est pas vrai ?… Je suis ravi ! Ça faisait si longtemps… Mais pas question, tu viendras ici, mais non, pas question, j'viendrai te chercher à l'aéroport… Tu me communiques juste le jour et l'heure de ton arrivée… Dis Setti, as-tu pensé à moi ?... Trois ? Formidable ! Je ne sais plus si avec ta cote bondissante j'aurais toujours les moyens de me les offrir… Tu es un ange ! Oui, oui, attends, je vais chercher le numéro… Rony alla aussitôt vers son carnet pour trouver ce que son interlocuteur lui demandait. Willy qui avait retrouvé ses esprits s'approcha d'Hana et proféra :
— Ça, c'est typiquement oriental, plutôt arabe, les gens qui s'introduisent chez toi. Les hôtels n'ont pas été inventés pour les chiens, bon sang ! Un Français, un Anglais, un Européen, ça ne lui vient même pas à l'idée de débarquer comme ça chez les gens. C'est du parachutage !
— Mais tu n'as pas entendu que Rony insistait et disait à deux reprises : pas question, tu dois venir ici ? Setti semblait lui dire qu'il voulait aller à l'hôtel…
— Mon œil ! Ce sont des salamalecs ridicules propres aux Orientaux… C'est comme ça depuis que je le connais, le frère, l'ami, le copain, la fille du copain… Oui, toi aussi tu aurais pu aller à l'hôtel au lieu de t'imposer à deux reprises. Il faut que vous sachiez

que les gens ont une vie privée, ça dérange d'avoir vingt-quatre heures sur vingt-quatre quelqu'un dans les pattes… Il faut vous mettre ça dans le crâne, avec votre coutume !
— Excuse-moi, Willy, toi qui as une telle opinion des Orientaux et de leurs coutumes, pourquoi tu vis avec un Syrien !
— La place t'intéresse, peut-être ?
Rony, que la discussion de Willy et Hana, montée d'un ton, empêchait de bien entendre Setti, fit un geste énervé de la main en leur direction pour réclamer le silence. Il communiqua quelques chiffres à son interlocuteur et répéta :
— Rappelle-moi l'heure de ton arrivée, à très vite, cher Setti ! je suis si content ! répéta-t-il avant de raccrocher, tout ému.
Setti arriverait dans deux semaines à Paris pour une exposition, invité par le ministère de la Culture.

Chacun était ému par ses propres raisons. Hana se dit joyeusement qu'elle pourrait enfin rencontrer cet artiste délicat et doué. Rony pensa aux trois tableaux qu'il allait acquérir à un « prix d'ami » selon l'expression de l'artiste pour qui il organiserait une exposition privée et toucherait un pactole en commission de ventes.

Willy, qui n'avait jamais supporté le peintre, avait le visage rouge comme si on l'avait offensé, il savait qu'il ne fallait pas toucher à Setti. Figé par l'interrogation d'Hana, l'imminente arrivée du jeune homme, qui allait absorber tout l'intérêt et toute l'attention, il

lança soudain, en fixant Rony, d'une voix métallique empreinte d'une colère vive qui intensifiait son accent et accélérait son débit :
— Voici ce que mademoiselle me sort : pourquoi, vis-tu avec Rony ! Un Arabe !
Hana stupéfaite par le détournement de ses propos, protesta indignée :
— Mais quand est-ce que je t'ai dit une chose pareille ?
— Je mens, je mens ? hurla Willy comme un forcené, tu n'as pas dit « pourquoi vis-tu avec un Syrien ? », espèce d'hypocrite ! Menteuse !
— Je ne te permets pas de me parler ainsi ! s'exclama toute tremblante Hana …
Rony, pris par les émotions contradictoires, éleva le ton à son tour :
— Ça suffit vous deux ! J'en ai assez ! J'en peux plus de vos histoires… Sur ces mots, il attrapa sa veste, d'un geste excédé, et s'extirpa dehors en claquant la porte et en hurlant « Merde ! »

Hana, médusée, n'en croyait pas ses yeux. Comme s'il s'agissait d'un cauchemar. Le son vengeur de la voix de Willy siffla aussitôt :
— T'es contente maintenant, fière d'avoir foutu le bordel ! C'est la même chose à chaque fois que tu débarques…
— Tu es vraiment malade ! articula-t-elle blafarde, avant de prendre son sac et de se glisser dehors en dévalant l'escalier sans appeler l'ascenseur.

Les larmes retenues cédaient et inondèrent son visage. Elle ne comprenait pas ce qui était arrivé ;

pourquoi cet esclandre ? Rony était-il vraiment parti sur ce ton d'exaspération ? Lui, si doux, si pondéré d'habitude ?

Était-ce le trop-plein des émotions qui l'avait poussé à crier et à briser ainsi les codes élémentaires de la politesse ? Il avait bien vu comment Willy critiquait vertement son dessin, comment à chaque fois il était déplaisant, voire agressif à son égard.

Elle marchait d'un pas pressé comme si elle était attendue, c'est au bout d'une demi-heure qu'essoufflée, elle prit un taxi. Dans sa chambre, elle resta abasourdie, assise sur son lit. Elle attendait un appel de Rony, ses excuses, qu'il lui avoue sa lassitude de la jalousie de Willy, de sa mauvaise foi, de ses enfantillages exaspérants ; qu'il lui dise que sa colère ne la visait pas elle, mais lui… Mais aucun appel ne vint dissiper le malaise, adoucir l'état d'esprit supplicié, le moral pulvérisé ou détendre les traits tirés et le regard figé de la jeune femme. Elle demeurait dans une sorte d'étouffement, pétrie soudain d'une détresse où chaque seconde pesait oppressement. Ce alors que deux éléments merveilleux avaient surgi l'un après l'autre comme un enchantement : le compliment de Rony sur son dessin avec à la clé une promesse d'exposition à la Nebka, et la prochaine venue de Setti avec la possibilité de le rencontrer.

Est-ce que tout cela était balayé à présent d'un revers de main par le caprice malséant de Willy ?

L'attente empoisonnante durait. Elle ne parvenait pas à dormir, ruminait chaque parole pour faire la part des choses. Elle avait faim… Comme c'était loin ces quelques instants de bonheur parlant dessin et peinture avec Rony en savourant du bon champagne frais…

Elle grignota quelques biscuits salés, mangea une pomme le regard vide et s'étendit sur son lit. La nuit s'avéra longue, truffée de quelques sursauts et de mauvais rêves.

Le lendemain sa tête était encore remplie des images et des résonances de la soirée de la veille ; elle guettait désespérément un signe de Rony. Mais son téléphone restait obstinément muet.

Trois jours plus tard, n'ayant aucune nouvelle, elle décida de lui écrire une lettre et de lui rappeler les faits, les attaques de Willy dès son arrivée : allusion sur la bouteille, son dessin, la réflexion sur les Arabes… Elle ajouta qu'il représentait beaucoup pour elle et qu'elle ne voulait pas le perdre. Elle posta sa lettre à l'adresse de la Nebka.

*****

Rony rentra ce soir-là après une heure de marche, pensif, le visage fermé et fatigué. Willy, qui pendant ce temps venait de réaliser l'incident et la rupture entamée entre Rony et Hana au moment où elle avait le plus besoin de lui, conscient d'avoir craché sur elle les ressentiments suscités par Setti et la nouvelle de son arrivée, adopta l'attitude d'un être méprisé sur un visage contrarié et triste. Après un silence pesant, se sentant en règle avec sa conscience, vu les paroles blessantes d'Hana, il débita d'une voix affectée :

— Il en faut beaucoup pour attaquer quelqu'un chez lui de la sorte... Elle n'a jamais eu de l'estime pour moi, à peine mademoiselle a un dessin exposé elle se prend pour Elisabeth Vigée avec une arrogance qui n'a d'égale que sa prétention.

— Bah ! tu as critiqué ouvertement son dessin...

— Bien sûr ! On est en démocratie, non ? Elle doit bien se faire la main avant d'avoir la chance d'exposer quoi que ce soit à la Nebka ! Sinon tes peintres confirmés n'apprécieraient pas d'avoir un amateur à leurs côtés...

— Ne te substitue pas à moi Willy, veux-tu ?

— Oui, à condition qu'elle ne m'attaque pas chez moi ni dans mon union avec toi. C'est ça sa reconnaissance de l'avoir accueillie à bras ouverts, à deux reprises, chez nous, sur un train de vie luxueux ?

Rony qui le regardait, saisi, resta silencieux...

— À peine, toi au téléphone, me trouvant seul, elle me lance déjà des piques méprisantes, elle m'a demandé ouvertement : pourquoi vis-tu avec un Syrien !

— Comme ça ? De but en blanc elle te demande ça ?

— Non, j'ai simplement dit que Setti serait mieux à l'hôtel, que les Orientaux ont beaucoup de manières, et elle me l'a sortie, sa phrase assassine... débita Willy, ému véritablement par sa version avant de poursuivre d'une voix couverte :

— Puis avant de partir elle a lancé que j'étais un psychopathe !
— Bon débarras alors ! fit Rony qui voulait en finir avec ces histoires qui commençaient à lui peser véritablement.
Il se rendit compte qu'il aimait Willy et que c'était lui et ses intérêts qui primaient et qu'il devait protéger. Willy heureux de cette dernière expression, essaya vite de changer de sujet pour rester sur cette appréciation et chuchota :
— C'est sympa que Setti vienne…
— Ça me fait plaisir que tu dises cela, tu essaieras d'être agréable avec lui ?
— Bien sûr, je l'apprécie, j'aurais même peut-être droit à une de ses peintures pour mon anniversaire, dans pas longtemps !
— Oui, je sais, ce n'est pas exclu… Tu sais qu'il vaut cher maintenant ! Mais pourquoi pas ?…
— Sérieux ? T'es un amour, chéri, murmura Willy qui l'enlaça tendrement et l'embrassa longuement sur la bouche.
Rony, apaisé et content de la tournure des événements, réclama d'un ton doux.
— On va bientôt manger ? Je meurs de faim…
— Oui je vais sortir le gigot du four…
— Parfait, je vais chercher une bonne bouteille.

Les deux amants se régalèrent d'un tendre gigot avec des légumes poêlés et une purée maison, accompagnés d'un bon Saint-Émilion, suivis d'un assortiment de fromages et d'une salade violette mêlée de fleurs. Une croustillante tarte aux fraises et des quenelles de glace à la rose achevaient ce repas qu'ils avaient dégusté d'un bel appétit.

*****

Willy étendu sur le lit, en écoutant le ronflement régulier de Rony, après des ébats réussis, songeait. Il mesurait le mépris que pouvait avoir Hana à son égard, la réponse à cette aversion qui émanait de ses beaux yeux était cette rupture précipitée. Une rupture chère payée car il était persuadé que Setti et elle étaient faits l'un pour l'autre et que la première rencontre aurait déclenché une foudre. Il aurait pu être docile avec elle, si elle avait su le ménager, l'amadouer, le respecter. « Chaque bonheur, chaque privilège exige un petit sacrifice, une contrepartie, un don de soi. Quand on a besoin des autres il faut un minimum de malléabilité, d'humilité, de bonne volonté. Donnant-donnant. Elle paie sa désinvolture, son intransigeance bornée, sa fierté mal placée ; elle ne sait pas se servir de sa beauté, sinon depuis longtemps déjà elle ne serait plus dans une chambre à la Cité Universitaire. À présent, au lieu d'être une exposante prestigieuse à la Nebka avec une promesse de vente à côté de Setti et d'autres grands peintres, elle ramera à la pêche rue de Seine. »

Rony reçut la lettre d'Hana qui l'émut quelques

instants, mais, songeant à la tempête que sa présence déclenchait à chaque fois, au prix de deux ou trois jours de brouille et d'insupportable froideur avec son amant, blessé qu'elle ait pu oser le pousser à le quitter avec des propos acerbes et défiants, il décida de lui envoyer un mot de non-retour pour la sauvgarde de son couple. Il apposa aussitôt sur un carton à l'effigie de Nebka quelques mots :

Chère Hana, chacun de nous est de nature différente, qui suis-je pour te juger ? Seulement, afin que personne ne se sente affligé, parfois il vaut mieux prendre de la distance et s'effacer... Avec mon affection et tous mes souhaits de succès et de bonheur,

Rony.

*****

La venue de Setti est fêtée en grande pompe chez Rony. Une vingtaine de critiques d'art et d'artistes renommés font partie des invités ; deux maîtres d'hôtel assurent le service et deux chefs s'affairent dans la cuisine. Un photographe prend des clichés. Les grosses bouteilles de champagne détonnent et l'effervescence est continue dans les verres ; des plateaux de fines bouchées de caviar, des plats d'écrevisses et de homards grillés tenus par de petites pique-fourchettes défilent. Deux vases géants débordent de roses blanches odorantes, de lys et de camélias.

Setti, en beau costume gris-argent en soie sur une chemise blanche, des cheveux légèrement gominés en arrière, un peu intimidé, est joyeusement entouré. Willy a triomphalement Hana en tête : « Tu ne sais pas ce que tu rates, idiote… ». Ce constat ni vu ni su de personne lui est comme une douce caresse embrassant son ego, son pouvoir et attestant son importance pour Rony et tous les autres. Il jubile, parle avec les uns et les autres, donne des directives à la cuisine, des instructions aux serveurs ; se montre aimable avec Setti, en lui portant lui-même une coupe de champagne ou en passant le bol antique chinois rempli de grosses pistaches d'Iran, devant le regard réjoui de Rony.

Un dîner fin est servi sous forme de buffet, des cartes de visite sont échangées, une date d'exposition imminente est programmée avec les vingt-trois nouveaux tableaux que Setti a apportés.

Willy a eu son cadeau avant l'heure : un champ de tournesols en bataille sous un ciel tempétueux, les touches et les coups de pinceau sont sans formes, larges et épais, à l'état brut, beaucoup de jaune lumineux et de gris, mais l'impression est magnifique. Rony récupère ses trois toiles : un désert avec des chameaux égarés, une rue sombre et trempée de New York, une femme mi-nue dans le flou dont l'allure ressemblait étrangement à Hana.

*****

Hana reçut le mot de Rony comme une secousse. Sa stupéfaction s'était mêlée à l'incompréhension pour l'assombrir et la rendre amère. Comment pouvait-il l'effacer aussi rapidement alors qu'elle ressentait une vraie grande amitié pour lui ? Comment pouvait-il si facilement se laisser manipuler par Willy ? Ce samedi soir et ses suites l'avaient rendue silencieuse et amère.

Elle eut vent de la venue de Setti à travers des conversations de ses camardes. On en parlait autour d'elle et des clichés étaient publiés dans différents magazines. Elle trouvait Setti exactement comme elle l'avait imaginé : fin, beau regard bienveillant, expression touchante, élégant. Elle distingua émue sur une photo de lui avec un critique d'art, l'appartement de Rony ; sur une autre photo figuraient Rony et Willy côte à côte dans une complicité joyeuse. Elle ne pouvait pas s'expliquer l'animosité de Willy. Pourtant elle était rieuse et à l'écoute, ils discutaient de tout sans encombre ; elle laissait passer ses extravagances, son penchant à médire ou même à se moquer parfois gentiment de Rony.

Une solitude glaciale s'imposa peu à peu après le clash. Un soir, n'en pouvant plus, elle appela ses parents qu'elle avait pourtant eus au téléphone quelques jours auparavant. Elle voulait juste les entendre, sans trop leur parler de ses aléas. Le son de leur voix, les propos chaleureux, les espiègleries de Jana, préadolescente romantique qui lui supposait amoureux et romance à Paris, remplirent son cœur vide et lui donnèrent le courage de tenir. Tenir et avancer coûte que coûte, comme pour une mission, comme par obligation, comme par reconnaissance envers Paris, même si de Paris parfois elle ne voyait que le temps gris, le froid et la pluie ; même si Paris devenait un chapelet d'heures pour seulement dessiner, peindre, rêvasser et dormir ; même si Paris devenait des week-ends entiers seule dans sa chambre sans avoir personne à qui parler ou entendre, et même si Paris devenait un immense tableau de fêtes et de réjouissances dont elle était bannie.

*****

Impassible devant les promesses tenues ou bafouées, le bonheur connu ou écroulé, l'épanouissement ou les marques du temps, l'*apaisance* ou les difficultés, les rires ou les larmes, la vie avançait tête baissée. Sa rupture avec Rony, qui était le socle de sa vie parisienne, avait entaché une partie de son bien-être. Elle ne pouvait pas s'empêcher de songer à son attitude partisane qui n'avait jamais voulu connaître son sentiment ni son regard sur les événements. Cette brouille injuste avait suscité en elle une sorte de vive réaction à leur égard, à la vue de leur image quelque part et même à l'énoncé de leur nom ou à ce qui faisait le lien avec eux. Son orgueil heurté la mettait constamment dans la crainte de les croiser quelque part, lors d'un événement ou d'un quelconque rassemblement que confectionne si bien un hasard enjoué et taquin. Chaque évocation les lui rappelant était une pique qui suscitait en elle une foison de sentiments oppressants.

Elle eut son diplôme avec les félicitations du jury. Ses parents et Jana étaient enfin à Paris pour fêter cet événement unique avec elle, et lui constituer des moments les plus inoubliables de ses dernières années. Leur présence avait rompu la froideur des jours mornes, l'impassibilité des instants qui tournaient en rond, les souvenirs amers qui ressurgissaient à chaque moment d'abandon, pour faire ressortir le Paris éblouissant, devenu à nouveau le terrain des sorties et des réjouissances, des visites de mille endroits, musées et monuments, de longues balades, de haltes délassantes et de dîners dans de charmants cafés, bars et restaurants.

Elle avait emménagé depuis deux ans dans un beau deux-pièces donnant sur la Seine, boulevard de Grenelle, grâce aux cours qu'elle donnait comme professeure d'arts plastiques dans un lycée à Saint-Germain-en-Laye.

Conscient d'un train de vie opulent en décalage avec le leur, de la brouille avec Hana et de l'influence d'un compagnon exclusif et intransigeant, Ottah, peiné pourtant, n'a pas cherché à joindre Rony ; lui non plus depuis déjà longtemps.

Safia, Ottah et Jana subjugués par le charme de Paris, étaient heureux de voir Hana y bien mener sa vie. Sur les Champs-Élysées, flânant à pas doux à côté de son mari, Safia regardait ses filles, élancées et belles, marcher devant, et apercevait, fière, comment les passants les regardaient et parfois même se retournaient sur elles. Paris leur souriait tout comme les gens. Paris qui prit un sens encore plus profond lorsque l'année suivante Hana obtint la nationalité française. C'était une nouvelle naissance, une nouvelle étape, une nouvelle alliance : un autre lien venait d'être scellé. Paris devenait un parent, un enfant, un amour qu'on ne pouvait, beau ou laid, affectueux ou distant, renier, mal aimer ou abandonner.

Depuis la fin de ses études, des expositions de ses toiles et croquis furent organisées aux Beaux-Arts, à la Cité Universitaire, dans différentes mairies et galeries, mais la carrière d'Hana ne décollait pas. Les cours qu'elle donnait épuisaient son énergie et lui laissaient peu de temps pour peindre. Le prix de ses tableaux restait désespérément bas dans un cruel rapport de l'offre et de la demande ; elle n'était qu'une parmi des dizaines d'autres diplômés et exposants qui cherchaient à percer.

Setti ne quittait guère sa pensée. Un parallélisme dans son esprit s'était imposé. C'était comme si elle le connaissait de près. Ses débuts timides racontés par Rony l'avaient marquée. Sa fulgurante ascension était digne d'un conte de fées. Elle-même était fascinée par tant de talent. Elle adorait sa peinture originale, et touchante. Quelle aubaine pour Rony de l'avoir connu et surtout de lui avoir accordé son temps, son attention et les moyens de son éclosion ; Setti était la raison de sa richesse mais le rôle de Rony n'était pas non plus à négliger. Il avait su le faire connaître, faire valoir son talent et peu à peu une boule de neige colossale s'était formée. Un très bon donnant-donnant. À trente-cinq ans il était célèbre, adulé, courtisé et fortuné.

N'aurait-elle pas eu plus de chance si le clash n'avait pas eu lieu, si Rony comme promis l'avait exposée ? Sa vie n'aurait-elle pas connu un autre sens si elle avait connu Setti comme ami ou confident ? Quoi que l'on fasse tout est dans le regard des autres. Nul ne peut être le créateur de sa transcendance. Nul ne peut légitimer de sa propre initiative une œuvre d'art. C'est l'autre, fût-il incompétent, qui tranche, qui valide ou dénie. Si c'est non, rien n'est pris en compte et le détachement se propage jusqu'à même son propre regard sur son œuvre. Aucune création n'attire l'attention que si derrière il y a un investissement, une caution, une conviction. L'intérêt des uns suscite celui des autres. Peu importe le motif d'attention… Du moment qu'il est défendu par une élite, on saura expliquer son originalité et lui trouver sa légitimité, fût-ce au départ sujet de l'indifférence ou même de la risée, songeait souvent Hana face à la morosité des instants qui tiraient son moral vers le bas, et à la vie qui suivait son cours dans une platitude sans teinte.

VI

Hadrien entreprit de passer sa thèse universitaire pour valider ses travaux de recherche et il réussit, dans la foulée, comme un acrobate jongle avec plusieurs balles en les lançant de plus en plus haut, le concours de maître de conférences, avant d'obtenir le grade plus élevé encore de professeur des universités qui allait lui permettre d'enseigner en faculté. Ainsi, après avoir assisté le professeur Lefabre pendant plusieurs années, il le relayait à présent, et devint très vite un membre indispensable de l'établissement.

Cette même année, François prenait sa retraite pour ne consulter qu'à temps partiel à son cabinet. Je demandai alors mon transfert dans le service cancérologie et de gynécologie pour être aux côtés d'Hadrien et, vu qu'il avait besoin de secrétaires et d'assistants, je devins, sur sa suggestion, sa secrétaire particulière. Ainsi, je gérais son agenda, j'organisais les dates de ses opérations, je séparais les rendez-vous privés dont les honoraires s'élevaient haut, des rendez-vous publics, au sein du Centre, dont le délai s'étendait parfois dans le temps en traversant les semaines et les mois, au vu du nombre des demandes. Je restais, au-delà de mes responsabilités, une spectatrice sensible de mon neveu. Je voyais l'estime qu'il suscitait chez ses confrères et l'attrait dans les yeux des femmes, pour la plupart médecins, mariées ou célibataires. Soit il était apprécié pour ses compétences, son sérieux, ses réussites et sa prestance n'était qu'un plus, soit il était courtisé pour toutes ces raisons et parce qu'il était également célibataire à trente et un ans.

J'étais l'amie convoitée par certaines de ces dames qui cherchaient par mon intermédiaire un rapprochement avec Hadrien. Pour moi aussi, il représentait tout ce que j'admirais, tout ce qui m'avait empêchée de donner de l'ampleur à quelque lien qui pouvait aller loin, et dont la balance dans la comparaison s'était embrouillée avant de rester figée. À quarante-sept ans, au seuil du flétrissement de mes pouvoirs de femme, mes attraits inavoués pour mon neveu ne pouvaient qu'être enfouis, dans la profondeur de mon cœur et de mon âme, tel un secret injuste et infâme.

*****

Le service était composé de six gynécologues femmes et d'une dizaine d'infirmières de jour et de nuit qui se relayaient.

L'année suivante, Hadrien remplaçait le Professeur Lefabre qui prenait à son tour sa retraite. Il devint alors le chef de service avec une vingtaine de personnes sous sa responsabilité. Ses diagnostics efficaces, ses opérations délicates par écran interposé, sans laisser de trace ; le succès de ses interventions pour guérir l'infertilité ou endiguer la portée des cancers les plus agressifs ou les plus complexes, lui valurent une renommée qui se répandit grâce au bouche-à-oreille, aux articles qui lui étaient consacrés, et à ses entretiens dans les médias.

J'étais sollicitée à longueur de journée pour trouver un créneau, un rendez-vous pour des patientes venues de l'étranger ou recommandées par tel ou tel praticien. Parfois, des personnes célèbres, de personnalités prêtes à payer une fortune pour avoir un rendez-vous immédiat ou des vedettes soucieuses de ne pas être reconnues, cachées sous un foulard et derrière de grosses lunettes de soleil ou affublées de chapeaux qui couvraient la moitié de leur identité, venaient patienter dans la salle d'attente.

Une partie de ces consultations était consacrée aux couples stériles ayant tout essayé et las de prier, qui se tournaient en dernier recours vers le « Professeur » et Hadrien réussissait, dans certains cas, grâce à une petite intervention chirurgicale, à raviver la fertilité et, lorsqu'il apprenait qu'une patiente qui s'était battue depuis des années était tombée enceinte, un léger sourire d'apaisement éclairait son visage et lui valait un trésor d'éloges qui, par ricochet, me couvrait également de mille douceurs et regards amicaux.

Face à l'urgence, je trouvais toujours un espace, quitte à décaler une ou deux autres dates, conformément au souhait d'Hadrien qui donnait la priorité aux cas graves, quel que soit l'état de son agenda, souvent au détriment de son temps personnel, ce qui le conduisait souvent à rentrer bien tard. Quelquefois, il opérait jusqu'à trois patientes par jour.

Je n'étais pas à l'abri du stress dans cette ambiance lourde où, pour un tiers des malades, il n'y avait plus d'espoir, et la chance perdait tout son pouvoir, nous laissant face à un avenir perdu d'avance. Je savais qu'Hadrien avait Nora et ses épreuves en tête à chaque opération, et qu'il faisait tout son possible pour parvenir à sauver des vies envahies et menacées par le déclin et l'agonie.

Dans cette euphorie et balancé entre une question de vie ou de mort, dès qu'un motif de consultation ne lui semblait pas relever d'une complexité ou d'une urgence, il dirigeait la patiente vers les autres spécialistes de son service. Ainsi, parfois, certaines malades imaginaires qui venaient au Centre, pour le voir lui, se trouvaient orientées vers d'autres services, emplies d'une déception boudeuse et contrite.

En le regardant, je me disais que je pouvais être envieuse de son talent et de celui de son père, pour les avoir toujours vus me dépasser telle une fusée alors que nous étions issus de la même famille ; pour les avoir toujours vus illuminer le regard de mes parents et d'autres alors que je restais inaperçue et négligée à me morfondre sans cesse dans la lutte contre une nouvelle diète, sans avoir jamais connu l'appui de l'amour, goûté aux voluptés d'une belle aventure ou frémi d'une vraie passion.

Mais je les aimais fort car ils étaient bons. Ils m'aimaient sans se livrer à une quelconque comparaison ou à nulle considération sur l'apparat ou des qualités que j'avais ou pas ; ils me faisaient confiance et sentir, depuis toujours, que je comptais pour eux et pour mes parents.

L'absence de ce mur d'envie entre nous ne m'empêchait pas de voir les qualités d'Hadrien et deviner les intentions ambiguës des femmes à son égard. Ainsi, parmi les médecins et le personnel féminin, à part celles qui à mes yeux étaient compétentes et sincères, je regardais de haut, l'œil froid et le ton sec, toutes celles qui me semblaient vouloir lui tendre l'appât de leur féminité.

Tout cela à l'insu d'Hadrien lui-même, qui, tout en suivant sa direction et son chemin, ne connaissait pas le mot « Non » et sa réplique la plus sinistre, même quand il ne donnait pas de suite, était « Pourquoi pas ? ». C'est le propre des hommes de science, les adulés, les admirés, d'avoir toujours recours aux nuances.

Mon attitude intransigeante me valut très vite la réputation d' « antipathique » auprès de mes collègues, et de « méchante » auprès des refoulées, ce dont je n'avais cure. Que m'importait de les voir confiantes, caressées par l'amour ou heureuses dans leurs élans ; que m'importait d'assister à leur bonheur ou à leur contentement ; que valait pour moi une amitié qui ne dépendait nullement de moi ; qu'obtiendrais-je à les encourager, pour me voir séparer, par l'une d'elles, d'Hadrien ? Méchante ? Pourquoi pas ? Pourquoi ne pas les envier quand elles étaient jeunes et gracieuses ? Pourquoi leur faire un compliment lorsqu'elles étaient talentueuses ? Pourquoi leur reconnaître un mérite dont j'étais dépourvue ? Non ! Je restais impassible, froide et indifférente, ne pensant qu'à ma propre envie, sauf pour François et Hadrien. Ainsi, lorsqu'une nouvelle interne fut admise au service, je vis tout de suite clair dans son jeu, ses intentions et la suite du scénario. Zoé, une Normande de vingt-sept ans, grande, d'un aspect banal, semblait uniquement spéculer sur une paire de beaux yeux bleu pâle. Dès sa rencontre de quatre minutes trente avec Hadrien, elle ne voulut plus quitter le secteur alors que son poste était à l'autre bout du long couloir. Je la croisais constamment dans les parages. Au début, elle cherchait à me faire des petites confidences entre femmes, puis sur sa famille et sa région. Ne trouvant pas d'oreille assez attentive, ni d'écho dans le suivi de ses jérémiades, elle venait alors me proposer un gâteau, une spécialité normande ou un breuvage. Enfin, face à l'argument de mon régime que je sortais sans trop réfléchir, elle me faisait la grâce de ses visites, cette fois sous le prétexte d'un renseignement, d'une question, l'état d'une patiente ou simplement d'un message pour Hadrien. Mais Hadrien, comme son père dans le temps, avait la même attitude bienveillante, le même demi-sourire charmant envers toutes, sans que cela aille plus loin. À la fin de la journée, il n'y avait que moi qui me réjouissais du plaisir de siroter un café dans mon bureau avec lui, en discutant de nos plans et de nos projets. Il lui arrivait aussi, ce qui était rare, voire interdit durant de longues années, de me demander un détail par-ci par-là, sur sa mère. Il avait décortiqué tout son dossier et savait de quoi elle avait souffert, peut-être même que toutes ces brillantes études n'avaient pour autre but que de pouvoir se pencher de près sur la cause exacte de ce qui l'avait si vite et si cruellement emportée.

— Tu penses que si c'était aujourd'hui, tu aurais pu faire quelque chose pour elle ? lui demandai-je, un jour.

— Non, malheureusement le mal s'était propagé… Si elle avait su et consulté plus tôt, il aurait été possible d'endiguer la progression et les dégâts… Mais comment, a-t-elle pu supporter la douleur sans jamais s'en plaindre ?

— Elle croyait peut-être que c'était lié aux effets secondaires de son traitement pour te donner un frère ou une sœur… Mais à vrai dire, je n'ai jamais eu le sentiment qu'elle souffrait sauf ce jour-là au parc…

— Quelle endurance, quel sacrifice, quel gâchis… ruminait Hadrien, le regard embué, tourné vers le sol.

C'est le seul moment où je le sentis impuissant, à la disposition du sort, comme tous les autres.

6

Jana venait d'avoir son bac. Elle entrait à l'université d'Alep pour étudier la langue et la littérature françaises.

Ce choix était cher à Safia qui espérait la voir persévérer dans l'écriture. Sa fille était romantique, imaginative, sensible, toutes les caractéristiques nécessaires pour favoriser l'écriture d'un beau roman. En attendant, les sensations de sa fille se traduisaient en poèmes.

À nouveau l'argent manquait. Ottah se fit une fracture à la jambe sur un chantier et la guérison tardait à venir. De surcroît, la fêlure de l'âme, due à l'échec du passé, ignorée un temps, apprivoisée ensuite, se dégradait en une crevasse et refaisait surface. Le corps lâchait, le courage s'effilochait et le moral s'assombrissait.

Au début de la troisième année de ses études, Safia remarqua que sa fille était plus gaie, plus songeuse ; elle s'occupait plus d'elle, sortait plus souvent pour rentrer plus tard. Bientôt elle lui annonça qu'elle aimait : Adam, le frère d'une camarade de classe qui l'avait raccompagnée un jour lorsqu'il était venu chercher sa sœur.

Safia et Ottah attendirent quelque temps avant de recevoir l'amoureux de leur fille. Homme ambitieux, bien éduqué, de famille aisée mais de neuf ans son aîné. Il semblait fort attaché à Jana, déployait des trésors d'attention et de tendresse, la couvrait de présents et ne la quittait pas d'une semelle, jusqu'à aller la chercher à chaque fin de cours à l'université. Ensuite, quelque part alors en ville, ils prenaient un thé et une pâtisserie ou dînaient ensemble devant les bougies, avant qu'il ne la raccompagne et parfois monter dire bonjour à Ottah et à Safia. Bientôt, il lui avouait son amour et la demanda en mariage.

Ni Ottah, ni Safia ne souhaitaient voir leur fille se marier si jeune, ce d'autant plus qu'Adam, orphelin de père, était entouré d'une horde de femmes rigides et sévères. Outre sa mère, femme vaniteuse, rêche et peu expansive, il y avait la tante, au contraire volubile, frisant l'extravagance et l'impertinence, avec des propos fats et des remarques offensantes, omniprésente avec son mari, toujours en train de diagnostiquer ou de donner un avis. Venait ensuite la sœur, l'ex-copine, devenue rivale, jouissant d'un pouvoir total, chapeautant tous les projets et les actes, et enfin la grand-mère, vieille femme ridée, ronchonneuse et aigrie, s'affalant tout empâtée dans son grand fauteuil-lit, face à tous, en haut et au centre du salon. Son regard dur ne s'adoucissait, sous ses lunettes rondes et épaisses, que de temps en temps pour son gendre et sa fille cadette.

La mère d'Adam ne trouvait pas Jana assez fortunée

pour son fils qui vivait dans le luxe et le confort. Son mari, fauché par une voiture lorsqu'Adam avait quatorze ans, était un riche industriel à la tête d'une usine de fabrication de briques. Après un arrêt de quelques années, l'usine fonctionnait à nouveau par les bons soins d'Adam et de son oncle et générait de conséquents bénéfices. L'adage de la mère à chaque propos possible était : « La beauté comme la laideur deviennent vite habitudes, seules comptent l'intelligence et la fortune… » Aucun lien d'amitié ne rapprochait les deux familles.

Mais l'affection débordante d'Adam qui mettait toujours en avant Jana, lui consacrant son temps, aidant son père dans ses déplacements ou en se confiant, à cœur ouvert, à Safia, surent habituer toute la famille à sa présence. Un autre point de réticence des Farag à cette union était que Jana se mariât avant sa sœur aînée, Hana. Mais le bonheur de leur cadette qui vibrait d'amour et de l'attention d'un homme qui l'aimait et l'appréciait emporta finalement leur bénédiction à ce mariage.

Hana arriva de Paris tout émue pour la cérémonie qui se déroula au début du printemps à la campagne chez son oncle, Ufa. L'événement avait exigé des jours de préparations de divers mets, plats, sucreries et de décorations florales de la part de Safia, de sa mère, de Talia, et de trois autres femmes de la famille. Les hommes s'occupaient des courses et des aménagements de la maison.

Hana, qui avait rapporté de Paris des dragées et du chocolat en quantité, préparait des pochons enrubannés avec Salma, une jeune cousine de Talia, qui rêvait de Paris et dont les questions qui parfois amusaient Hana, ne tarissaient guère. Ottah, debout après six mois d'ennuis de santé et de difficultés pour marcher, dépensait ses derniers billets. Le marié s'activait, autant que possible pour compenser le grand vide laissé par les femmes de sa famille qui vinrent juste à la réception comme des invitées en rang serré, regards, paroles et gestes au diapason, comme si elles sortaient de la cuisse de Jupiter, avec un banal bijou comme tout présent pour la mariée.

Hana brillait par sa présence et sa beauté dans sa longue robe scintillante et légère couleur chair. C'était incroyable pour elle de trouver, à la place de la jeune adolescente qu'elle avait accueillie quelques années plus tôt à Paris, cette belle jeune femme gracieuse et longiligne dans sa somptueuse robe blanche faite de mousseline et de soie, à côté d'un marié certes doté d'un léger embonpoint mais heureux, souriant, dynamique et serein.

En observant Adam avec qui elle eut quelques échanges chez ses parents et lors de quelques autres soirées depuis son arrivée, elle doutait qu'il soit le mari idéal dont rêvait Jana. Quelque peu tapageur, manquant de finesse, d'élégance et d'esprit assez ouvert, il manifestait trop son affection pour Jana qu'il avait l'air de prendre parfois pour une poupée.

Au fil de leurs discussions elle découvrit un homme terre à terre, fort dépendant de sa mère, vouant un véritable culte à l'argent et aux affaires, féru d'une ascension expresse, quels que soient les moyens utilisés. Sa culture était limitée ; il ne montrait nul intérêt particulier pour le domaine intellectuel, artistique ou littéraire mais était capable de commenter longuement et fougueusement le dernier bolide à grande vitesse tout juste sorti en nombre limité.

Cependant, dans l'empressement qu'il mettait à tout rendre irréprochable et agréable pour Jana : ses mises au point avec les femmes de sa famille, un bel appartement prêt à les accueillir que ses parents s'étaient évertués en guise de dot à bien garnir, un voyage aux Antilles au lendemain de la cérémonie, une belle nouvelle voiture, de beaux bijoux et des vêtements de haute couture, elle voyait bien son engouement pour sa sœur et espérait que cet intérêt soit autant pour son être et son esprit que sa belle plastique.
De l'autre côté, Hana se demandait si avec sa sensibilité, son romantisme, son esprit poétique, par ce mariage, sa sœur ne cherchait pas plutôt à rompre avec un quotidien monotone, une vie devenue quelque peu ennuyeuse au profit de plus d'indépendance, de facilité, de liberté et de divertissement. Elle se demandait si, en cet amour que lui vouait Adam, elle ne trouvait pas plutôt un rempart, un point d'ancrage, un besoin d'affection et de soutien.

Face à tant d'efforts et de preuves d'amour, Jana était certes attachée, éprise et liée, mais Hana était persuadée que ce n'était pas le grand amour tant espéré. Contre toute autre interrogation, elle se disait qu'au bout du compte, sa sœur semblait heureuse et que c'était *in fine* ce qui comptait. Cependant, elle pensait que les études et la vie active ne devaient pas s'arrêter pour elle à vingt ans à cause de son mariage.
— Et l'université ? demandait-elle soucieuse.
— Adam n'est pas contre le fait que je continue ! la rassura Jana.
— Pas d'enfant alors tout de suite…
— Non, pas question maintenant mais sûrement dans quelques années…

Ce retour aux sources au sein de sa famille était également pour Hana une occasion de renouer le contact avec ses souvenirs d'adolescente et sa vie d'antan. Elle rendit visite à ses amis et à Nina, sa chère professeure. L'ombre de Rony et de Willy planait toujours dans son esprit. Elle put en parler librement avec Nina. Celle-ci qui se réjouissait de son évolution, de son regard plus aigu, plus sensible, plus profond, lui rappela que dans la vie rien n'est acquis comme rien n'est jamais perdu, que la vocation d'artiste devait la dispenser de certaines considérations, que c'était cette solitude dont elle semblait se plaindre à Paris qui était le ressort de l'art et de ses inspirations. Elle lui assura que la seule conviction du créateur, si elle est véritable et sincère, est d'abord suffisante comme récompense puis elle finirait, le temps venu, par se communiquer aux autres, sans besoin d'aucun Rony ou autre mentor…

Nina, buvant une gorgée de thé fumant, plongea son regard dans le beau visage d'Hana et ajouta, d'un air serein :

— Tu trouveras peut-être insensé ce que je vais te dire, mais n'aie pas peur de souffrir ! Tu ne sais pas le fruit que peut enfanter l'épreuve : elle aiguise et libère l'expression sous toutes ses formes ; la musique, la poésie, la littérature, l'art en général découlent de peines et de souffrances. Regarde Beethoven, il fallait que ce soit lui qui devienne sourd à vingt-sept ans… Tu imagines le tourment ? Mais cela n'a fait qu'approfondir son génie et sa musique poignante ! Écoute sa musique ! Tu penses que si c'était un homme ordinaire avec sa petite famille et ses joies de monsieur tout-le-monde il aurait écrit la symphonie Pastorale ou le concerto « L'Empereur » ? Tu penses que si rien ne nous manquait ou ne nous touchait, on aurait eu envie d'écrire des vers, des romans ou de peindre ? Connais-tu des poètes heureux ? Et s'il y en a, ce n'est pas ceux dont la poésie est la plus touchante ou distille le plus d'émotion… Pour entretenir l'espoir il faut persévérer !

Hana, saisie et émue prit Nina dans ses bras.

Nina la félicita ensuite d'un air moins solennel pour sa naturalisation. Mais Hana, qui était sur le terrain glissant des confidences, lui avoua :

— Elle n'a pas changé grand-chose, ce n'est pas

pour autant que je suis considérée comme une vraie Française, même si mon cœur vibre pour tout ce qui est lié à la France…
— Tu bénéficies quand même des mêmes droits qu'une Française ! Tu peux travailler, tu n'as plus besoin de visa pour partir à l'étranger…
— En termes de droits et mis à part quelques facilités peut-être, mais les Français ne t'adoptent pas facilement. Au premier contact, ils t'observent, te flairent, cherchent d'abord quelques ressemblances, similitudes, connexions, codes, connivences ; à défaut, les préjugés prennent le dessus, le regard change et, même avec la meilleure volonté du monde, ils te feront sentir, parfois malgré eux, que tu n'es pas l'un des leurs mais une pièce rapportée en escale à Paris, destinée tôt ou tard à repartir dans ton pays…
— Oh cela a toujours existé ma chérie. Le racisme, n'est-ce pas ? Mais dis-moi, quel peuple ne le connaît pas ? En principe le regard du haut ne vise que le peuple considéré comme moins noble ; un Suisse ou un Anglais ne souffrirait jamais de ce décalage dont tu parles de la part d'un Français…
— C'est ce que j'appelle la ressemblance, la connexion, le même codage… approuva Hana, soulagée d'être comprise.
— Moi aussi j'en ai souffert ! avoua songeuse Nina. Je me sentais parfois touchée dans mon intégrité quand lors des réunions ou des sorties, j'étais amenée à parler plus de mon appartenance, de mon

identité, d'où je venais, que des sujets communs de la vie de tous les jours, auxquels j'étais confrontée, au même titre que les autres…

— Je comprends parfaitement, ça m'est souvent arrivé ! Les gens, sous prétexte que tu es étrangère et que tu ne captes pas tous leurs mystères, pourraient s'imaginer que tu ressens également moins bien les nuances des paroles et des mots et, par cet alibi, ils te posent des questions directes, personnelles et parfois indiscrètes qu'ils n'oseraient jamais poser à un Français. Si on veut passer inaperçu, c'est parfois raté ; le moindre accent, une seule formulation sortant du cliché, une hésitation sans même parler d'une faute de français ou la simple consonance de ton nom étranger te font d'office basculer dans la catégorie des fréquentations éphémères. L'étranger dans un cercle attire l'attention un moment pour assouvir quelque curiosité puis, s'il ne présente pas d'intérêt particulier, il est vite oublié…

— Il ne faut pas généraliser pour autant car j'ai pu, lors de mon séjour, rencontrer des gens formidables, délicieux de finesse et très humains. C'est le commun des mortels qui a la réaction vive, envers celui qu'un simple usage bancal de la langue pourrait faire passer pour moins sensible… C'est lui qui ne t'écoute soudain que d'une oreille face à une hésitation ou un lapsus, te coupe la parole, conclut à ta place ou accorde peu de crédit à ce que tu soutiens… La physionomie compte aussi…

— Pourtant vous êtes du type occidental : peau blanche, les yeux clairs, Nina…
— De toute façon les Français sont bruns et pas blonds, puis ça ne dépend pas de cela, mais de ton rythme, de ton regard, de ta manière d'être. Même un trop-plein de gentillesse, perçue comme inattendue, indue ou inhabituelle, peut te desservir dans tes rapports avec les autres ou au mieux te ferait passer pour un nigaud…
— C'est vrai, il faut parfois, pour se faire respecter, privilégier et défendre ses propres intérêts…
— C'est ce qu'on appelle de « l'égoïsme », sourit Nina avant de chuchoter : toi, tu es Gréco-Syrienne, mais entre nous, les Français n'aiment pas les « Arabes » ! C'est ce qui crée d'ailleurs des communautés…
— Plutôt l'étranger en général ! Je me demande si Rony, qui est si attaché et fier de son farfelu amant anglais, quelque part, n'est pas flatté de vivre avec un Occidental qui estompe un peu son côté étranger, arabe…
— En même temps, il suffit d'être bien portant et fortuné pour qu'on te considère comme un pacha et qu'on te déroule le tapis rouge. L'argent sait bien amadouer les regards en biais…
— Ou bien, être un éminent savant ou un artiste renommé, conclut Hana.

Nina ressuscitait toujours le courage et illuminait le champ de l'espoir par ses mots. À la rencontre suivante, elle peignit Hana et lui dédia la toile comme cadeau pour son diplôme et les performances du bout de ses pinceaux.

Hana rentrait le cœur réjoui, plein de résolutions et de projets avec, au fond d'elle, celui de trouver le bonheur, en même temps que Jana s'envolait pour son voyage de noces.

*****

Au tête-à-tête amoureux des jeunes mariés, il ne manquait que la vue du turquoise de la mer s'unissant à l'horizon au bleu pâle du ciel, sous un soleil éblouissant, à l'île Saint-Martin. Ils s'étaient laissé submerger par la jouissance de l'amour et s'enfermaient à longueur de journée dans leur grande suite, face au parc luxuriant, sans se détacher l'un de l'autre que pour répondre à l'appel de la faim. Sitôt descendus au restaurant de la plage, humant à pleins poumons l'air marin, ils dégustaient face à la mer des langoustes grillées avec du rosé frais et à peine le repas fini, la tension amoureuse à nouveau dans le corps, ils regagnaient leur grand lit. Ces ébats étaient ponctués par quelques baignades dans l'eau douce, avant de s'offrir, étendus et apaisés, sur le sable fin, à l'ardeur du soleil pénétrant, généreux et câlin.

Le retour à Alep renvoya au registre des souvenirs tous les moments merveilleux de l'île : le soleil, la mer, les étreintes. La vie reprenait son cours.

Jana essaya de concilier ses études avec sa vie de couple mais elle rencontrait des difficultés. Elle rentrait fatiguée de l'université et à peine détendue, Adam arrivait sans que rien ne fût prêt : ni courses, ni ménage, ni dîner. De plus, elle n'était pas concentrée en cours ; d'innombrables images et pensées venaient brouiller son attention. Elle décida alors de consacrer quelques mois à sa vie conjugale, d'en cerner le rythme, de se faire aider, puis de reprendre ses études. Adam accueillit avec enthousiasme cette décision. Une femme de ménage vint deux fois par semaine. La vie devenait alors plus agréable, plus plaisante et plus divertissante. Elle recevait ses parents, invitait ses amies, sortait avec Talia, téléphonait plus souvent à Hana.

Seule tache à l'horizon de cette vie insouciante : la mère d'Adam. Elle trouvait Jana trop libérée, trop dépensière, tenant mal son foyer, ne pensant qu'à son bien-être, faisant profiter à leurs dépens sa famille et ses amis, sans prendre soin comme il le fallait de son fils. Le rituel des soirées de chaque jeudi chez sa belle-mère avec la présence, lourde et inquisitrice des autres femmes de la famille qui la toisaient, rendait ces réunions, truffées de piques et de brefs ricanements codés et visés, qu'Adam ne décelait guère, intolérables pour la jeune mariée, et provoquaient des disputes permanentes au sein de leur foyer. Jana, au début, fermait les yeux, essayait d'ignorer, d'oublier, mais parfois, profondément affectée, au bord des larmes, elle énumérait, de retour chez eux, dans la voiture, la voix vibrante, les allusions et les quolibets dont elle faisait à chaque fois l'objet.

Une fois, la mère et la tante vantaient les qualités de la femme d'un cousin éloigné qui, l'année qui suivit son mariage, avait mis au monde des jumeaux et consacrait sa vie de femme à son mari et à ses bébés. Une autre fois, la mère imaginait et félicitait devant Jana, alors qu'Adam était au téléphone, l'heureux futur mari de sa fille qu'elle ne connaissait pas encore, parce qu'elle entreprenait d'acheter un appartement à côté de chez elle, pour elle.

Lors d'une autre réunion, elle avait choisi soigneusement quelques bons fruits du grand plateau, les avait épluchés, coupés et couchés dans une assiette, prêts à être dégustés, mise discrètement devant son fils, en marmonnant : « Si on ne lui prépare pas ainsi, il ne mangerait jamais de fruits… ». Même si Adam, en prenant un morceau, avait placé l'assiette devant Jana, ce geste avait marqué sa jeune épouse par son impertinence. Chez elle, c'était tout le contraire, l'attention couvrait d'abord l'étranger, l'invité, celui qui se trouvait intimidé. Les premiers mois, à chaque fois, Adam allait dans son sens et promettait de mettre les pendules à l'heure avec elles. Puis, aussitôt rentrés chez eux, il essayait d'effacer l'amertume de son épouse par des baisers et une nuit d'amour et de caresses. Mais Jana en avait assez de voir que, dans l'esprit de son mari, tout pouvait trouver son dénouement dans le sexe. Autant au cours de leur voyage de noces, l'ambiance des vacances aidant, elle s'était prêtée à ce jeu d'amour et d'étreintes, autant dans la vie de tous les jours elle aspirait à plus de sérieux, plus d'application et d'investissement dans leur couple. Elle ambitionnait des passe-temps plus enrichissants, plus distrayants. Elle aurait aimé fréquenter des couples de leur âge, avoir des échanges plus passionnants autour des domaines qui la captivaient avec des gens autres que le seul cercle familial.

Mais Adam était un coq en pâte dans sa famille, il s'amusait avec des éclats de rire à n'en plus finir avec son oncle ou sa tante qui lui donnait des nouvelles croustillantes de gens que ne connaissait pas Jana. Ayant adopté le rythme de quelques déjeuners seul chez sa mère, soi-disant pour l'informer du déroulement de l'usine et des commandes, et pour rétablir un peu la relation entre Jana et elles, il évoquait aux quatre femmes, de temps à autre, un à un, sans tact, les griefs reprochés par son épouse, et ne faisait que déclencher à chaque fois une riposte ferme et unie dans les dénis les plus indignés. Une fois, excédée, la mère vitupéra soudain dans tous ses états :
— Mais pour qui se prend-elle ? Elle se comporte comme une princesse qui a épousé son valet ! Elle est venue les mains vides…
— Comment les mains vides maman, c'est son père qui a payé tous les meubles et les tapis de l'appartement…

— Oh ! que de la pacotille ! Les parents d'Adeleh ont offert un appartement à Azizyeh pour son mariage ; ils ne jettent pas comme toi leur argent par les fenêtres dans un loyer !
— C'est un cas exceptionnel, d'habitude ce sont les hommes qui assument…
— Je vois qu'elle t'a fait un lavage du cerveau pour aller ainsi, les yeux fermés, dans le sens de ses intérêts, dit-elle en se retirant pâle comme un linge délavé et en lâchant :
— Je n'ai jamais pris de femme de ménage, moi ! Madame ne veut pas se donner du mal, comme si nous étions nées des bonnes à tout faire…
La tante reprenant le relais s'assit à côté d'Adam en chuchotant :
— Elle a raison, on dit tout ça pour toi, elle ne pense qu'à son apparence, à s'amuser, à se faire remarquer, puis à critiquer ta famille… Tu n'as qu'une seule mère ! Ne te laisse pas influencer, tu pouvais avoir n'importe quelle fille encore plus belle qu'elle, et surtout riche… L'argent ne se trouve pas sous le sabot d'un cheval, mon chéri…
— Bah ! Qu'est-ce que tu veux, elle a aussi l'habitude du confort, je ne peux pas lui demander de se priver, de vivre plus durement que ce dont elle avait l'habitude, bredouilla le mari perplexe.
Sa mère qui écoutait aux portes, s'avança brusquement d'un pas précipité, l'air effarouché :
— Quel confort ? ! Ils nous ont bassinés avec cette histoire abracadabrantesque de banqueroute qui, soi-

disant, a pompé leur fortune, t'étais là pour voir ? Ils nous prennent pour des idiots de nous faire gober tout ça et, de toute façon, dans la vie ce n'est pas « j'avais, j'avais qui compte mais j'ai, j'ai ! ». La grand-mère, tout ouïe, restée silencieuse jusqu'alors, s'adressa d'un mouvement de tête à Adam :

— Tu es, à tout point de vue, au-dessus d'elle…

La sœur d'Adam, une ancienne obèse, devenue squelettique, pour l'habillement de laquelle ils dépensaient une fortune dans les vêtements de grandes marques, ajouta, dans la mêlée, avec son débit accéléré :

— Je t'avais déjà dit qu'elle ne cessait de blaguer avec les garçons qui la considéraient comme une fille légère. Mais toi, à peine tu l'as vue, t'es tombé raide dingue amoureux et elle a joué de ça… En plus, maintenant, elle laisse tomber ses études qui pouvaient lui permettre de trouver un boulot un jour ou de t'aider à l'usine…

— Elle reprendra ses études… affirma, las, Adam.

— Sinon, qu'elle fasse des enfants, trancha la grand-mère comme pour conclure, depuis son fauteuil-lit.

Ces discussions rendaient les réunions de famille de plus en plus tendues, pesantes et longues. Jana traînait les pieds pour se rendre chez la mère d'Adam et réclamait désormais de passer un jeudi sur deux chez ses parents. Son père recommençait à travailler sur un autre chantier et n'était libre qu'en fin de semaine.

Ce partage fut accepté du bout des lèvres par Adam qui avait été mis en garde contre l'ascendance de sa femme et de sa famille. Il restait sur la défensive contre toute tendance d'intimidation et toutes sortes de contraintes. Attentif, voire susceptible des paroles émanant de l'entourage de Jana, avec une sensibilité particulière pour les propos d'Ufa qu'il ne portait pas dans son cœur, et qui l'avait quelques fois repris ou contredit lors des discussions, il avait tendance à contredire ou nier tous ses propos.

Mis à part la fin de semaine où chacun cherchait à entrainer l'autre vers sa propre famille, les autres jours de la semaine tombaient dans un profond ennui. Adam n'aimait pas grand-chose : sans participer aux préparatifs, ou même sans que cela lui traverse l'esprit, il attendait que la table soit mise et dînait copieusement sans vrais sujets de discussion avec sa femme, avant de passer devant la télévision et de faire défiler les chaînes ou de téléphoner à droite et à gauche en restant longuement en ligne avec sa famille ou ses proches. Jana déplorait de ne jamais l'avoir vu ouvrir un livre et encore moins d'en parler ou de s'intéresser à une activité artistique ou physique. Elle aurait aimé de temps en temps aller au théâtre, au concert ou au cinéma sans même parler des musées, des expositions ou de réunions littéraires.

Lorsque, dépitée, se sentant seule en sa compagnie, ou le voyant plonger le nez dans ses cahiers de commandes et de chiffres, elle prenait un livre ou se mettait à griffonner des mots sur une feuille, il prenait un air mi-ennuyé, mi-moqueur dans l'esprit de celui qui voit sa femme perdre son temps dans des futilités. Tout ce qui n'était pas en rapport direct avec un gain ou un intérêt monnayable et immédiat, paraissait à lui et à sa famille, secondaire, vain et sans intérêt.

Quand Jana, motivée, voulait lui lire un poème qu'elle avait écrit, l'exercice lui semblait de la même valeur que si elle lui montrait un vieux journal oublié. Tout était bien et parfois le compliment tombait alors qu'il regardait subrepticement son carnet ou l'écran de la télévision restée allumée.

Bientôt, il se mit à traîner pour se rendre chez ses beaux-parents. Il provoquait une dispute, réglait ses comptes, exigeait un passage express au lit et, devant le refus de Jana, le ton montait, il claquait la porte et disparaissait. S'il ne trouvait pas de prétextes assez tranchants, il critiquait simplement la fadeur des soirées chez ses beaux-parents. Exacerbée et atteinte dans son amour-propre, elle s'indignait :

— Mais parce que chez toi l'ambiance est comment ? Avec le festival de piques et de ricanements des dames ? Est-ce qu'on s'amuse plus ou les échanges sont plus divertissants et drôles ?

— Oui, pour moi oui, beaucoup plus amusant ! Avec mon oncle on refait le monde sans se prendre la tête, pas question de jérémiades chez nous…

— Mais quelles jérémiades ? Mes parents, mon oncle

ne cherchent pas forcément de fausses satisfactions ; ils parlent de l'actualité mais ils ne la fabriquent pas, et l'actualité n'est pas toujours gaie et divertissante ! On vit dans une société, et non dans le cercle restreint de sa propre famille avec ses bobos...

— Merci de m'inculquer ta façon de voir les choses ! Mais j'ai ma propre opinion ; halte donc au lavage de cerveau ! Le week-end est sacré, on n'a qu'à le passer chacun dans sa propre famille... avait-il conclu sans pudeur et sans savoir combien il la blessait.

Désormais, sa préférence allait ouvertement du côté des femmes de sa famille : c'étaient elles qui avaient raison, qui voulaient son bien, qui voyaient mieux le lendemain et l'avenir proche et lointain... Le pire pour la jeune femme, dans l'ambiance froide et tendue était lorsque, en semaine, comme un rituel, peu après le dîner, il venait vers elle et voulait l'entraîner dans la chambre à coucher en lui touchant librement le corps, comme si elle était sa propriété alors qu'elle n'était pas encline à avoir de l'intimité. Cela l'irritait que son attention pour elle ne se résume que dans l'acte sexuel, peu sensible à ce qu'elle souhaitait. Elle criait alors en lui rappelant qu'elle n'admettait pas qu'il la touche quand bon lui semblait, sans aucun égard pour elle. Ses dérobades, de plus en plus fréquentes, heurtaient fort l'orgueil de son mari et suscitaient sa colère sur ce qu'il croyait comme sa légitimité bafouée. De son côté, elle souffrait que, face à son refus, il ne comprenne pas son mal-être existentiel ; les carences et les insatisfactions liées à sa vie sans relief. Une fois, face à son refus, Adam l'avait tirée de force vers la chambre en débitant comme un forcené : « Quoi ? Non ? T'es ma femme, ou non ? ! Tu veux peut-être que j'aille voir ailleurs… Hein… », et malgré la protestation agitée et les larmes de sa femme vociférante qui, mise au défi et méprisée, se débattait de tout son être pour se retirer de son emprise, il l'avait, tout excité, entraînée sur le lit, l'avait aplatie et sans le moindre scrupule, de force, pénétrée. L'agression avait abattu l'abusée, qui lui avait jeté à la figure un « ordure » indigné sorti du fond de sa gorge. Elle passa la nuit blottie et en pleurs sur le canapé du salon, avant de déguerpir à l'aube pour se réfugier chez ses parents. Il fallut dix jours pour qu'elle consente, via l'intermédiaire de ses parents, de ses excuses innombrables et des fleurs envoyées, à accepter de retourner, à contrecœur, chez eux.

Elle le regardait désormais d'un autre œil ; quelque chose avait été brisé en elle. À même pas deux ans de mariage, l'idée d'une séparation germait. Au téléphone, elle gémissait auprès d'Hana et lui avouait ne pas être heureuse, s'être trompée et que la marche arrière dans sa situation n'était pas aisée.

Un événement soudain la réveilla, la bouscula et la fit trembler. Un matin elle apprit qu'elle était enceinte. La nouvelle dans le cabinet de sa gynécologue eut l'effet d'un coup de fer sur sa tête.

Jamais elle n'avait fondu ainsi en larmes, comme si on lui avait annoncé sa mort imminente ou celle d'un être cher ; comme si le ciel lui tombait dessus et que le monde se rétrécissait.

C'était son rêve d'avoir un enfant, mais plus d'Adam. Elle ne voulait pas qu'il soit le père et le modèle de son enfant, elle ne voulait pas que sa belle-mère soit la grand-mère de son bébé, elle ne voulait en rien une quelconque ressemblance avec eux. Elle ne les aimait pas. Lui, elle ne l'aimait plus. Du tout. Le médecin, ressentant la profonde détresse de la jeune femme, prit le risque et accepta de l'avorter en catimini ; elle était persuadée que ce bébé dans ces conditions psychologiques, sentimentales et physiques ne serait devenu qu'un enfant malheureux et un poids éternel sur le dos de cette jeune femme pétrifiée ; ce serait une naissance dans la souffrance et la détresse qui ne profiterait ni à l'enfant, ni à elle. Le rendez-vous fut pris pour la semaine suivante en toute discrétion. Jana n'en parla même pas à sa sœur, au cas où les téléphones seraient sur écoute. Si Adam et les femmes de sa famille, qui, depuis un certain temps réclamaient une grossesse et avaient mis dans la tête de son mari de devenir papa, apprenaient la nouvelle, au-delà d'elle cette merveilleuse femme compréhensive et altruiste risquerait non seulement son travail mais aussi des poursuites judiciaires. Seuls Safia et Ottah étaient avertis de sa décision, sans réelle opposition. La semaine suivante, Safia avait accompagné sa fille, qui, angoissée, la rassurait

de vouloir, de tout son cœur, avoir des enfants mais avec un mari aimant dans des circonstances appréciées.
Cette question occupait tout son esprit. Avant le passage à l'acte, elle demanda une nouvelle fois :
— Docteur, je souhaite avoir des enfants plus tard, pourriez-vous me confirmer, s'il vous plaît, que je ne prends pas de risque avec cette intervention ?
— S'il n'y a pas d'infection, il n'y aura pas de séquelle et vous pourrez avoir des enfants. J'ai tout stérilisé à 102 degrés et en principe, ça ne doit pas poser de problème…
Trois quarts d'heure plus tard l'épreuve morale et physique s'achevait. C'était fini. Le médecin avait l'air satisfait.

L'atmosphère était lourde mais digne, sans excès de parole de part et d'autre. La gynécologue lui prescrivit des antibiotiques et lui donna le numéro de son domicile en cas de problème. Jana avait prévu d'aller chez ses parents, en prétextant à Adam l'état souffrant de son père. Elle sortit du cabinet du médecin, appuyée sur sa mère pour monter dans le taxi qui les attendait. Elle pleurait doucement. Une sorte de détresse poignante serrait son cœur, assombrissait l'horizon, face à quoi ne comptait aucune douleur physique. Elle s'était séparée, contrainte par le sort, d'une partie de son être. Safi lui tenant la main, respectait sa douleur et ses pensées ; elle trouvait son chagrin justifié, c'était un déchirement inévitable face à ce qu'elle endurait. Elle songeait à sa petite Jana enjouée, aux contes qu'elle inventait avec des fins toujours extraordinaires, où il était question d'amour, de bébés et de famille soudée ; à ses déguisements de princesse, dans l'attente de voir surgir son beau prince, à elle ; à son optimisme pour tout voir en rose lors de son mariage grâce aux efforts d'Adam et ses mille gestes de tendresse. Son prince charmant s'était vite révélé pâteux, sans esprit et sans délicatesse.

Depuis la fenêtre du taxi, Jana, les yeux fixes, observait dehors et laissait défiler moult images et souvenirs qui galopaient dans tous les sens dans son esprit. Petit à petit, imaginant ce qu'une grossesse aurait pu impliquer dans sa vie et dans son couple, songeant qu'elle aurait tout sacrifié au bien-être de son enfant s'il était né, quitte à vivre malheureuse le restant de sa vie, face à un homme qu'elle n'aimait guère plus, elle commença à respirer un air plus pur et frais ; un juste avant-goût de la liberté. C'était comme si soudain une vie qui était sur le point de s'arrêter, continuait, comme si l'espoir d'un destin meilleur pouvait encore être envisagé. Le ciel se dégageait de ses lourds nuages malgré sa détresse. Elle décida à cet instant précis de divorcer.

Les cinq jours suivants, elle restait au repos et couchée. Elle évoquait à Adam, qui voulait passer la voir, une forte migraine qui l'avait chavirée avec le besoin d'être dans le noir et de se reposer. Le sixième jour le thermomètre affichait 37 degrés, équivalant à trente-sept portions de bonheur et à une quantité énorme de répit et d'apaisement.

Aucune fièvre, aucune complication, aucun mal. Par la suite, des images pelviennes attestèrent l'état sain des organes. L'avenir, au-delà des embûches passagères, prenait du sens et pouvait contenir encore des surprises et des promesses. Elle était en forme et debout et put rentrer chez elle.

La mère d'Adam qui, par l'absence de Jana, sentait la tension, prit les devants. Elle suivait son intuition et ne voulait pas voir son fils en premier sur le carreau. Chaque soir, elle organisait un dîner et invitait la fille d'une cousine éloignée, belle et prête à se marier, et observait avec délectation le rapprochement de son fils avec elle : leurs apartés, leurs teints rosis, les rires, les blagues qu'ils se racontaient ; les yeux brillants de l'un et de l'autre qui se fixaient, le regard qui traînait, ne laissaient pas de doute sur une attirance partagée. Elle souhaitait toujours que les liens se tissent entre relations et que l'argent reste dans la famille. La mère d'Adam savait pertinemment que sa belle-fille ne les aimait pas et qu'un jour ou l'autre, ce serait elle qui quitterait son fils.

De retour chez elle, Jana se rendit compte qu'elle ne supportait plus son mari, sa voix, son regard, sa présence, son odeur, ses silences, ses mots et même ses amabilités. Elle savait que s'il s'aventurait encore une fois à la toucher de force elle serait capable de meurtre et avec son consentement ce n'était plus possible. Le presque viol qu'il lui avait infligé, avec la douleur et des marques sur son corps et son esprit, l'angoissait et l'oppressait.

Elle prit alors vite quelques affaires et lui annonça d'emblée et d'une voix déterminée, vouloir divorcer. Incrédule, Adam ne la crut pas d'abord sérieuse, puis, face à son visage de cire, son regard glacé, sa voix blanche, ses phrases courtes et saccadées, il réalisa l'ampleur des dégâts. Pâle et en larmes, il la supplia, déclara son amour intact, fit des promesses multiples, proposa un grand voyage, puis, devant son intransigeance, il la menaça et devint vil et méprisant.

Plus tard, avec le soutien des quatre femmes et la cousine éprise, il retrouva de l'assurance et devint blessant et ironique à l'égard de ses beaux-parents. Il fit alors savoir qu'il consentirait à divorcer mais sans rien lui laisser. Jana accepta et deux mois plus tard, un papier tamponné lui signifiait sa liberté.

Elle avait déjà réintégré sa chambre chez ses parents et décida de reprendre les études qu'elle avait mises en suspens. Ottah et Safia, heureux de retrouver à nouveau leur fille à leurs côtés réunissaient souvent Ufa et Talia, toujours aimants et fidèles, prêts à des sacrifices et à toutes sortes d'aides, à leurs côtés, ce qui faisait chaud au cœur éprouvé de la jeune divorcée. Hana lui parla longuement au téléphone et l'invita à passer quelques jours à Paris, chez elle. Cette proposition, accueillie avec engouement, éclaira d'une belle lueur le champ dévasté devant elle. La pensée de revoir sa sœur et Paris caressa comme un souffle doux son esprit et dressa une joyeuse perspective. Les préparatifs de ce voyage, les allers-retours à l'ambassade pour le visa, amenèrent de la nouveauté et chassèrent peu à peu l'amertume, les remords et les regrets.

VII

J'attendais chaque soir, parfois en restant plus longtemps, pour rentrer avec Hadrien. Il ne prenait pas la voiture. Un taxi venait nous chercher à l'heure indiquée. En semaine, il me conduisait chez nous où François m'attendait et, une fois sur deux, si Hadrien n'était pas trop éreinté, il montait dîner avec nous.

Rughieh et sa cousine étant trop âgées, c'est Tania, la fille de cette dernière, qui s'occupait de notre intérieur et aussi, deux fois par semaine, de celui d'Hadrien, où elle faisait le ménage et le repassage.

Hadrien, malgré tout son succès auprès de la gent féminine, restait étonnamment seul. Le samedi soir, il venait souvent nous voir, son père et moi, et, après un apéritif au cours duquel nous faisions le tour des événements notables de notre semaine, nous sortions dîner tous les trois. Si les parents de Nora étaient de passage à Paris, ils se rejoignaient à nous. Parfois, il voyait Noha, le cousin de sa mère. Le dimanche il travaillait sur ses dossiers et sortait rarement. Depuis un certain temps, il jouait de la guitare et improvisait de mystérieuses mélodies, à l'accent oriental et, dès qu'il trouvait un moment, un professeur venait à son domicile pour lui donner un cours.

J'avais droit de faire un saut pour le voir le dimanche autour d'un thé ou pour lui apporter un plat.

Il vivait toujours seul ! Il m'arrivait, face à cette solitude inattendue, qui personnellement m'arrangeait, de me demander, secrètement, s'il n'avait pas un penchant pour ses semblables, mais je ne le voyais pas davantage avec les hommes non plus.

En tout cas, je ne m'en plaignais pas et cette vie à trois, avec les deux hommes de ma vie, me convenait et suffisait à mon enchantement. Je vivais alors en toute confiance avec ceux que j'aimais et qui me le rendaient bien. Ce rythme des retrouvailles devenait une belle routine que je souhaitais voir durer le plus longtemps possible.

Mais quelques mois plus tard, soudain, Hadrien sembla être pris ; il me demanda de ne plus l'attendre pour rentrer et nous ne le voyions plus les week-ends. Lorsqu'on déplorait son absence, il répondait par une pirouette. Un jeudi soir, alors qu'il était monté dîner chez François et moi, il nous déclara avant son départ, avec un sourire énigmatique dans le regard :

— Après-demain, je viendrai dîner, accompagné !

Mon cœur s'emballa soudain comme si j'avais été heurtée…

François, qui était agréablement surpris, le fixa, par-dessus ses lunettes, d'un regard interrogatif, avec l'esquisse d'un contentement sur ses lèvres, dans l'attente d'un commentaire. Hadrien, l'air enjoué, me regarda soudain :

— Tu la connais !

Dans une angoisse sourde qui me tordait l'estomac, je n'avais pas envie de jouer aux devinettes. L'image de la Normande aux yeux bleus s'imposa soudain comme une évidence, et je m'entendis marmonner :

— Zoé ? !…

— Qui ? Non, voyons…

— Alors qui ?

— Eh bien, vous verrez samedi, dit-il avec une moue espiègle avant de dévaler énergiquement l'escalier.

— Ça doit être sérieux ! s'exclama doucement François en me dévisageant, avec un regard plus animé.

Je ne pouvais pas lui être utile. Je n'en savais rien et cette annonce avait plus le pouvoir de m'accabler que de me réjouir. « Tu la connais ! » me répétai-je en me disant qu'il s'agissait fatalement d'une femme et, dans mon désarroi, je pense que j'aurais préféré que ce soit un homme.

— Je n'ai aucune idée de qui ça peut être ! dis-je enfin à François qui était parti dans des suppositions et se voyait peut-être déjà grand-père.

« Mon Dieu, il veut un enfant ! » ruminai-je.

— On verra ça samedi alors ! dit-il dans un geste de fatalisme heureux qui en disait long sur son souhait de découvrir celle qui partagerait la vie de son fils. Il me demanda, ensuite, presque joyeux :

— On fait le marché ensemble ? Qu'est-ce qu'on prépare ? Un beau bar au four ?

— Ou un filet de bœuf avec des noix de Saint-Jacques en entrée… lançai-je pour me hisser à la hauteur de la nouvelle et de la joie qu'elle était supposée susciter en moi de recevoir la bien-aimée de mon neveu.

— Parfait ! Tu demanderas à Tania ou à Rughieh de venir nous aider ?

— Oui ! Je les appellerai demain.

Je me réfugiai dans mon lit avec une foule de questions et de suppositions. Pendant une nuit blanche, qu'Hadrien était à mille lieues d'imaginer, je vis défiler tout le personnel féminin du service, tout en éliminant celles qui étaient déjà prises ; il n'en restait que douze. La pensée que ce ne soit pas Zoé, qui m'irritait, m'apaisa quelque peu. Mais aucun autre visage, aucune autre femme, vu leur contact bien formel et professionnel avec Hadrien, ne put me convaincre d'une liaison d'une telle ampleur : d'être présentée à la famille d'Hadrien dans la perspective d'une vie à deux !

J'étais tentée de décrocher le téléphone et de le supplier de me dire qui c'était, à qui et à quoi elle ressemblait, à qui et à quoi devait-on s'attendre, qu'est-ce qu'elle avait de plus que les autres, quel impact cela aurait sur notre relation, qu'est-ce qu'il attendait d'elle, qu'est-ce qu'elle était supposée lui apporter ?

Vers l'aube, le sommeil m'emporta et aussitôt je me vis me battre avec Zoé qui me poussait durement à terre et je vis Hadrien très loin, progressivement s'ef- facer. Vinrent ensuite les autres femmes du service : les médecins, Natacha Bertinot, Corinne Souhaité, Judith Menrad, plus séduisantes que dans la réalité, dans de magnifiques robes longues et des poses lascives et suggestives, se moquant de moi avec des rires retentissants, derrière lesquelles se trouvait Hadrien, souriant, taquin et approbateur…

Je me réveillai en sueur, exaspérée par la stupidité de mon état et de ma pensée. Je tâchai dans cette fièvre amère de me raisonner, de faire appel à ma lucidité et de m'inviter à attendre de voir, sans rien devancer ni précipiter.

Rughieh, dès qu'elle sut qu'il s'agissait de la présentation de l'élue du cœur d'Hadrien, s'envola vers chez nous et, comme à son habitude, aidée par sa jeune nièce, fit les préparatifs d'une soirée spéciale qui accentuaient encore plus les affres que je ressentais au fin fond de moi, sans pouvoir les exhiber ni les évoquer.

François, absorbé par ses pensées, semblait vivre dans une chimère ; peut-être voyait-il Nora et échangeait-il avec elle quelques confidences.

Rughieh regrettait, avec des gestes et des paroles, l'absence de mes parents. Je lui dis qu'il s'agissait de faire connaissance avec une amie d'Hadrien et non pas encore avec sa femme.

— Mademoiselle Hélène, Monsieur Hadrien ne nous a jamais présenté d'amie ; celle-ci doit être importante à son cœur et à ses yeux pour qu'il veuille la présenter à son père et à sa tante…

Logique imparable, qu'il ne fallait pas être sorti de Saint-Cyr pour comprendre.

Je passais la journée du lendemain, au marché, dans la cuisine, en discutant avec Rughieh, allongée sur mon lit, en contemplant François ravivé d'une nouvelle énergie, à chercher encore dans ma mémoire parmi celles que je connaissais, en survolant dans mon esprit même les femmes des autres services... Personne ! Je ne parvenais à mettre de visage capable de nouer un tel lien avec Hadrien sur aucune de ces femmes.

Le suspens était grand le soir, avant leur arrivée. Je pense que François ne cessait pas de s'interroger et Rughieh ainsi que Tania, qui avaient tout préparé, étaient dans l'attente de découvrir celle qui désormais serait en droit d'ordonner, de commander, d'exiger et de trancher chez Hadrien.

À 20 heures, l'interphone tinta suivi d'un échange de nos regards expectatifs. La porte fut aussitôt ouverte sur... Mon Dieu ! Aline Danard puis Hadrien. Aline Danard, que je ne connaissais qu'assise, travaillait dans le service de la gestion du personnel au rez-de-chaussée du Centre, à mille lieues de ma pensée. Je n'en croyais pas mes yeux. Debout, elle avait à peu près ma corpulence : pas grande, de l'embonpoint, des cheveux courts, en tailleur plutôt ringard, mais un sourire radieux, illuminé par un regard expressif, ce que j'avais remarqué la première fois que je l'avais aperçue. Je pense que nous fûmes tous surpris avant de revenir aux codes sociaux et aux présentations, voulues chaleureuses. Hadrien avait ses expressions habituelles, sans

cette ivresse d'amour qui radoucit le regard ou ce voile de romantisme qui enveloppe les traits et charme le visage. Il prit doucement Aline de sa main gauche en la faisant passer devant lui et la présenta :
— Voici Aline, papa !
Et aussitôt en se tournant vers moi, il ajouta à mon intention :
— Vous vous connaissez, je suppose, n'est-ce pas, Hélène ?
— Oui, on s'est déjà croisées ! Enchantée ! Entrez, Aline !

François, qui serrait chaleureusement la main d'Aline, l'observait avec bienveillance et une curiosité bien domptée. Ensuite, pendant qu'ils s'asseyaient, tout en échangeant avec Rughieh et Tania, François, pensif, se dirigea vers la table pour ouvrir la bouteille de champagne qu'il sortit du seau à glace et engagea en même temps une conversation avec Aline sur le Centre métropolitain et un article élogieux qu'il avait lu dans *Time Magazine* le concernant et qu'Aline connaissait.

Je dévisageais Aline. Elle était un peu intimidée, avait légèrement rosi face aux paires d'yeux qui la jaugeaient, mais elle écoutait avec intérêt François et lui parlait d'une voix douce.

Je devinais la pesanteur muette d'une déception sur les traits de François qui avait perdu son air enjoué ; la même expression avait figé le visage de Rughieh et celui de sa nièce.

— Comment vous êtes-vous connus, vu qu'on n'est pas dans le même service ? demandai-je peut-être un peu brutalement, avant d'ajouter, d'une voix plus enjouée, en regardant Hadrien : je ne m'en suis pas aperçue !
— Parce que nous sommes discrets ! répondit en souriant Hadrien, sans pouvoir se douter de mon effervescence et de ma crainte.
Mais Aline jugea judicieux de m'apporter un éclaircissement :
— Il y avait une confusion d'identité entre Hadrien et votre père dans le calcul des cotisations en sa défaveur, je le lui ai signalé et puis… On s'est revus !… dit-elle dans un sourire fébrile en adressant son doux regard à Hadrien. Ce regard profond qui vibra d'un frémissement de cils lorsqu'Hadrien le fixa, était un regard amoureux, le regard de celle qui serait prête à tous les sacrifices du monde, qui n'hésiterait pas à se mettre en danger pour le bien de celui pour qui bat son cœur ; c'était le regard de la femme qui pourrait rester toute sa vie amoureuse ou capable d'attendre son amour aussi longtemps qu'il le faut.

« La mère d'Aline était égyptienne ! Étonnant, non ? », énonça fièrement Hadrien en se tournant vers nous…
« Oh non, pas étonnant ! » me dis-je. C'était donc cela… Le premier attrait d'Aline. Voilà le point commun, voilà ce qui les attira l'un vers l'autre ou plus exactement Hadrien vers Aline : un regard, puis des racines communes, le reste n'est que littérature.

Quelle aubaine pour cette Aline, à première vue une fille plus qu'ordinaire, de sept ans plus âgée qu'Hadrien, d'après ce que j'appris plus tard, avec juste un bac plus quatre, de tomber sur une erreur véritable pour qu'une rencontre fatale puisse faire jaillir un sentiment si profond et si rare, comme en rêverait une demi-douzaine de Zoé ou d'autres dames médecins. C'est là où la chance, tout sourire, intervient, et que les espoirs les plus lointains se verraient exaucés par le destin. C'est là où l'appartenance d'une mère à un pays devient, comme par magie, l'attrait principal, permettant d'ouvrir les portes des réminiscences enfouies d'un petit garçon devenu adulte, cherchant quelque trace d'un bonheur arraché duquel il ne voulait pas se détacher.
Rughieh me chuchota dans la cuisine : « Monsieur Hadrien ne trouvera jamais une femme qui l'aimera plus ! Vous avez vu comment elle le regardait, comment l'amour émanait de ses gestes et de ses yeux, sans même prononcer un mot ? Elle serait prête à quitter père, mère, métier, pays, famille et amis pour lui, il n'y a pas de doute… C'est cette force de l'amour qui a attendri à ce point le Professeur et emporté sa décision… C'est si beau ! »
Tania, qui nous écoutait, émue, avec des yeux brillants, hochait doucement la tête en approuvant sa tante, comme si elle espérait que la même histoire, un jour, lui arrivât.

François après leur départ, un peu confus, prononça

sans attendre de commentaire : « Bien sûr, il aurait pu rencontrer une fille plus séduisante ou plus jeune, mais cela ne veut rien dire dans une union. C'est une fille intelligente et sensible qui semble beaucoup aimer Hadrien. »

Tous ceux qui, au début, tergiversaient entre un « mais » ou un « comment », furent finalement conquis par la force de leur union après les avoir vus ensemble. Hadrien aimait Aline, mais cet amour n'avait rien d'une fougue ou d'une passion transcendante.

Lorsque, quelque temps plus tard, un jour, je lui soufflai « Tu as enfin connu l'amour, avec Aline !... », il me regarda, silencieux, avant d'articuler calmement, comme emporté par sa conviction et son sentiment :

« Entre deux personnes qui veulent vivre ensemble et fonder une famille, ce qui compte c'est l'alchimie et l'affection qu'ils se portent l'un à l'autre et qui se reflétera par la suite amplement sur le fruit de cette union ; cet attachement, cette entente et ce respect sont les gages précieux du succès de leur union ! L'amour comme tu l'entends est une perception romanesque, souvent un mirage, un flou éphémère... »

Voyons, voyons, quelle idée ! S'il avait connu le véritable amour, il n'aurait pas dit cela si tranquillement. J'allais lui dire que son père était d'abord tombé amoureux de sa mère avant de le chérir lui, son fils ; que mes parents furent d'abord épris avant

de nous donner existence et vie. Que ça pouvait n'être qu'une sottise de foncer ainsi, parce qu'il y avait juste une ressemblance, une alchimie, ou le pouvoir persuasif de l'amour de l'autre qui sait si bien attendrir…
Mais je me tus car Hadrien savait ce qu'il voulait et n'avait pas besoin de mes états d'âme pour décider. Il fut, entre autres choses, sans doute sensible au fil égyptien qui le reliait à son passé et à son amour pour sa mère. L'image d'Aline dans cet hôpital froid, qui, des souvenirs de son enfance, ne faisait jaillir que la souffrance d'une mère agonisante, se dessinait comme un invisible rempart.

7

C'est Ufa qui, accompagné de toute la famille, conduisit Jana à l'aéroport de Damas. Tous se réjouissaient, regard au ciel, de la voir s'envoler vers quelques moments de répit et de bien-être, dans l'avion qui prit vite l'allure d'une hirondelle.

Hana l'attendait à l'aéroport d'Orly. Les deux sœurs tombèrent dans les bras l'une de l'autre, chacune manquant cruellement de cette complicité. Les paroles n'en finissaient plus, les confidences trouvaient l'oreille attentive, la bonne réflexion, les bons mots, les bonnes mimiques qui apaisent l'esprit avant de déboucher sur le chemin coloré des rires, et de donner l'envie de tout oublier et d'aller plutôt ensemble à la découverte de Paris.

Durant le week-end, elles sortirent ensemble aux endroits dont Jana avait gardé des souvenirs. Hana redevenait touriste pour revoir les quartiers qu'elle aimait à Paris, allant de Notre-Dame à Saint-Germain, en passant par les quais de Seine et les bouquinistes. Les deux sœurs dégustèrent avec délectation du vin et humèrent à fond cet air de liberté, toujours frais, qui s'offrait à elles, dans les contemplations architecturales d'un Paris admiré.
Ce Paris qui pouvait être chaque jour différent mais

toujours captivant, par ses couleurs, les scènes qu'il offrait à travers diverses manifestations, l'effervescence de sa population et l'insouciance préoccupante de ses laissés-pour-compte. Un jour, assises en terrasse d'un café derrière Notre-Dame, savourant le cache-cache d'un soleil lumineux et taquin, Hana sortit un carnet de son sac et, s'arrêtant sur une page, elle prononça : voici Paris pour moi :

L'Amour et la souffrance ; la pauvreté et l'opulence ; l'indifférence et la bienveillance ; la foi et l'ignorance ; l'art et l'insolence ; les expos, les concerts et les opéras ; les dons, les pourboires et les œuvres charitables. Les clochards, les SDF, le vin et le froid ; les immeubles cossus, les grosses cylindrées et les belles villas ; le RER, le métro, le bus et les passants ; les grandes avenues, les grands magasins et les grands boulevards ; le racisme, le snobisme et le chacun pour soi ; l'abandon, la solitude et le dénuement ; le palier, l'escalier et les chambres sous les toits ; les cabarets, les cocktails et les boîtes ; strass, paillettes et le fantasme ; boubou, foulard et kippa ; nuages, pluies, vent et les quatre saisons presque parfois en même temps ; ponts, quais, les musées, les châteaux et les boutiques exubérantes ; Barbès, la Goutte-d'Or, le marché aux puces et les p'tits vendeurs fuyants ; avenue Montaigne, les Champs-Élysées, les terrasses de cafés et les brasseries ouvertes tard ; les parcs, les bois et les squares ; les pavés centenaires, les petites échoppes et les rues

étroites ; pigeons, chiens et chats ; la Seine, la tour Eiffel, le Quartier Latin et Notre- Dame...
je continue…
Ouah, quel tableau ! Tu viens de faire un portrait clair-obscur ; le pire face au meilleur, comme souvent dans la vie…
— C'est peut-être là, dans les contrastes, le charme de Paris, s'exclama Hana.
— Certains qualificatifs sont communs à d'autres pays, mais ici c'est comme si ça prenait d'autres dimensions… Il y a quelque chose de bien plus mystérieux dans cette ville… rétorqua Jana, absorbée.
Hana lança spontanément :
— Peut-être la poisse ! Je suis sûre que Paris, au choix, apporte chance ou poisse, il n'y a pas d'intermédiaire ! Les statues angéliques que tu vois avec des ailes déployées peuvent devenir de vicieux animaux avec une petite gueule effrayante te fixant droit dans les yeux pour faire tourner mal le sort… Regarde, par exemple, sur la façade de Notre-Dame…
Jana, saisie, essaya de comprendre l'allusion, mais Hana investie dans son discours, poursuivit :
— Paris peut être aussi dur et cruel derrière son aspect attrayant. Seulement, je pense qu'à Paris, même le froid, la faim et la détresse portent une part de romantisme. On est constamment relié par un élément prosaïque à une référence littéraire ou picturale. Crois-moi, une chambre ici vaut dix fois mieux qu'une villa avec piscine à Alep. D'accord, il y a de l'arrogance, du snobisme, de l'intolérance ;

parfois beaucoup d'inégalités et d'injustice… Ici être le fils ou la femme de… compte beaucoup, si je devais mettre le doigt sur une ressemblance avec notre pays ce serait celle-ci ! Le poids du copinage, des relations ! Ici, on ne prête qu'aux riches ! Tu comprendras vite que même devenue française, tu n'es qu'une passante appartenant à d'autres horizons et sphères ; tôt ou tard tu dois y retourner, même si tu as passé la plus grande part de ta vie ici même.

— Il y a pourtant beaucoup d'étrangers, des gens biculturels et de couleur…

— C'est vrai ! Et ceux qui ont un lien autre que de souche sont, en principe, les Français les plus chaleureux. Le mélange de sang semble nuancer et tempérer leurs attitudes et leurs exigences. Ce qui est merveilleux ici et qui te fait te sentir un peu protégée, ce sont les lois, les mêmes pour tous… Mon seul regret : le climat. Il pleut beaucoup ! Mais les journées ensoleillées, aussi sublimes que rares, font soudain sortir les gens de leur coin, pour venir humer le soleil et le bon air ; la ville devient vite animée et même les chiens semblent gais…

— Oui, comme là ; les rues deviennent presque piétonnes. C'est quand même un peuple libre et vivant et ça, ça n'a pas de prix, dit Jana en voyant passer un couple enlacé…

— Beaucoup plus libre que nous, mais la liberté absolue n'existe nulle part, rectifia Hana, qui, face au regard incrédule de sa sœur, développa :

— Si tu fumes un joint ici, tu cours les mêmes sanctions que si tu buvais de l'alcool en Syrie, tu vois ?
— Oui, mais ici tu bénéficies de la liberté individuelle, politique, de la liberté d'expression, avança Jana.
— Pas entièrement ! Parfois, c'est à degrés choisis. Bien sûr, l'éventail est beaucoup plus large que ce que nous connaissons, mais même pour la liberté d'expression, il y a des limites, c'est très cadré. Politiquement, admirable ! Rien à dire… Tu vois l'adorable président Mitterrand transformé en grenouille dans des émissions satiriques ou Chirac avec le long nez de pinocchio ; en revanche, tu ne peux pas parler beaucoup de certains personnages, comme par exemple Hitler, certes effroyable mais appartenant à l'Histoire : les gens se méfieraient tout de suite de toi ou te prendraient pour une antisémite notoire. Pareil pour les religions : il y a beaucoup de tabous et de partis pris, tout de même…

Ces discussions sur tous les sujets, en toute confiance et liberté, faisaient un grand bien aux deux sœurs qui, chacune de son côté, déploraient un manque de véritables confidents avec qui librement discuter.

La semaine suivante, pendant qu'Hana se rendait à ses cours au lycée, Jana prenait tranquillement son petit-déjeuner sur la table en demi-lune sous la grande fenêtre du salon donnant sur la Seine. En savourant sa baguette croustillante badigeonnée de beurre et de confiture de fraise, accompagnée du bol bien chaud de café au lait, elle contemplait les petites vaguelettes qui, de loin, scintillaient avec des reflets gris-vert, sous la lueur d'un soleil blanc et à demi caché. Le fleuve était sillonné par des bateaux dépollueurs et d'autres qui faisaient des navettes circulaires avec des passagers. La vie se déroulait doucement comme sur un tableau mouvant et coloré.

Elle prenait ensuite son carnet de notes et se fondait à son tour dans Paris grouillant, avec, à chaque fois, l'embarras du choix des endroits et des monuments à visiter. Ses promenades la détendaient, la faisaient méditer et vivre le présent sans ruminer le passé. Elle avait le sentiment que la vie à Paris avançait plus vite, les nouveautés foisonnaient, l'effervescence était continuelle. Les passants semblaient activement chercher quelque chose, ils marchaient au pas accéléré, se frayaient un chemin à l'aide de quelques « pardon » égrenés sans autre mot ou regard donné. Même les touristes étaient énergiquement à la recherche de quelque chose, d'un musée, d'un restaurant, d'un magasin ou d'une simple adresse. Pas de temps pour l'indolence ou ne rien faire. Elle sortait des expositions toute saisie avec une multitude d'images et de réflexions en tête. Après trois ans de vie de couple asséchante, à nouveau, elle avait envie d'écrire. Elle ressentait soudain une joie inattendue, des sensations lui revenaient comme si, durant ses trois ans de mariage, elle avait été anesthésiée.

Quelques jours plus tard, Hana bénéficiant de

deux semaines de congé scolaire pensa à une escapade à Cabourg pour faire découvrir la Normandie à sa sœur.

— Cabourg ! Sur les pas de Proust ? s'exclama joyeusement Jana, qui l'avait étudié à l'université.

— Oui ! On va voir le Grand Hôtel où il a souvent séjourné. C'est là, paraît-il qu'il a commencé l'écriture d' *À la recherche du temps perdu* !

— Quel bonheur ! Merci, Hana !

À Cabourg, dans le cadre paisible de la ville face à la mer docile, et au détour de ses rues, Jana se ressourçait aux côtés de sa sœur aimée. Des villas bourgeoises, cachées derrière les lianes des glycines ou la masse des chèvrefeuilles, les jardins bordés de buis odorants fraîchement taillés, laissaient imaginer des vies heureuses à l'intérieur... Les promenades le long de la plage, sur les pas du romancier dans les décors d'origine de ses écrits, le thé dans le salon pistache du Grand Hôtel où souvent il revenait, émerveillaient les deux jeunes femmes. Le saut à Deauville, la virée dans la Normandie profonde au milieu des étendues de verdure, le déjeuner dans le jardin d'une ancienne auberge sous un pommier géant penché sous le poids de ses pommes, détendaient si bien les nerfs encore éprouvés de la jeune divorcée. Les pensées traumatisantes ne rebondissaient plus dans son esprit au moindre répit. Le dernier jour, les deux promeneuses se trouvaient à Étretat :

— Après Proust, nous voilà sur les terres de Maupassant ! proclama Hana.

— Incroyable !
— Il a ici sa rue et son chalet ; une autre fois on reviendra plus longtemps pour tout visiter…
— Je vis un rêve de voir mes références littéraires se transformer en paysages vrais devant mes yeux. Quelle richesse, ce pays ! Ce n'est pas pour rien que les Français sont si fiers… Ils ont eu la chance d'être nés au meilleur endroit de la planète, rien ne manque à ce beau pays.
— Sans parler de son histoire, de ses arts, de ses musiciens, de ses peintres et de ses écrivains… Mais n'oublie pas que nous venons d'un des peuples les plus anciens, que par notre mère nous appartenons à la civilisation de la Grèce antique…
— La mère d'Adam ne cessait de répéter à propos de chaque chose, en faisant allusion au fiasco de papa, sûrement pour m'atteindre : « Ce n'est pas j'avais, j'avais qui compte mais j'ai, j'ai… ». Nous, notre ancienneté n'a pas apporté du bonheur au peuple, déplorait Jana.
— C'est vrai, hélas…
Bon, là, prends ton courage à deux mains pour franchir à pied le haut de la falaise.
— Allons-y !

Au sommet de l'escarpement imposant, surplombant la mer, comme jailli d'un film d'Hitchcock, assises sur une pierre large en guise de banc, face à l'aiguille creuse, elles contemplaient les grosses vagues tonitruantes déferlant sur les rochers en projetant des cascades d'écumes et d'embruns.

Jana, qui constatait que sa sœur était partout regardée et remarquée, se rendit compte qu'elle ne savait pas grand-chose de sa vie sentimentale. L'atmosphère étant propice aux confidences les plus secrètes et face à tant de romantisme caché dans chaque recoin du paysage, elle lui chuchota :
— Hana, tu n'as jamais été amoureuse ?

Après un moment d'hésitation, Hana répondit :
— Si, une fois, j'ai aimé un homme… Arnaud, il y a deux ans. J'avais un abonnement à l'opéra, je l'ai rencontré lors d'une représentation de Don Giovanni. Il était assis à côté de moi : beau, distingué, élégant. J'ai tout de suite su que je pourrais l'aimer. Il partageait quelques commentaires avec moi, il était très mélomane et par la suite, il s'est avéré fort cultivé. À l'entracte il m'a proposé de prendre un verre et m'a parlé peinture et encore là son savoir était fouillé, rien ne lui échappait. Il adorait le groupe Nabis, Bonnard et Vuillard. Et encore ce n'était pas son domaine car il était professeur de lettres à la Sorbonne, tu l'aurais apprécié… De ce pas nous nous sommes revus. Je vivais soudain sur un nuage et ressentais pour la première fois la ferveur de l'amour, de l'attente, du cœur qui s'anime et bat fort… Je me demandais comment il était possible qu'il soit resté célibataire…
— Mais tu ne nous en as jamais parlé ! l'interrompit Jana, surprise par la confidence et l'air ému de sa sœur…
— Il voulait venir vous rencontrer tous à Alep et on

devait faire faire son visa. J'attendais que les choses soient un peu plus fixées avant de vous en parler…

— Que s'est-il alors passé ?

— D'abord, je dois te dire que jamais un homme n'a pu me connaître aussi bien, m'apprécier, m'aimer pour ce que j'étais ; on avait le même goût, le même humour, il aimait ce que j'aimais et j'aimais ce qu'il aimait. C'est avec lui que j'ai connu mes meilleurs moments dans le Paris nocturne. Il était d'une famille aisée, avait de grands moyens et m'emmenait à des concerts rares, écouter les grands virtuoses : Pollini, Brendel, Perahia. Puis, nous allions dans les restaurants les plus raffinés dîner aux chandelles et on discutait à cœur ouvert. Il m'invitait à des fêtes de famille chez ses parents, des gens admirables, chaleureux et affectueux avec moi. Il m'envoyait régulièrement et à toute occasion des fleurs magnifiques. Pour mon anniversaire et pour chaque fête, j'avais droit à un bijou choisi chez les joailliers les plus renommés… Rien n'était assez beau pour moi. Il aimait ma peinture, en parlait autour de lui et il m'a fait exposer à l'Hôtel de Ville et à la biennale où j'ai vendu quatre toiles. Je regrettais seulement de ne pas l'avoir connu plus tôt.

— Mon Dieu ! Et alors ?

— Et alors, le jour où nous devions aller à l'ambassade pour son visa, il a voulu qu'on parle. Nous sommes allés au jardin du musée Rodin…

Arnaud était pâle comme un malade, il se dérobait à mon regard. Visiblement, il voulait me dire quelque chose d'important. J'étais tout ouïe et tremblante car je pressentais un désastre… Après quelques broderies du genre, tu es la seule femme que j'aime, tu es ceci, tu es cela, il m'a débité sur un ton de condamné qu'il avait peur de ne pas pouvoir me rendre heureuse ! Face à ma confusion et mon incompréhension, il s'est jeté à l'eau et m'a soudain sorti, sans me regarder, d'une voix de plus en plus étouffée : « À ce stade je dois t'avouer quelque chose qui est au-delà de ma force et de ma volonté, mais une réalité : je crains de ne pas pouvoir aimer une femme… ». C'est indépendamment de moi, j'ai pourtant essayé, je ne t'en ai pas parlé car je ne voulais pas te perdre…

— Il était homosexuel ? !

— Oui, j'étais toujours étonnée que malgré un amour réciproque, en me faisant souvent des compliments et en me disant que j'étais belle, nos relations n'aillent pas tout de même au-delà des deux simples baisers, des mains serrées ou des étreintes que j'aurais aimé voir durer et se développer, mais ça s'arrêtait là. Je me disais : soit il est impuissant et craint que ce soit révélé, soit, vu mes origines, il est peut-être traditionaliste et veut faire les choses dans les règles de l'art, en demandant d'abord ma main, lors de notre voyage à Alep, en présence de mes parents. Je dois avouer que j'étais bien idéaliste, ou plutôt naïve… Mais, moi qui ai connu Rony et Willy, pourtant tous deux pas très efféminés, je peux te dire que s'il y avait un homme dont la virilité entière ne m'aurait fait le moindre doute, ça aurait été bien lui : physique viril, beaucoup d'allure, d'humour, de la rigueur, des gestes francs…

Jana, abasourdie, avait l'air d'une spectatrice qui sortait d'un film dont la fin inattendue laissait ahurie, elle bredouilla :
— Quel gâchis !… avant d'ajouter d'un air pensif : tu es beaucoup plus courageuse que moi. Ce qui t'est arrivé, ce que tu as vécu seule, n'est pas moins lourd et douloureux que ce que j'ai connu, moi, entourée tout de même de toute la famille.

Un magnifique coucher de soleil qui avait empourpré le ciel reflétait une lueur gris rosé dans les vagues rugissantes qui se déchaînaient contre le pied de la falaise. Il commençait à se faire tard mais Hana, entraînée sur la pente du vécu le plus émouvant de sa vie, ne pouvait endiguer le flot de ses souvenirs. Elle revoyait les scènes, réentendait les paroles, ressentait les larmes et le pathétique de son sort. Elle reprit comme dans un monologue, d'une voix sourde :
— Il a fait une tentative de suicide deux jours plus tard, il s'est entaillé les veines : c'est sa concierge qui, en passant lui porter son courrier comme à son habitude, a vu un filet de sang au pas de la porte et qui a alerté de justesse le Samu… Il m'a téléphoné de l'hôpital à 2 heures du matin, je m'y suis rendue aussitôt, il y avait également un homme que j'avais déjà rencontré plusieurs fois, Pierre, un ami à lui. Ils s'aimaient…

Alors que Jana, les larmes aux yeux, serra sa sœur dans ses bras en silence, Hana comme dans un chuchotement douloureux, poursuit : « Par la suite il m'a proposé de vivre avec son ami qui semblait m'aimer, à trois… Je n'ai plus voulu le revoir… »
— Ah, je comprends…
La hauteur vertigineuse et menaçante de cette falaise où il ne restait plus personne, le son désespéré des vagues, de plus en plus féroces, qui crachaient toute leur rancœur sur les rochers impassibles, commençaient à faire peur.
— Descendons ! demanda Jana en serrant la main de sa sœur.
— Oui, descendons, acquiesça Hana avec un soupçon de sourire, comme si elle se réveillait.
Voyant quelques traces d'effroi sur les traits de sa sœur, elle murmura :
— Désolée de t'avoir raconté tout ça…
— Hana, c'est moi qui suis désolée que cette histoire cruelle te soit arrivée, à toi qui mérites tant d'être heureuse…

Elles redescendirent en silence la falaise et se dirigèrent vers un restaurant italien à proximité. Plus détendues et apaisées, sirotant un cocktail, elles commandèrent des assortiments de pâtes et du vin frais. Toujours engouffrée dans son histoire que sa sœur écoutait attentivement, elle poursuit sur un autre souvenir qui lui tenait à cœur : une fête avec Arnaud.

— Un soir, à l'invitation de l'un de ses amis, administrateur de musée, quelqu'un d'influent, nous étions conviés au palais de Chaillot au Trocadéro. Soudain, de loin, je vois une silhouette familière. En regardant de plus près, je reconnais Rony ! Mon Dieu ! Il était transformé : un vieil homme, les cheveux argentés, amaigri et légèrement voûté. Tout seul. Combien de fois, durant ma relation avec Arnaud qui avait de nombreux amis et connaissances, j'avais déploré de n'avoir personne à mes côtés. J'étais, pour certains, sortie de nulle part, sans la moindre référence ou connaissance. Et à Paris, comme partout, ça compte. Dans ces moments-là, je pensais à Rony et je regrettais son absence comme un ancien ami qui me connaissait. Ce soir-là, malgré notre rupture houleuse qui m'avait longtemps marquée et affectée, j'étais agréablement surprise de le retrouver ; contente de voir quelqu'un avec qui j'avais mes premiers souvenirs de Paris et auquel je n'avais jamais cessé de penser, tout en me remémorant les bons moments plutôt que les mauvais.

C'est à ce moment-là que son regard a croisé le mien et qu'il s'est avancé vers moi. J'ai juste eu le temps de dire à Arnaud : « Voici un ami proche de ma famille qui m'a accueillie à mon arrivée à Paris, il est galeriste et amateur d'art… ». Ce à quoi Arnaud, attentif, avait répondu « Oh, c'est Rony Hamal ! ». Aussitôt Rony, arrivé à notre hauteur, m'a saluée froidement en hochant la tête sans m'embrasser. Je lui ai présenté

Arnaud : « Rony, voici Arnaud, mon ami ! » La seule chose qu'il a trouvé à dire avant de tourner les talons a été à l'attention d'Arnaud : « J'espère qu'elle est plus affectueuse avec vous qu'elle ne l'a été avec moi qui l'ai reçue à Paris !... ». J'avais chaud, je ne comprenais pas sa méchanceté de me sortir cette phrase alors que je lui présentais un ami, un fiancé, alors que j'avais fait comme si notre brouille retentissante, son mot d'adieu sans avoir cherché à creuser le malaise et les quinze ans d'oubli dans un pays étranger, n'avaient pas existé... Par la suite, j'ai appris par François, l'ami d'Arnaud qui le connaissait bien, que lorsque Rony était parti, il y a deux ans pour une affaire au Caire, Willy avait subtilisé de son coffre une vingtaine de tableaux les plus précieux dont six Setti, deux Léger, un Dali, un Matisse, un Chagall, plusieurs sculptures et pièces d'orfèvreries rares en argent avant de s'enfuir au Portugal avec son amant caché, un jeune collectionneur brésilien. De plus, Willy aurait volé et vendu en partie dix autres tableaux de Setti confiés pour une exposition, qu'il était censé référencer et assurer auprès des assureurs habituels en l'absence de Rony. Ce qui a déclenché la foudre et le désespoir de l'artiste qui ne les avaient pas protégés lui-même, ayant une confiance aveugle envers Rony qui s'occupait toujours des formalités. Depuis, Setti, qui après un accident de voiture et la fracture de deux côtes et de son avant-bras droit est toujours souffrant et beaucoup moins productif, lui en veut terriblement et c'est à peine s'il ne lui a pas intenté un procès. Il paraît que l'évocation de l'affaire le met en larmes. Partout Willy, avec l'appui de différentes photos et dédicaces qu'il a pu à différentes occasions rassembler de la main de Rony, affirme et revendique devant les tribunaux avoir acheté une partie de ces toiles et avoir reçu le reste en cadeau, accompagnées parfois d'une dédicace, des mains de Rony avec qui il était, depuis quinze ans, en ménage ! Depuis, Rony, tombé de son piédestal, est embarqué dans un procès coûteux et sans fin au Portugal, où tout tourne en rond. Il aurait changé quatre fois d'avocats car le délit d'extorsion est difficilement démontrable et n'a pas été retenu par la justice, faute de preuves tangibles. Et les assureurs ne prennent rien en charge, vu qu'il n'y avait aucune trace d'effraction ou de vol ni aucune communication de pièces écrites d'une quelconque exposition qui se préparait. Évidemment, tout était géré par Willy. Rony a été obligé de vendre Nebka, sa galerie, pour pouvoir payer les avocats…

— Incroyable ! comme dans un film, susurra, toute saisie Jana avec la trace d'un demi-sourire sur son visage.

—Mange ! Ça refroidit…

En se servant, Hana ajouta : apparemment les journaux en ont parlé ici et même en Égypte où son frère vit. Mais moi je suis dans ma bulle et n'ai rien su de tout ça…

Hana ressentait un allègement après avoir ouvert son cœur à sa sœur ; elle n'avait pas voulu évoquer arents, d'abord pour ne pas les inquiéter puis pour ne pas les affecter, bien qu'ancienne, par leur propre banqueroute. Elle se sentait comprise et entendue par Jana qui vibrait des mêmes sensations et sentiments qu'elle.

*****

Jana rentrait après un séjour enchanteur d'un mois à Paris avec une multitude d'images et d'émotions en tête. Ce voyage en compagnie d'Hana avait enlevé les dernières traces de son mal et de son mariage raté. Elle se sentait à nouveau prête à affronter la vie et à ses contraintes, pour espérer atteindre un jour la félicité.

Elle savait, ne serait-ce que par l'histoire et les péripéties de chacun, que ce but final, le même pour tous, à défaut d'être un mirage, n'était pas aisément atteignable et, comme si le bonheur faisait partie d'un lot restreint, pas au nombre de tous, il fallait batailler dur pour arriver à en arracher peut-être un.

Dans l'avion, elle pensait à Hana. Sa sœur avait pris à ses yeux de la hauteur par sa résistance. Elle voyait bien comment elle apprivoisait la solitude alors qu'elle était pleine de vie et de désir de partage ; comment elle continuait à peindre sans nulle reconnaissance malgré son travail accaparant, le temps qui manquait, et la fatigue qui s'accumulait.

Elle admirait son recul face à son horrible histoire d'amour. C'étaient des sacrifices pour pouvoir décrocher un jour certainement un petit bonheur du lot.

*****

Le temps, porteur des décennies avec au bout, le trépas, avance sans hâte ni état d'âme ; tantôt bienveillant, tantôt cruel, il suit son chemin sans se retourner. Il ressemble à l'ennui, est lent et traînant lorsqu'on est petit ; il s'accélère au pas de course avec les ans, sans se laisser deviner ou surprendre. Il réserve surprises et joies, inflige heurts et tourments ou simplement fait succéder la nuit au jour suivant.

Parfois, il faut des heures de supplice et d'effort, pour ne tirer que quelques pépites de secondes en or, et parfois quelques secondes suffisent pour faire voler toute une vie en éclats.

En concert avec le sort, il peut être allié et hisser vers le haut ou adversaire, provocant une chute abrupt.

Il assèche la beauté sans distinction et la balaie comme un silencieux vent d'automne. Si son butisme cogne, il peut épuiser ressource, espoir et ressort… Mais, bien heureusement, par pirouette, il arrive qu'il soit clément et rende possible tous les possibles imaginables.

Ainsi le temps suivait indifféremment son cours et faisait défiler les années à son rythme vertigineux.

VIII

Une cérémonie en comité restreint, telle qu'ils la voulaient, unissait quelques semaines plus tard, Aline et Hadrien, en tant que mari et femme, à la mairie du 6e, puis, le soir, chez nous. Je fondis en larmes en apercevant Hadrien en marié dans son beau costume bien taillé. Aline, un peu empâtée dans une jupe à froufrou qui ne la mettait pas vraiment en valeur, n'arrivant qu'aux épaules d'Hadrien, n'attirait le regard que par son beau sourire et les contrastes qu'affichait leur couple.

La mère d'Aline étant décédée, il n'y avait de son côté que son père et son frère, heureux et fiers, une tante venue d'Égypte et quelques amis.

Les parents de Nora qui, depuis un certain temps, l'âge avançant, voyageaient plus difficilement, étaient tout émus, et avaient apporté de superbes bijoux pour la bien-aimée de leur cher petit-fils.

L'émotion était palpable chez tous avec, dans le regard, un fond d'interrogation. Aline, heureuse, n'avait d'yeux que pour Hadrien.

Je me sentais enfoncée dans un sentiment étouffant, affligée de devoir faire semblant. Devant mes larmes, Aline me souriait en me tapotant le dos d'un geste de tendresse et sa tante lança, tout heureuse :

« Et voilà une autre tante émue de voir son beau neveu en marié ! ». Énoncé agaçant qui me permettait cependant de pleurer mon amertume sans culpabilité. J'étais de nouveau témoin d'une nouvelle page qui se tournait, mais pas dans le sens que je souhaitais. La vie allait changer pour Hadrien comme pour moi. Que dire, qui blâmer ? Qu'attendre d'un avenir qui ne pourrait exister, puisque c'est ainsi que c'était gravé, comme Nora disait. Aline devait rencontrer l'homme de sa vie à quarante et un ans.

Hadrien, qui s'était acheté un magnifique appartement dans un grand hôtel particulier, niché dans un jardin luxuriant, à quelques pas du jardin du Luxembourg, pas très loin de chez nous, libéra son appartement, boulevard Raspail, en soupirant, l'air soulagé : « Ça y est ! Il était temps que je vole de mes propres ailes ; ainsi, si papa ou toi vous êtes pris par un désir de vivre seul ou avec un conjoint, ce que je vous souhaite, vous le pourrez ! ».

Mais François et moi, nous maintînmes le même rythme de vie à deux, avec nos escapades habituelles à la Castanea, cette fois accompagnés d'Aline, quand ils le pouvaient, et on décida de louer l'appartement. Je me forçais à adopter Aline comme une partie d'Hadrien sans lui faire subir mes états d'âme. L'amour lui avait donné une dimension angélique : elle était attentive, toujours de bonne humeur, toujours prête à servir. De plus, Hadrien avait l'air heureux et épanoui avec elle dans leur merveilleux cocon que nous appréciions aussi, François et moi. Ce bel appartement avec des volumes et des dorures, perdu dans la verdure, devint mon refuge. Aline m'accueillait à bras ouverts et semblait contente de me voir. J'y allais même, de temps en temps, pour ne voir qu'elle, lorsqu'Hadrien travaillait tard. Parfois, ils nous invitaient à dîner, François et moi, et Aline se révélait une excellente maîtresse de maison. Elle savait cuisiner et faisait des plats qu'Hadrien aimait. Force de l'amour : elle avait appris à jouer au backgammon en un jour et faisait des parties enthousiasmantes avec François.

Tania se rendait chez eux trois fois par semaine pour faire leur ménage et me disait qu'Aline était généreuse, la respectait et la traitait aimablement. Je me dis que si Hadrien l'avait choisie, malgré son âge, de façon si décidée, ce n'était pas pour rien.

Après leur mariage, ils partirent deux semaines en Égypte, au bord de la mer et du Nil, puis dans trois ou quatre autres villes où ils avaient des souvenirs, enfin au Caire, près de la famille respective de chacun. À leur retour, après une longue concertation entre eux, Aline prit une année sabbatique et, dès lors, elle n'eut qu'un souhait : donner, au plus vite, à Hadrien, un petit chéri. Même provisoire, sa retraite d'un métier à responsabilité, lié aux chiffres et aux calculs, lui avait donné une nouvelle sérénité et l'air plus apaisé. Elle commençait, après de nombreuses années de réveil et de coucher à heure fixe, à profiter un peu de la vie, sans contrainte ni horaire : elle se reposait, voyait ses amis, faisait du sport, courait le week-end avec Hadrien et prenait des cours d'anglais et de violon. Elle s'était débarrassée de quelques kilos en trop et sa silhouette s'était affinée. Le soir, elle préparait le dîner avec joie et attendait passionnément le retour de son cher Hadrien.

Je voyais ce dernier au Centre, l'air apaisé et réjoui, blaguer parfois avec le personnel ou des collègues tout en œuvrant aussi densément qu'avant dans ses interventions, mais sans s'attarder pour rentrer.

Ils semblaient vivre une lune de miel prolongée. Pour les longs week-ends, ils partaient à l'étranger, et durant les petites vacances au soleil et à la mer, dans des pays exotiques. Je me disais que c'étaient des conditions idéales pour se retrouver et concevoir leur bébé. Seulement, l'enfant ne venait pas. La première année cela n'inquiéta personne, à la deuxième, la question se posa, à la troisième, Hadrien s'y pencha et à la cinquième, alors qu'Aline avait quarante-six ans, elle semblait fondre d'angoisse et de chagrin. Ce sujet douloureux était devenu tabou chez nous à plusieurs égards : d'abord, pour ne pas ressusciter le souvenir poignant de Nora qui, probablement, dans ses tentatives et traitements, avait provoqué l'irréparable ; ensuite, vis-à-vis d'Hadrien qui, en chirurgien renommé et spécialiste en la matière, avait rendu fertile plus d'une femme ; enfin, et surtout, devant moi qui, dans une tristesse infinie, avais vu filer ma jeunesse et ma capacité de procréer dans le défilé hâtif des ans…

Hadrien, face aux réactions bienveillantes des gens qui ne connaissaient pas les tenants et aboutissants de son couple, et qui demandaient gentiment : « À quand votre tour, Professeur, de devenir papa ? », répondait laconiquement « Bientôt, j'espère ! ».

J'étais, tout comme François, préoccupée par cette situation. Je savais à quel point avoir ne serait-ce qu'un seul enfant comptait pour lui. Je savais combien il aimerait être père. On en avait déjà discuté ; la vie pour lui ne serait plus la même, sans cette promesse.

Un jour, lorsqu'un couple stérile vint le remercier avec une grande corbeille de roses et lui annoncer la grossesse de la femme qu'Hadrien avait traitée, l'air blafard de mon neveu, qui les observait avec un petit sourire, en les félicitant, me déchira le cœur et me donna l'envie de gémir de douleur.
Après leur départ, il bafouilla en m'observant et avec le même petit sourire :
— Me voilà le cordonnier le plus mal chaussé !
En essuyant une larme, j'émis :
— Mais alors, où est le problème, Hadrien ? Qu'est-ce qui ne va pas ?
— En principe rien ! J'ai fait quelques examens me concernant : tout a l'air d'aller, la qualité des spermatozoïdes semble bonne ; en ce qui concerne Aline, elle a une obstruction congénitale d'une trompe, la droite, inopérable, mais celle de gauche fonctionne, il y a ovulation mensuelle, sauf que la fécondation ne

se fait pas ! C'est peut-être dû à la faible fécondabilité de ses ovocytes ; l'âge avançant ne va pas davantage résoudre le problème !

— On peut ovuler et devenir enceinte avec une seule trompe et un seul ovaire qui fonctionne ?

— Oui, sans problème, l'ovaire restant prend le relais, pour produire les hormones, et pour ovuler…

— Tu n'avais pas pensé à lui faire un examen avant le mariage ?

— Voyons, Hélène ! Tu te rends compte de ce que tu dis ? Je n'achetais pas une jument …

— Je suis désolée ! C'est tellement injuste que ça te tombe dessus…

— Attends, tout espoir n'est pas perdu !

— Croisons alors les doigts !

Moue sceptique il secoua la tête et sortit de mon bureau avec le même air blême et un peu contrarié. Tania me faisait parfois des confidences sur le désarroi d'Aline et d'Hadrien qu'elle ne répétait même pas à Rughieh ou à sa mère. Elle avait découvert qu'Aline, qui était sous la surveillance médicale d'Hadrien au Centre, avait contacté un autre spécialiste, en catimini, à l'Hôpital Américain. Je me gardais évidemment de le répéter à François et encore moins à Hadrien, mais j'approuvais secrètement ce choix. Qui sait ? peut-être qu'un autre pourrait envisager différemment le traitement. Je restais, cependant, subjuguée devant les caprices du sort qui jouait parfois de façon si vicieuse et inattendue sans prendre en compte la moindre loi, attente ou dû.

Aline était devenue l'ombre d'elle-même, elle avait perdu quinze kilos et ne parlait plus d'enfant ou de grossesse. Les consultations parallèles ne semblaient pas porter leurs fruits. Je voyais bien l'empreinte du désarroi et de l'épreuve sur ses traits. Ils en étaient à leur septième année de mariage. J'imaginais que le quotidien avec le poids de cette attente qui devenait une désespérance ne devait pas être aisé, surtout en sachant qu'Hadrien n'était pas en cause. Je la plaignais dans cette lutte contre un espoir terni, sous la menace de l'arrêt du tic-tac de cette horloge biologique, au-dessus de sa tête. Six mois plus tard, j'étais dans mon bureau lorsque Tania m'appela, paniquée et en larmes : « Mademoiselle Hélène, je suis chez votre frère… Madame Aline s'est évanouie dans son lit ! Je pense qu'elle ne respire plus, venez vite, s'il vous plaît ! ».

Hadrien était au bloc opératoire. Décontenancée, je n'en croyais pas mes oreilles. D'une main tremblante, j'appelai les pompiers. Je confiai mon bureau à l'une des assistantes d'Hadrien qui me regarda d'un air soucieux et interrogatif, avant de débouler vers un taxi. Mon cœur battait à tout rompre. J'envisageai une multitude de faits sinistres : une anémie, une chute, un traitement mal pris, que sais-je ? Une baisse de tension ou mon Dieu ! Un suicide ? Aurait-elle tenté l'impensable ? Mettre fin à sa vie ? me demandais-je avec effroi, sans vouloir diriger ma pensée dans ce sens. J'imaginais soudain la peine d'Hadrien face à ce drame. À mon arrivée, les pompiers et l'équipemédicale étaient déjà à l'œuvre. Le médecin-chef, en m'apercevant, me lança un regard sombre. Des visages blêmes et figés des autres émanaient impuissance et compassion… « On ne peut rien ; elle a pris du cyanure, cyanure de potassium… Fatal en quelques minutes… ».

Je m'approchai du lit et fus ébranlée par la vue du corps inanimé d'Aline. Son visage tendu, violacé, laissait des traces de lutte. Lutte contre un destin hostile qui avait entaché son bonheur paisible et lumineux. Comme pour s'amuser ou par un hasard funeste ou encore, suivant un calcul méticuleux dont la logique nous échappe, il avait retourné sa baguette, mit un grain de sable dans la mécanique d'Aline, afin de tout dérégler et tout faire basculer.

Combien de temps un couple aurait-il pu planifier l'acte d'amour, qui doit découler d'un désir spontané et voluptueux, suivant la température et l'approche des jours de fécondation ? Combien de temps aurait-elle pu encore supporter le regard d'Hadrien et son désir enfoui dans le désespoir et une attente vague ?

Une attente sans fin. Sept ans, déjà. Qui peut la juger, qui peut se mettre à sa place ou à la place d'Hadrien ? C'était la faute de personne. Son corps ne fut pas son allié, pis, il resta sourd et obstiné, en embuscade pour la tuer. Le coupable est son corps ! Tania, en larmes, vint m'entourer de ses bras, comme pour se protéger contre l'épreuve et le désastre. Entre deux hoquets, elle me racontait :

— Ce matin en arrivant j'ai découvert Aline inanimée. J'ai pensé qu'elle dormait encore et j'ai commencé à faire le ménage, mais le téléphone a sonné et elle n'a pas répondu ; ça ne lui ressemblait pas. Je suis allée dans sa chambre pour l'appeler et j'ai aperçu sa figure violacée. Paniquée, je vous ai appelée…

Une enveloppe à l'attention d'Hadrien se trouvait sur sa table de chevet. J'appelai Hadrien, puis François. Les pompiers nous quittèrent, l'air abattu avec chacun un « Désolé » et un « Bon courage » des plus sinistres.

Hadrien arriva en même temps que François. Il se dirigea vers la chambre, le regard dur, comme s'il ne nous voyait pas. Nous restâmes dans l'entrée en l'attendant. Je l'entendis verser doucement des larmes. François, craintif et bouleversé, restait prostré et hagard. Il ne s'attendait pas à une telle fin et n'usait d'aucun mot pour ne pas faire encore plus de mal. Il était inquiet pour son fils qui revint de la chambre les yeux rougis, le billet d'Aline entre les doigts. Nous l'embrassâmes en silence. J'avais l'impression d'assister à un cynique spectacle, suscitant effroi et chagrin, et arrachant, à chaque séquence, des soupirs et des larmes, sauf que je n'étais pas au théâtre mais dans la vraie vie, celle de ma famille, et que le protagoniste n'était autre qu'Hadrien.

Comment allait-il se relever d'une telle peine et d'une telle entaille ? Après sa mère, voici sa femme qui mourait à la fleur de l'âge. Était-ce une malédiction, ce sort qui s'acharnait ? Devait-on mener une vie ordinaire et sans ferveur comme la mienne pour que le mal ne soit pas tenté d'émerger et de faire des ravages ?

De nouveau on se trouva au cimetière, affligés.

Le père et le frère d'Aline étaient silencieux, résignés et inconsolables. L'assemblée habituelle était présente, physique diminué portant le poids des années, regard rétréci, souffle plus court ; c'étaient des spectateurs fidèles et coutumiers dont l'âme était imbibée et épaissie par l'alternance des fêtes, des maladies et des disparitions tragiques. En acteurs, ils attendaient d'accomplir leur propre rôle en se disposant à leur sort.

Hadrien vieillit en quelques mois. Des cheveux argentés apparaissaient sur ses tempes, quelques rides mûrissaient son visage, et son regard restait dur et impénétrable. Il n'aimait pas se confier ou qu'on le plaigne. Il ne voulait pas parler de son chagrin ou de sa vie privée, il ne venait plus dîner avec son père et moi ni à la Castanea.

Il s'oubliait à nouveau dans son travail, sans en tirer une quelconque gloire. Son refuge était sa solitude qu'il ne voulait pas briser. Au Centre, je parvenais parfois à avoir quelques bribes de conversation avec lui et, la plupart du temps, j'attendais que l'échange vienne de sa part. Sa déprime, qui se confondait avec du « sérieux ! » ou avec un « air hautain du Professeur » pour ceux qui ne le connaissaient pas, m'affectait. Il aimait énormément Aline, même s'il n'avait jamais été transcendé par la passion dans cette union, et ce n'était pas la perte de ce « grand amour » qui l'avait mis dans cet état de repli et d'affliction, mais la culpabilité.

Un jour, autour d'un café dans mon bureau, il déclara spontanément :

— Elle s'est donné la mort à cause de moi ; elle aurait pu parfaitement finir sa vie sans enfant, tout en étant heureuse, si la question ne se posait pas pour moi... C'était un acte d'amour de sa part... De chercher, d'abord, de toutes ses forces, à remédier au problème et, à défaut, ne pouvant pas supporter la situation, elle a préféré s'effacer de cette union ; pourtant, je ne montrais ni impatience ni ne lui faisais subir une quelconque pression ou distance...

— Elle a dû en sentir l'importance pour toi, puis elle a cédé face au désespoir, après quand même sept ans ! Désespoir par amour et pour l'amour... dis-je en le fixant.

Songeur, il s'enferma dans sa bulle, parla d'un dossier, prit un document, vérifia son agenda et disparut.

J'avais envie de lui claironner que rien n'était perdu, qu'il n'avait que quarante et un ans et tout espoir était encore permis ; que l'avenir était toujours devant et pouvait être porteur de mille surprises ; qu'il n'avait qu'à ouvrir les yeux pour voir comment de nouveau les femmes lui sourient... J'avais envie de lui dire qu'il fallait croire à son destin, et

ce destin ne pourrait pas avoir pour mission que de faire du mal. Je prononçai simplement :
— En tout cas, tu as été un mari exemplaire, tu as offert une vie de rêve à ta femme. Tu n'as rien à te reprocher, Hadrien !
Pour la première fois depuis quelques mois un sourire s'esquissa sur ses traits et tout en me lançant un regard attentif, il prononça :
— Merci Hélène, tes paroles me font du bien. Aline était une femme admirable !

À chaque deuil, Hadrien noyait sa douleur dans une suractivité. À la disparition de Nora, c'était la course et la marche, comme s'il voulait fuir sa rue, son quartier, sa ville, son pays ou la planète entière. Combien de marathons et de courses à pied n'avait-il pas accomplis ? Arrivèrent ensuite ses longues études, ses recherches, puis la guitare.

Depuis la disparition d'Aline, il trouvait sa paix dans ses tête-à-tête avec lui-même, dans la philosophie. Il dévorait livre sur livre et avait pris aussi goût à l'écriture.

Par hasard, j'ai trouvé deux poèmes, mêlés avec ses papiers sur son bureau… J'étais bouleversée de voir Hadrien y évoquer l'amour, la culpabilité, le chagrin d'un père qu'il n'avait jamais été. Personne ne pouvait l'imaginer être sentimental et romantique sous son air rigide et dans ses mains de fer. Je l'aimais toujours profondément mais depuis quelques années, sans ambiguïté. Mon âge et mes expériences de toutes sortes m'avaient apporté une forme de sagesse, de discernement et, finalement, d'amour pur d'une tante pour le fils de son frère. Je pense que personne, à part moi, dans la profondeur de mon âme, ne sut jamais les sentiments de femme, de maîtresse, d'amoureuse et simplement ceux de mère que je pus ressentir à son égard. La synthèse de tous ces sentiments, de toutes ces années, se cristallisait, à présent, dans cet amour légitime d'une tante, prête à tout pour voir son cher neveu comblé.

Petit à petit, au cours des semaines et au passage des saisons, Hadrien s'ouvrait et continuait à vivre sans se murer dans le passé et ses souvenirs amers. Il venait nous voir à nouveau. Nous avions instauré, pour le plus grand bonheur de François qui avançait en âge, le dîner du samedi soir et on se voyait aussi un ou deux autres soirs au cours de la semaine. Nous allions, dès que nous avions du temps, à la Castanea et invitions Noha, le cousin de Nora, et ses parents. François qui recevait sur son compte des mille et des cents de la part des laboratoires qui lui reversaient des royalties pour utiliser le remède qu'il avait découvert, en de nombreux médicaments, s'occupait de quelques œuvres qui lui tenaient à cœur et y consacrait son temps avec ferveur.

Au Centre métropolitain c'était un raz de marée ; l'attente pour être examiné par Hadrien battait son plein et ça me faisait courir de bureaux en étages, malgré la présence de deux assistantes actives et impliquées dans leurs tâches. Parfois, il restait jusqu'à 23 heures, rendait visite aux patientes opérées et, ce faisant, je pense qu'il tuait une solitude qu'il s'était lui-même imposée.

8

Quelques manifestations pour plus de liberté dégénérèrent en conflits et donnèrent lieu à des arrestations. Les défilés se multipliaient de ville en ville. La contagion, nourrie des révoltes des pays alentour qui avaient pu faire chavirer leurs États avant d'en prendre les rênes, grâce à l'appui de l'Occident, était flagrante. Les grèves, l'insécurité, la paralysie de plusieurs villes faisaient tache d'huile. Le mouvement prenait de plus en plus d'ampleur dans la violence et l'anarchie, à l'intérieur et à l'extérieur du pays. Différents groupuscules islamistes terrorisaient et profitaient du chaos pour se glisser dans la mêlée, chacun pour ses propres intérêts.

Le pouvoir brimait, emprisonnait et tuait. Safia avait peur, elle suppliait Jana, qui était devenue psychologue, de réduire ses sorties, d'y renoncer même…

Dans ce tohu-bohu navrant, Ottah qui, malgré son grand âge travaillait encore, tomba d'un échafaudage. C'était grave : rupture d'anévrisme, il restait dans le coma. On ne savait pas si c'était l'attaque qui l'avait fait chavirer ou si c'était la chute qui en était la cause. Safia demeurait inconsolable et ne quittait pas son chevet. Jana, effondrée, veillait sur elle et naviguait, dans cette période trouble, entre l'hôpital et le domicile. Ufa et Talia étaient venus de la campagne auprès d'eux pour les soutenir. Ottah mourut cinq jours plus tard. Personne ne voulait y croire ! « Ottah est mort ?! Ne dites rien à Hana », gémissait Safia. Hagards et la mort dans l'âme, ils l'enterrèrent le lendemain. Safia ne voulait plus vivre après Ottah. Secrètement, elle espérait prendre un obus, un tir égaré ou se faire étreindre par un kamikaze. Sa douleur était vive et son espace de vie cruellement rétréci. Elle ne dormait plus, tournait en rond dans la maison, parlait toute seule, cherchait Ottah et parfois, discrètement, elle s'extirpait dehors. Ufa et Jana, un foulard sur la tête, allaient à sa recherche, et c'étaient des soldats qui la ramenaient. Ufa, qui voyait sa sœur sur la pente glissante du désespoir, lui parlait, usait de la philosophie et des préceptes religieux. Il racontait des expériences des uns et des autres, des comas qui avaient duré une éternité comme une atroce mort déguisée, lui assurant qu'un jour tout le monde se réunirait au ciel. Safia ne disait mot. Seulement son chagrin était plus vaste que sa poitrine et elle ne savait pas comment le comprimer dans son corps et son esprit, sans les faire éclater de toutes parts. Jana, désemparée et affligée par sa propre peine, pensa à la présence d'Hana pour sauver sa mère et partager avec elle le poids de cette tristesse. Une fièvre pernicieuse ne lâchait plus Safia. Jana la convainquit enfin d'avertir Hana :

— Elle a droit de savoir, maman, c'est son père…

— Maintenant, tu peux lui dire…

À nouveau les larmes de Safia inondaient son

visage comme si par cette évocation, elle revivait la mort de son mari.

Jana lui parla, la consola, l'embrassa et l'endormit à l'aide de calmants.

C'était de pire en pire. Guerres civiles, couvre-feu… La Russie, l'Iran et l'Occident s'en mêlaient, menaçant les rebelles ou le pouvoir, puis bombardaient. Ils n'étaient pas au diapason. Le peuple était divisé : certains soutenaient le régime, d'autres s'y opposaient. Ceux qui en avaient les moyens ou qui avaient de la famille à l'étranger s'exilaient au Liban, en Jordanie ou en Turquie, les autres vivaient au jour le jour ou s'égaraient dans des abris de fortune, sinon s'aventuraient vers des destinations inconnues. C'était le chaos total. La terreur. Le désespoir, l'impasse. Les alliés occidentaux lançaient des raids visant les troupes du régime et le pouvoir bombardait les rebelles et les islamistes. Et dans l'agitation, tous tuaient également des civils.

La mère de Safia et d'Ufa était Grecque et ils avaient encore des cousins et des cousines à Athènes, mais personne ne voulait abandonner sa terre et sa patrie pour se replier dans un pays étranger. Les Farag résistaient et espéraient comme tant d'autres foyers. Le cabinet de Jana, en centre-ville, était bombardé… Elle était terrorisée et en larmes, touchée de près par le désastre. Hana, choquée par la mort de son père, effondrée par l'état de sa mère et par les nouvelles de son pays, voulait vite les rejoindre dans cette galère ; elle leur demanda d'abord de venir en France, chez elle.

— Il faut un visa ! L'ambassade est fermée ! rétorquait, Jana désabusée.
— Je viendrai alors…
— C'est risqué !
— Tant pis ! Je vis mal ici, de loin. Je dois voir maman, je te tiendrai au courant…

Safia sortait en catimini, alors qu'elle était censée faire la sieste. Elle allait d'un croisement à l'autre, prétendant vouloir chercher des denrées alimentaires, mais voulait aller voir le chantier où Ottah était tombé. Les soldats barricadaient la route. Ils lui ordonnaient de rentrer et, face à son hébétude, l'amenaient au poste avant qu'Ufa parte à sa recherche pour la ramener.

Hana avait trouvé un billet aller-retour pour Paris-Damas avec une escale à Istanbul, pour dans deux jours. « Mon Dieu ! Je ne peux pas le croire après tant d'années ! » s'exclama heureuse et inquiète Jana qui souffrait d'une solitude intenable dans son deuil et les épreuves de toutes sortes qu'elle affrontait seule. Safia, convulsive, ne réalisait pas les nouvelles, ne réagissait pas, le nom d'Hana faisait doucement couler ses larmes. Elle se rappelait sa jeunesse, sa première grossesse, ses moments intenses de bonheur et de pires épreuves. C'était l'enfant miracle, venu après sept ans, sauvé du feu et des flammes ; de l'incendie qui aurait pu les brûler toutes les deux, mère et fille, lors de sa naissance ; beaucoup de souvenirs lui étaient attachés ; sa longue absence avait laissé trop de vide, trop de silence, un fossé de souffrance.

Deux jours plus tard, c'est Ufa seul qui allait la chercher à l'aéroport de Damas ; Hana jouait sur un fil d'équilibriste avec sa venue. L'aéroport avait l'air désertique, il y avait plus de soldats que de passagers. Kalachnikov en bandoulière, ils lui jetaient des regards suspects. Ufa la vit arriver gracieuse et svelte dans un tailleur-pantalon sombre, ses cheveux châtain doré tenus par un large élastique, regard inquiet. Il lui fit signe.
— Hana !
Elle n'avait pas changé depuis sa dernière visite à l'occasion du mariage de Jana. Surpris de la trouver d'une beauté si intacte, à presque cinquante ans, il s'angoissa à l'idée qu'il puisse lui arriver quelque chose dans ce pays sens dessus dessous. Il eut peur un moment que sa présence leur attire des attentions malveillantes. À la vue de son oncle, elle s'approcha d'un pas pressé et le prit affectueusement dans ses bras.
— Bienvenue ma chérie, ravi de te voir en si bonne forme ! Tu n'as pas bougé d'un cheveu depuis la dernière fois, ça peut faire des dégâts ici…
— Tu es adorable ! Pourtant tout n'est pas rose, que ce soit ici ou à Paris... rétorqua Hana, avant d'ajouter, supposant également quelque sous-entendu dans la remarque de son oncle :
— Il vaut peut-être mieux, vu la situation, que je porte un foulard pour sortir…
— Ce serait plus prudent…

En observant l'armée dans les rues, heurtée par

l'aspect lugubre de la ville qui semblait en deuil, malgré le ciel bleu, et les palmiers debout, elle sentit une angoisse indescriptible monter en elle : et si elle ne pouvait plus retourner en France, elle qui n'avait obtenu que cinq jours de congé en se faisant d'urgence remplacer au lycée ! Elle ferma nerveusement sa main, essaya de ne pas être négative et se dit qu'elle avait son billet de retour confirmé, et même si l'aéroport venait par le pire des sorts à être fermé durant ces cinq jours, elle était française et demanderait de l'aide à l'ambassade et elle retournerait à Paris par n'importe quel autre moyen, fût-ce à pied… Elle venait de bien vendre quatre tableaux ; sa peinture commençait à connaître une petite cote. Des articles de journaux en parlaient, les commandes arrivaient et elle travaillait dur à la préparation d'une exposition qui aurait lieu dans trois mois, à la demande d'une grande galerie au centre de Paris. En rentrant, elle devait choisir l'image du carton d'invitation à l'attention d'une centaine de convives sélectionnées.

Elle regrettait amèrement que tout cet enchaînement heureux dans son travail ne fût pas arrivé plus tôt lorsque son père adulé, si attentif à son succès, était encore en vie. La vie est cruelle. Les années avaient passé trop vite, comme les grains d'un chapelet, arrivés à plus de moitié sans qu'on ait encore eu le temps de répéter la prière. Elle était heureuse du compliment d'Ufa. Dans son cœur, en effet, elle se sentait de dix, quinze ans plus jeune. L'évocation de son âge lui était un affront car beaucoup de

« présent » lui avait échappé au profit de lendemains mieux espérés sans qu'elle puisse ressusciter le temps écoulé. C'était chaque jour regretter la veille. Comment s'avouer qu'elle ne pourrait plus avoir d'enfant, que l'horloge biologique avait tourné aussi vite que les grains du chapelet, sans que la bonne heure ait eu le temps de sonner. Elle avait perdu le concret pour l'illusoire qui ne s'était jamais présenté et le concret n'était guère satisfaisant, mais la vie continuait...

Plus d'un lui disait qu'elle était belle mais cette beauté lui apportait plus d'amertume que de bienfait : les hommes l'approchaient, peu importe leur âge ou leurs aspirations, jeunes ou vieux, sérieux ou aventureux, mariés ou instables, sans qu'aucun ne se révèle être l'âme sœur ; et lorsqu'un homme l'avait éblouie, une fois, il était homosexuel et une seconde fois, engagé. Elle n'avait pas beaucoup d'amies non plus. Les femmes s'en méfiaient et ne voulaient pas d'elle dans les soirées réunies en présence de leur compagnon ou de leur mari. Elle devenait souvent l'objet d'une mauvaise jalousie et s'était retrouvée seule et amère. Il n'y avait que sa chère Jana qui ne la jalousait pas, sûrement parce qu'elle était, si ce n'est plus, elle-même aussi belle.

— Regarde, ce qui reste du centre culturel, lui montra Ufa, rompant le silence en passant devant une bâtisse détruite par des bombes.

— Horrible ! Qu'a-t-on fait pour mériter tout ça ?

Alep était cassée comme un délicat bol de verre.
La figure déformée de la ville, la vue des immeubles entiers fracassés était affligeante. Partout il y avait des maisons effondrées, creusées par d'horribles plaies. L'image de certaines routes fissurées par les bombardements effrayait. La ruine du beau minaret seldjoukide de la Grande Mosquée des Omeyyades datant du VIIIe siècle donnait des tournis :
— Pourquoi ? Tant de dégâts, c'est irréversible ! se révoltait doucement Hana.

C'étaient des images tant vues sur son écran de télévision à Paris, mais la vue de ce champ de désolation de près prenait une autre dimension. C'était apocalyptique.
— Personne n'a le moral. Et quand un deuil personnel s'ajoute à ce tableau, aussi imprévisible que dramatique, ça peut détruire aussi les hommes même sans bombe, balbutia, désolé, Ufa avant d'ajouter : malgré les craintes et les risques, tu as bien fait de venir. Bravo pour ton courage, plus d'un n'aurait pas osé…
— C'était une question de vie ou de mort avec l'état de maman… Je ne l'ai pas reconnue au téléphone, débita Hana, saisie par la lourdeur des circonstances.

Elle pensa qu'elle était malgré tout, plus rassurée d'être présente là qu'absente à Paris.
Sa mère âgée avait besoin de sa compagnie.

Dans la citadelle, au détour d'une rue en pente, Ufa s'arrêta devant un magasin ouvert dont le vendeur

était prévenu de son passage, et acheta plusieurs bouteilles de lait et d'eau, de la farine, des pâtes, du beurre, du thé et du sucre. Il avait ramené de la campagne de la viande, des œufs, des légumes, que Talia cultivait dans leur potager, des pommes et des prunes du jardin.
Hana voulait connaître chaque détail, elle voulait savoir dans quelles circonstances était parti si tragiquement son père. Ufa lui décrivit l'accident, la fragilité dont son beau-frère souffrait déjà depuis quelques années. Il ne pouvait s'empêcher de revenir sur l'arnaque et ses terribles stigmates. L'affaire non résolue lui restait en travers de la gorge et son souvenir érodait sa santé malgré tous les efforts, comme la houle creusant la terre à chaque passage un peu plus.

À la vue d'Hana, Safia, incrédule, se redressa d'un bond, la toucha, la sentit, la serra contre son cœur, puis s'assit tout en la regardant avant de se mettre soudain à sangloter et gémir « Ottah est mort, Hana… » Elle avait besoin de verbaliser son chagrin et d'entendre les mots de compassion partagés par sa fille. Hana en larmes la reprit dans ses bras et lui caressa les cheveux en chuchotant :
— Maman, il faut maintenant penser à toi, on a besoin que tu sois en bonne santé et que tu vives longtemps…
Pour Safia, voir Hana, c'était comme si elle voyait, Ottah. Leurs premiers souvenirs étaient liés à sa

naissance. Elle était sa fille aînée, le socle qui lui permettait de renouer avec elle-même, avec ce qui restait de sa vie, du passé, du présent ou peut-être de l'avenir. Elle respirait quelques bouffées de répit.

Les retrouvailles avec Jana et Talia qui entraient dans la pièce débordaient de tendresse. De leurs regards, découlait un trésor d'amour et de générosité.

— Merci d'être venue ! Ta présence est le seul remède possible pour maman dans cet état ! Je ne l'avais pas vue aussi lucide depuis la mort de papa ; elle sort de son absence apathique. Là, c'est une femme endeuillée et triste mais qui ne fait plus la guerre à la raison. Ça montre aussi que dans les vraies douleurs les traités de psychologie ne sont parfois que de vains mots... remarqua tout absorbée Jana.

— Pour moi aussi c'était indispensable d'être ici parmi vous. Je ne tenais plus davantage loin.

Une déflagration lointaine fit trembler soudain Hana qui réalisait le son de la guerre indépendamment des nouvelles lues dans la presse.

Les deux sœurs entourèrent, interdites, leur mère de leurs bras, pour la protéger des signes d'horreur et de panique, tandis que Talia servait, toute pâle, le thé et les dattes.

— Dès que c'est possible, vous viendrez en France, le temps que cette guerre finisse, je commence à vendre des tableaux ; je peux vous héberger.

— Ce n'est pas facile, rétorqua Talia en répondant pour tous. Notre vie, nos racines, notre avenir, c'est ici, sur cette terre. Ta maman et Ufa ont encore de la

famille et des relations à Athènes, mais pas question de tout quitter ici…
— Ce sont les agresseurs, les tueurs qui doivent partir, détacha fermement Safia. Que veux-tu que nous fassions, à notre âge, en France ou ailleurs ? Peut-être Jana, elle est encore jeune !… ajouta-t-elle à contrecœur, dans une inquiétude permanente pour sa cadette.
— Si on est toujours de cette vie, on viendra Inch' Allah pour visiter, tant Jana nous en a parlé…
Intervint alors Ufa qui, ayant placé les courses et les provisions dans la cuisine, en revenait avec une coupe de fruits rincés et des assiettes, tout en les écoutant. Il essayait de rassurer un peu les femmes en faisant diversion. Mais Hana, restée sur son effroi, poursuivit l'idée de sa mère et dit d'un ton déterminé à Jana :
— Dès que l'ambassade ouvre, je t'envoie une invitation expresse et tu viendras pour rester là-bas ! C'est d'accord ? Jana hocha la tête en signe de consentement et de remerciements. Ils échangèrent ensuite sur l'actualité, sur de nombreux autres sujets et des personnes qu'Hana connaissait.
— Et Nina, avez-vous des nouvelles, est-ce qu'elle peint toujours ?
— Non, nous ne sommes pas tellement en contact en ton absence, elle sera bien heureuse de te retrouver.
— Je l'appellerai demain. J'espère qu'elle ne souffre pas trop de dénuement et de solitude par ces temps horribles…

Safia se remettait doucement. La présence affectueuse d'Ufa et de Talia qui ne la quittaient plus depuis le décès d'Ottah, celle de ses deux filles à ses côtés, lui étaient un baume au cœur, lui apportaient soutien, espoir et quelques effluves de la vie. Elle les écoutait tous, les yeux plus éveillés, l'esprit plus serein, comme si une nouvelle ère s'ouvrait, comme si le destin s'attendrissait.

IX

Un après-midi, la porte de mon bureau s'ouvrit sur une femme d'une beauté à couper le souffle : mince, cheveux mi-longs, châtain or, moulée dans un tailleur beige mettant ses formes de mannequin en valeur. Son visage au teint hâlé et aux traits réguliers était illuminé par de magnifiques yeux en amande et couvert d'un voile de frayeur et d'angoisse. Au-delà de sa beauté qui accrochait le regard, elle avait quelque chose de marquant qui me fit oublier ma tâche et l'instant : une ressemblance, légère mais indéniable avec Nora. Un je-ne-sais-quoi de saisissant.

— Bonjour ! Est-ce vous, Hélène Préval ?

— Oui, elle-même !

— Je viens de la part du docteur Armand Perroux, de l'échographie, pour voir le Professeur Préval... dit-elle en m'indiquant les grandes enveloppes de radios et d'échographies qu'elle avait sous le bras.

— Il faut avoir pris rendez-vous avec le Professeur Préval, depuis assez longtemps, et uniquement si votre cas l'exige, et ce, dans le cadre de ses consultations privées qui supposent un dépassement d'honoraires assez important...

Devant son silence et son air ahuri, je lui demandai :

— De quoi souffrez-vous ?

— J'ai des douleurs intenables à l'abdomen et je

dois, paraît-il, être opérée au plus vite d'un kyste à l'ovaire, dit-elle en me tendant ses clichés, d'une main fébrile.

— Asseyez-vous, lui soufflai-je en désignant la chaise d'en face tout en sortant ses clichés.

J'avoue que la première chose que mon regard chercha à découvrir fut son âge. Mais je commençai par voir son nom : Hana Farag, un nom égyptien ?! L'une des amies de Nora portait ce même nom. Cinquante-deux ans ! Surprise, je lui en aurais facilement donné dix de moins. Cela me rappela spontanément Nora, qui à quarante ans, en faisait trente. Je me dis que c'était l'apanage des femmes chanceuses de cette partie de la planète…

Je regardai ensuite les images. Elle avait en effet un kyste mal placé à l'ovaire gauche et ses douleurs devaient venir de là, mais le kyste n'avait pas l'air suspect, et l'opération relevait de la routine dans ce genre de pathologies.

— Madame, le Professeur Préval n'intervient que dans les cas graves, des tumeurs compliquées ; heureusement pour vous, ce n'est pas le cas. Tous les chirurgiens du service peuvent parfaitement, et dans un délai plus court, procéder au retrait de ce kyste.

À cet instant, Hadrien entra dans mon bureau pour poser un dossier et je sentis nettement qu'il resta interloqué à la vue de cette femme. Il lui adressa spontanément un bonjour. J'intervins et le présentai : « Professeur Préval !». Un doux sourire détendit soudain les traits inquiets de la femme et elle tendit

la main vers Hadrien qui la serra en lui adressant un demi-sourire, tout en cherchant d'un regard, vers moi, la raison de sa présence.
— Madame ressent des douleurs pelviennes, assez vives, dues certainement au kyste qu'elle doit se faire retirer. Vu le planning, archi-complet, on va peut-être demander à Corinne de la recevoir ?
— Fais voir les clichés, demanda Hadrien de son ton doux mais péremptoire…

Il les regarda attentivement devant la fenêtre et prononça :
— Rien de grave, sauf un kyste assez grand qu'il ne faut pas laisser traîner longtemps car il y a des risques de torsion… puis il lui demanda avec un regard amène :
— Votre nom m'est familier, ne seriez-vous pas égyptienne ?
— Si ! dit-elle en baissant les yeux comme si elle devait en être gênée.
Hadrien la regarda et ajouta avec bienveillance :
— Ma mère était égyptienne…
— Oh, vraiment ? Quelle coïncidence ! s'extasia-t-elle avant de poursuivre, l'air soucieux :
— Professeur Préval, est-ce que vous accepteriez de m'opérer, vous-même ? Je sais que vous traitez essentiellement les cas compliqués, madame vient de me le préciser, mais c'est la première fois que je suis amenée à être opérée et je souhaite me sentir rassurée, entre de bonnes mains…
Hadrien qui venait de jeter un autre coup d'œil

àl'échographie échangea un regard avec moi qui les observais attentivement. Il venait de retrouver son sérieux et une expression interrogative. Son visage, soudain, s'assombrit… Je me dis qu'il avait dû tomber sur sa date de naissance…
Comme visualisant une nouvelle séquence du film de la vie d'Hadrien, je pensai : « Elle est parfaite ! Exactement le type de beauté auquel il est sensible, avec quelque chose d'oriental, quelque chose qui touche à son histoire à lui, à son passé ; ce quelque chose que je trouvais de Nora venait, en réalité, de son appartenance au même pays, comme un air de famille… Je voyais avec quels yeux il l'observait, j'avais rarement vu cette profondeur dans son regard, soudain animé. C'était François qui venait de croiser Nora, ce jour au concert ; il y avait quelque chose de cette ampleur dans les regards de cet homme et de cette femme. Seulement, hélas, elle n'était pas, malgré tout son charme, celle qui pourrait partager la vie d'Hadrien et lui donner un enfant. Ce serait trahir Aline. Aline qui lui avait offert sa vie en même temps que sa liberté pour qu'il pût réaliser son rêve ! Cette belle Égyptienne avait beau être une déesse pour son âge, Hadrien n'était pas un coureur ou un adepte des relations sans lendemain ; elle le ratait de très près, juste de quelques années, hélas… C'est la vie ! Rien n'est parfait, rarement elle va dans le sens que l'on souhaite et, quand c'est le cas, elle vous prend au passage d'autres gages encore plus chers… C'était un autre coup de pied du destin à Hadrien… »

—Hélène !
C'était Hadrien qui m'extirpait de mes songes…
—Excuse-moi, je pensais à quelque chose… Dis-moi !
—Combien d'opérations sont programmées vendredi prochain ?
—Trois. Et six consultations dans l'après-midi ! dis-je après avoir vérifié son planning sur l'écran.
—Tu peux alors programmer madame pour le bloc, vendredi, tôt le matin, et tu préviens l'équipe, s'il te plaît.
—Entendu !
Il lui faisait une fleur…
—Et prévois s'il te plait, alors, tout de suite, la visite avec l'anesthésiste, et une chambre pour trois nuits d'hospitalisation, ajouta-t-il d'un ton doux dans une concentration profonde, comme si la parenthèse d'une seconde du hors sujet au cours de laquelle il avait parlé de sa mère et de son pays venait d'être définitivement fermée.
Je me dis que si, au départ, c'était le regard de l'homme qui avait été ébloui, à présent, c'était la conscience du chirurgien qui s'éveillait pour traiter au mieux quelqu'un qui lui formulait une demande et qui, de surcroît, avait la même origine que sa mère ; eusse été une vieille dame, il se serait comporté de la même façon.
Avant de partir, il se tourna vers elle et lui signala :
—Il faut que je vous examine avant l'intervention, si vous pouvez attendre, je vous recevrai ce soir même, à la fin de mes consultations…

— Bien-sûr, j'attendrai, Professeur, merci beaucoup !
— Avez-vous une pièce d'identité pour que je puisse vous enregistrer ? lui demandai-je après le départ d'Hadrien.
— Oui ! dit-elle en la cherchant dans son sac.
Je la parcourus : célibataire, née à Gizeh, le 18 avril 1966.
— Carte Vitale ?

Elle la sortit de son portefeuille ainsi que l'attestation de sa mutuelle… Je l'inscrivis, toute songeuse, puis lui imprimai ses dates de rendez-vous et les quelques consignes à respecter avant l'opération et je lui rendis ses papiers après les avoir photocopiés :
— Tenez, vous êtes enregistrée ; vous avez rendez-vous avec le docteur Rushenas, l'anesthésiste, lundi en début d'après-midi. Soyez à jeun, c'est pour une prise de sang. Je vous ai retenu une chambre individuelle du 26 au 29 mai inclus, votre opération est programmée pour le vendredi 27 : vous avez tous les horaires et toutes les dates sur le document. Et je pense que le Professeur vous a fait une fleur et va vous opérer dans le cadre du Centre, sans dépassement d'honoraires… J'avais déduit cela puisque, dans le cas contraire, avant d'arrêter la date d'opération et de demander l'enregistrement de la patiente, Hadrien me soumettait toujours un devis sur le coût de son opération qui devait être préalablement réglé.
— C'est très aimable de sa part ! Merci.
— À présent, attendez dans la salle en face ; il a dit

qu'il vous examinerait. Il y a encore cinq personnes avant vous…
Elle me sourit, un peu plus détendue :
— Aucun souci, j'attendrai ! Puis, avant de sortir de mon bureau, elle me demanda de sa voix douce :
— Vous êtes parente avec le Professeur ?
— Oui, je suis sa tante !
— Ah, ça doit être un plaisir de collaborer en famille ?
— Ça l'est, en effet !… lui répondis-je en lui adressant, cette fois, mon premier sourire.

Avant d'examiner Hana vers 20 heures, Hadrien me demanda de l'attendre pour que nous rentrions ensemble.

L'examen confirma la présence du kyste ; il l'opérerait par cœlioscopie, sur écran, sans ouvrir son abdomen, ce qui lui éviterait la grosse cicatrice médiane sur le ventre. Voilà la seule chose qu'Hadrien me précisa à l'issue de cette consultation, l'air perplexe et quelque peu pensif. Il était comme envoûté par cette femme qui apportait soudain quelques souvenances du pays qu'il adulait, par ses mots, son accent, son regard, sa manière d'être et son sourire. Dans la voiture, je ne pus m'empêcher de dire :
— Elle est très belle et fait si jeune, étonnant qu'à son âge elle ne soit pas encore mariée !

Ce à quoi Hadrien réagit avec une moue qui voulait dire :
« Et alors ! Ça peut arriver… »

Il demeurait étonnamment songeur et silencieux, comme si quelque chose l'opprimait.

— Elle est née à Gizeh, tu connais Gizeh ? J'essayais de lui fournir le maximum d'informations que j'avais sur elle.

— Oui, c'est magnifique ! C'est le site des grandes Pyramides sur la rive gauche du Nil à quelques kilomètres du Caire… C'est le berceau de la civilisation égyptienne antique…

Il parla soudain d'une autre patiente comme pour changer de sujet. Je n'insistai pas mais je gardai la pensée d'Hana en tête. Elle m'avait marquée ; je savais qu'il en était de même pour lui. Il monta dîner avec François et moi sans qu'elle soit à nouveau évoquée.

X

Le jour suivant, Hadrien semblait joyeux, plus animé : il souriait, blaguait, et prit, à trois reprises, un café dans mon bureau. Il rentra dîner avec François et moi. Son regard dur avait fait place à ses beaux yeux lumineux et rieurs. Sa figure hâve laissait fleurir un beau teint ; ses rides d'amertume semblaient avoir disparues.

J'avais une petite idée sur ce beau moral qui faisait soudain se surpasser, pousser les monts et les montagnes, embrasser du regard le ciel et toutes ses étoiles. Cette belle humeur qui étend devant nous des nuages roses au goût de bonbon, donnant envie de sourire à tout le monde, et de clamer que demain sera un jour meilleur…

C'est cet optimisme qui voulait se battre contre la raison et ses fatwas ; cajolant l'esprit de la liberté dans tous ses sens, quitte à enfreindre la loi ou la foi ; c'est ce désir de se laisser juste bercer par le sort quand il est porteur et de bon aloi.

Le lundi après-midi, j'eus la visite d'Hana dans une belle robe violette, qui m'apportait une boîte de pâtisseries égyptiennes, en guise de reconnaissance ; elle revenait de sa visite avec l'anesthésiste. Je la remerciai et lui offris de prendre un café avec moi. J'envoyai en même temps un mot à Hadrien et il nous rejoignit dans ce festin à la grande joie d'Hana qui le regardait déjà avec douceur et put lui poser quelques questions sur son opération. Elle était fort séduisante avec ses cheveux attachés et ses grands yeux verts dont le contour était finement souligné de khôl.

Le lendemain, je commençais ma journée, bien contente : cette fois, cela me concernait, moi. Comment dire : Noha, le cousin de Nora, d'un an plus âgé que moi, rencontré au mariage de François, quarante-deux ans auparavant, alors que je n'avais que seize ans, ce garçon qui m'avait laissée de marbre, voire avec un sentiment d'agacement dû à son maintien et à son comportement ou, plutôt, à son indifférence et à son silence, me devenait aujourd'hui une figure attachante. Il m'avait fallu quelques sorties et déceptions avec des personnes à l'opposé de mes aspirations, et de son côté deux mariages et deux divorces, pour que les quarante-deux années qui nous avaient amenés à nous voir sporadiquement tissent d'abord des liens de circonstances, puis, de connaissance, teintés d'esprit familial avant de devenir une relation amicale, grâce à des rencontres chez nous, chez ses parents, dans des réunions et à la Castanea. Ce lien déjà solide, nourri d'expériences, de souvenirs, du plaisir et du besoin de se voir, grâce au temps, était à mille lieues de la passion mais déboucha, peu à peu, sans rien précipiter ni de son côté ni du mien, sur des retrouvailles à deux, pour voir un film ou visiter une exposition ou, moins glamour, autour des interprétations des radios de sa main gauche douloureuse, douleur dont personne ne trouvait la cause. Enfin, ce lien tissé par quarante-deux printemps était devenu à présent un lien affectueux, sentimental et fort, sur la voie de représenter beaucoup plus encore…

À son deuxième mariage, Nelly, sa femme, lui avait donné un fils, Mattieu, à quarante-quatre ans, avant de tomber éperdument amoureuse de l'un de ses collègues, un bel Américain, et de tout quitter, comme pour rattraper une jeunesse qui n'allait pas tarder à lui échapper. Elle s'était envolée pour rejoindre son amant à Las Vegas alors que Mattieu n'avait que deux ans. C'était au moment précis où l'infortunée Aline, éprise de son mari, se débattait entre divers examens, consultations et traitements pour pouvoir donner naissance à un enfant ; au moment où Hadrien se sentait maudit et impuissant face aux événements.

Nelly se maria avec celui pour qui elle avait quitté terre, père et mère, mari et enfant. Elle eut rapidement, et à la surprise générale, des jumelles de son nouveau mari, que Noha tint à faire connaître à Mattieu en l'emmenant à Las Vegas, sans que le petit garçon lui réclame un autre voyage ou une autre rencontre avec eux, ayant été marqué par le départ précipité de sa mère et son accueil peu enthousiaste qui ne comblait pas l'absence de cinq ans.

Mattieu était un « petit cœur » ! Sept ans, joufflu,

curieux, volubile, câlin, avec un regard expressif et attendrissant qui ne se détachait pas avant d'avoir eu son lot de tendresse et d'attention, de gros baisers et de bons sentiments. Je l'adorais et il me le rendait bien.

Nous pouvions nous amuser pendant des heures, et intelligemment, au grand bonheur de Noha.

Il apprenait depuis un an la flûte à bec et jouait avec un talent incroyable des petits airs qui nous enchantaient. Friand d'applaudissements et de compliments, il essayait de renouveler son petit répertoire, à force d'entraînement. Lorsqu'ils venaient chez nous, il apportait sa petite flûte et réclamait qu'on écoute son nouveau morceau ; il se mettait alors, comme un petit ange, à faire chanter, avec application et un peu de cinéma, son instrument de tous les airs qu'il savait jouer, devant les regards émerveillés et amusés de François et d'Hadrien, avant que son père, pudique et parfois gêné par l'allant de son fils, n'intervienne doucement : « Bien, merci ! Merci Mattieu, merci mon fils…», pour qu'il cesse, alors que nous en redemandions. Si l'interruption survenait plus tôt qu'il ne s'y attendait, nous avions droit à un caprice désarmant : comme une lampe soudain éteinte, il baissait les yeux d'un air boudeur, serrait les lèvres ; son visage devenait dépité et sombre, et il avançait alors à pas rapides et appuyés, ne regardant personne, vers le fond du salon, et se blottissait dans un fauteuil sans remuer d'un cil. Il n'en fallait pas plus pour amener tout l'auditoire à sa rencontre avec chacun un mot doux et affectueux, ce qui coïncidait avec le rire sonore de son père qui voyait dans cette fâcherie brusque un peu de déjà-vu.

J'étais la première à me lancer à sa reconquête, en prenant sa petite main blanche dans la mienne et en le suppliant de me jouer un autre petit air. Dès lors, son visage s'allumait et un mince sourire retenu illuminait peu à peu ses traits, pour y chasser complètement, quelques secondes après, la morosité et toute trace de sa petite tristesse, sans toutefois qu'il veuille rejouer.

Or, ce soir-là, Noha venait dîner avec sa mère et Mattieu qui n'avait pas école le lendemain. De son côté, François appréciait la compagnie de Yasmina, la mère de Noha, confidente et amie exemplaire de Nora, devenue veuve, qui avait son âge, à quelques années près. Leur relation était jonchée de tant et tant de souvenirs, chers à l'un comme à l'autre.

Je rentrai ce mardi plus tôt pour aider Tania qui s'occupait du dîner et Hadrien avait prévu de nous rejoindre après son travail.

Tania nous avait préparé un tajine de poisson succulent. Ce soir-là, le petit Mattieu qui admirait les chaussures en daim beige caramel d'Hadrien, lui tournait autour, comme un papillon, et voulait à tout prix jouer avec lui au backgammon qu'il assurait avoir appris avec son grand-oncle. Hadrien, amusé, joua avec lui après le dîner et le concert admirable de flûte. Je voyais comme il était fasciné par cette présence, par ce petit bout de chou qui, nourri et choyé par l'amour extensible de son père et de sa grand-mère, régnait sur les cœurs, même sur celui de François qui devenait taquin et rieur et lui donnait des énigmes à résoudre en l'observant chercher des solutions avec toute sa tête et toute son attention. Ce soir-là, au-delà des sourires et des blagues, je sentis chez mon beau neveu la trace d'une mélancolie muette et profonde qui se reflétait dans ses yeux lors des moments d'inattention. Je voyais qu'un tel bambin était la pièce manquante du puzzle de son bonheur.

J'espérais de tout cœur qu'il connaisse dans sa vie, au plus vite, un petit être joyeux et égayant, comme Mattieu, qu'Aline n'avait pu lui donner.

Depuis longtemps, Noha me parlait d'un voyage en Égypte que je ne connaissais pas encore, et ce soir-là il m'annonça avoir retenu des billets pour la fin juin pour une croisière de deux semaines sur le Nil, à trois, avec Mattieu. J'étais aux anges d'avoir à moi, deux semaines de suite, Mattieu, en compagnie de Noha qui se révélait de plus en plus affectueux, généreux et protecteur.

— Dis, Noha, connaîtrais-tu une certaine Hana Farag ? demandai-je.

À l'énoncé de son prénom, Hadrien eut soudain comme un petit sursaut qui l'étonna lui-même, ce qui l'amena spontanément à effleurer de sa main droite les cheveux soyeux et bouclés de Mattieu, à côté de lui, comme pour faire passer l'effet de l'évocation de ce prénom.

— Hana Farag ! Non, ça ne me dit rien ! à part qu'Hanna a été le prénom de l'héroïne du film de Joe Wright que j'ai vu récemment sur l'histoire d'une fille élevée par son père comme agent secret...
— Ah, je vois ! rien donc à voir...
— Et pourquoi ? tu as rencontré une Hana ?
— Oui, une patiente, c'était juste pour savoir, vu que le monde est petit…
Sur ce, Hadrien se leva pour partir, peu de temps avant Noha et sa famille : « Je dois être au bloc tôt demain matin ! »

Je restais d'un côté, joyeuse à l'idée de ma prochaine croisière avec Noha et Matthieu et, de l'autre, affectée par la dualité qui ombrageait la vie d'Hadrien ! Je voyais clair dans son dilemme, dans la tristesse latente et poignante qui le tourmentait. Il lui fallait à tout prix et au plus vite, refaire sa vie, fonder sa famille et sortir de cette solitude, de cette morosité, c'est ce qu'aurait voulu Aline. Il fallait oublier cette Hana qui venait de surgir ainsi de nulle part… Je regrettais de l'avoir évoquée. Je voyais parfaitement l'ardeur de cette flamme qui était si vite montée et propagée, nous surprenant, nous-mêmes. Une première, de mémoire, au cours de toutes ces années où je vis défiler tant de belles femmes.

Je me dis que dans deux ou trois jours, une fois opérée, on n'entendrait plus parler d'elle et qu'Hadrien pourrait reprendre le cours de sa vie avec ses lots de bonheurs à venir et à espérer…
La veille de l'opération d'Hana, en effet, comme

s'ilétait parvenu lui-même à cette conclusion, Hadrien semblait dans l'état d'esprit de vouloir vite clore la parenthèse de cette belle Égyptienne aussitôt après son opération. Il n'avait pas soufflé, ne serait-ce qu'une fois, son nom et avait consumé tout le temps de sa matinée au bloc ; puis, après avoir grignoté quelques petits fours et bu un café dans mon bureau, en évoquant avec un amusement attendrissant la séquence de Mattieu, tout en lançant un compliment sur Noha, teinté d'une allusion souriante sur la croisière qu'il avait prévue à trois avec moi, il s'affaira durant tout l'après-midi à ses consultations. Hana était déjà installée dans sa chambre.

J'informai Hadrien que j'allais lui rendre une petite visite. Il me dit de l'attendre, pour le faire en même temps que pour les autres patientes. J'obtempérai, et c'est vers la fin de l'après-midi qu'il put se libérer. Nous nous dirigeâmes alors vers les chambres de quelques opérées par ses soins, ce matin-là, et de quelques autres patientes de son service.

C'était encore l'heure des visites ; il y avait du monde et des va-et-vient dans les chambres et le couloir. Tous voulaient lui parler, le complimenter, le remercier, lui poser des questions. Hadrien s'y prêtait de bonne grâce, sans toutefois s'étendre sur ce qui ne lui semblait pas relever de la stricte nécessité. Je sentais une sorte de ferveur dans son attitude et sa pâleur. L'infirmière-chef et une interne en chirurgie qui nous accompagnaient prenaient note des indictions et des consignes que donnait Hadrien.

Nous arrivâmes enfin à la chambre d'Hana, au bout du couloir. Elle était seule. On venait de lui faire sa toilette de la veille d'opération. Même sans maquillage, elle était resplendissante avec une peau dorée et des yeux à faire rêver…

À notre vue, elle mit un sourire sur une empreinte d'angoisse et d'anxiété, et son regard se fixa sur Hadrien :

— Vous allez bien ? lui demanda-t-il d'un regard profond qui se voulait quand même neutre.

— Un peu angoissée, Professeur !…

— Tout va bien se passer, ne vous inquiétez pas… la rassura Hadrien.

L'infirmière ajouta :

— Je vais vous donner tout à l'heure un calmant qui va vous aider à dormir de bonne heure…

— Merci…

Sur ce, alors que nous allions la quitter, mais comme si elle voulait prolonger notre présence, sans voir l'interne qui la dévisageait ou l'infirmière-chef, elle nous arrêta sur le seuil de la porte :

— Professeur !…

— Oui ! prononça Hadrien, qui se retourna subitement en la fixant, dans l'expectative…

— Êtes-vous sûr…, êtes-vous sûr que le kyste est bénin ?

Hadrien, qui ne s'attendait pas à cette question, répondit d'une voix douce et rassurante après une seconde de réflexion :

— Oui, à 98 %. La certitude, on ne l'aura qu'après l'analyse de la pièce opératoire.

— Cela me rassure ! Une dernière question… Est-ce que l'ovaire restant continuera son activité au même rythme, ou il sera divisé par deux ?
— Non, l'ovaire restant prendra le relais dans la sécrétion d'un peu d'hormones…
— Parfait, merci ! murmura-t-elle, avec un océan de tristesse dans le regard et dans le cœur pour les paroles qu'elle ne pouvait pas dire, traduire ou avouer… Ce qui amena Hadrien à lui répéter :
— Encore une fois, ne vous inquiétez pas, tout devrait bien se passer.
J'intervins face à cette solitude angoissante :
— Vous savez, Hana, le professeur a l'habitude de cas éminemment plus compliqués et délicats que le vôtre qui n'est, finalement, qu'une intervention gynécologique classique, pour ne pas dire banale, comprenez-vous ?
— Oui, excusez-moi si j'en abuse, c'est que…
— Ne vous excusez pas, c'est normal, je comprends votre angoisse à la veille d'une opération, dis-je.
— À demain ! conclut machinalement Hadrien, tout absorbé…
— À demain, Professeur !
Avant que nous sortions complètement de la pièce, je l'entendis soudain m'appeler comme si elle s'accrochait à une bouée de sauvetage avant le naufrage, toujours avec cette supplique dans le regard :
— Hélène, vous reviendrez un peu, encore ?
— Oui, si je le peux…
Nous rebroussions chemin. Hadrien, silencieux, sans

aucun autre commentaire à son sujet, alla directement dans son bureau.

— Tu veux un café ? lui proposai-je.

— Non, merci, ne m'attends pas pour rentrer.

— Entendu ! à demain…

— À demain, Hélène !

Je devais archiver quelques comptes rendus dans un dossier informatique. Je travaillais comme un automate, préoccupée par l'air sombre d'Hadrien qui s'était réfugié dans le silence. Voilà comment naît la souffrance : d'une distance de plus en plus grande entre un désir dévastateur et l'éloignement de la possibilité de l'assouvir, imposé par l'aléa, la raison ou la dureté du sort. Ce d'autant que le pire semble si près, toujours enclin à s'inviter sinon à s'immiscer. Autant pratiquer alors le *carpe diem*, vivre au jour le jour, comme ce fut toujours le cas pour moi, sans trop attendre ni du Ciel, ni du lendemain, ni d'un hasard opportun.

Ma pensée alla vers Hana. Je regrettais de lui en avoir voulu. En fait, elle n'y était pour rien. Elle ne s'était jamais mise en avant, n'avait jamais cherché à se faire remarquer comme la plupart des femmes qui fréquentaient Hadrien. Même si elle était fort séduisante, elle n'était nullement dans la séduction.

Elle avait été présentée par notre médecin échographe, je l'avais bien vu sur la note qui accompagnait son dossier. Elle serait allée, aussi bien, voir monsieur

Tartempion s'il le lui avait suggéré ou un autre. De plus, c'était une femme seule qui avait sûrement eu dix mille désirs et le vœu du trio « amour, famille, bonheur » avant d'avoir atteint un âge qui enterre une partie des espérances déjà évanouies. J'étais passée par là en spectatrice de ma vie et de celle des autres et je savais de quoi je parlais. N'aurais-je pas aimé avoir, moi-même, un bout de chou comme Mattieu ? Hana avait des yeux épris, le regard doux, lorsqu'elle regardait Hadrien, et cette situation ne pouvait être qu'une source de souffrance également pour elle. Elle était une victime aussi, en quelque sorte… Soudain, je me souvins de lui avoir dit que je passerais la revoir. Je finis mes tâches, fermai mon bureau et, avant de descendre, je pris la direction de sa chambre. J'entrai sans faire de bruit ; elle dormait profondément. Je la quittai alors doucement et regagnai le taxi qui m'attendait en bas.

XI

Une brise printanière semblait caresser Hadrien et chasser toute austérité de la surface de sa vie réglée et monotone, consumée largement dans les tâches de sa profession. Les mauvais souvenirs semblaient s'absorber l'un l'autre et s'envoler pour laisser la place à un sentiment de plénitude. Il redevenait le jeune homme d'autrefois qui cherchait à plaire sans se poser une demi-douzaine de questions. Son temps ne se résumait plus qu'au bloc, au Centre ou à ses patientes ; l'une d'elles avait changé la donne. Depuis, d'autres centres d'intérêt attrayants et légers avaient fleuri dans son esprit et sur son agenda. Lors d'une simple promenade dans l'allée fleurie qui menait chez son père ou en marchant dans la rue, il prenait désormais le temps de regarder pour mieux voir : les fleurs jusqu'à la rosée sur leurs pétales, les passants et l'expression de leur regard, les vitrines des magasins ; il humait l'air frais du matin qui le remplissait d'un bien-être divin et vivait savoureusement le présent sans l'attente du lendemain. L'envie était là, d'aller chez le coiffeur, de s'acheter quelques vêtements d'une plus belle coupe, une nouvelle paire de chaussures, de la porcelaine fine pour une bien plus jolie table. Pourquoi ne pas changer de voiture ? Il aimerait se mettre au sport, se muscler un peu, rafraîchir la décoration de sa maison, mettre des fleurs dans le grand vase bleu, sourire aux blagues qu'on lui raconte même quand ce n'est pas drôle, parler plus de lui à son père et à sa tante qui le trouvaient souvent trop discret, voire distant, prendre des vacances, aller en Égypte qu'il n'avait pas vue depuis longtemps ; offrir des bijoux, des fleurs et des présents ; s'enlacer avec l'être aimé et l'embrasser longuement. La vie semblait truffée de petits bonheurs simples qui couvraient si bien les écorchures et les bleus de l'âme, en donnant l'envie d'aller de l'avant et même plus loin.

D'où venait cette énergie, ce flottement paisible ? Était-ce Hana ? « Oui », s'avouait-il cette fois sans se dérober devant l'évidence. Jusqu'à quand voulait-il se le cacher, jusqu'à quand cette guerre d'esprit pour le « paraître » ? Jusqu'à quand épuiser sa force pour démentir ou se convaincre du contraire ? Vivait-il pour lui-même ou pour les autres ? Elle était plus âgée ? Et alors ? D'abord, elle ne le paraissait pas, puis il la trouvait à l'apogée de sa splendeur. Elle ne pouvait plus faire d'enfant ? Non ! Hélas ! Mais avait-elle choisi elle-même son dessein ? Ou était-ce ce pouvoir qui nous échappe et qui détermine l'ultime chemin ? Depuis le vécu dramatique d'Aline, l'enfant que le Ciel n'avait pas voulu leur consentir, alors qu'il était lui-même le déclencheur de tant de grossesses inespérées, il croyait en un pouvoir qui décidait à notre place ; peut-être ce que les sages appellent le destin.

Il faut peut-être cesser de se battre lorsqu'on n'y peut rien. Certains possibles ne le sont plus dans la direction choisie, il faut alors changer de direction vers d'autres possibles. Oui, tant que le pouvoir de l'homme peut tenir la bride, à défaut, il faut se fier et accepter le choix que dicte la vie… N'était-ce pas Sénèque qui disait : « Le destin conduit celui qui accepte, celui qui refuse, il le traîne. » ? Désormais, tant que possible, il suivrait son choix sous sa propre directive, indépendamment de l'opinion des uns et des autres, des convenances ou de ses propres prérogatives. Dans son mariage avec Aline il avait prouvé qu'il n'était pas conventionnel ; il ne reniait rien, il assumait. Aline avait sa place éternelle dans son cœur ; si elle ne s'était pas infligé la mort, il serait toujours à ses côtés. Il ne cherchait nullement à renouer d'autres relations, jusqu'à l'arrivée d'Hana, avec son image de la femme sublimée… Elle lui faisait vibrer le cœur avec ses sensibilités, son beau regard vert et son sourire discret. Oui, il l'aimait, cette mystérieuse Égyptienne pleine d'esprit et de romantisme, venant du pays de sa mère. Il devait en être de même pour elle, car ses yeux avaient déjà parlé. Ce regard caressant empli de tendresse et d'une pointe de ferveur ne saurait pas prétendre le contraire. Avait-elle déjà été aimée ? Connaissait-elle l'amour de son côté, le bonheur d'appartenir et d'aimer ? Avait-elle été sous l'emprise de cette puissance qui dicte sa loi et parsème le chemin d'innombrables étoiles ? Connaissait-elle cette délicieuse ferveur qui chasse le sommeil et qui fait soudain battre le cœur de battements démesurés ? Quand lui parlerait-elle de sa vie, de ses mystères ?

D'où venait-elle ? Que faisait-elle, quelles étaient ses visées ? Pourquoi était-elle seule, n'avait-elle pas de la famille ? Serait-elle peut-être en Égypte ?…

Hélène devait se douter de son sentiment pour elle. Ses yeux perçants débordaient de sous-entendus. Mon père aussi sentait quelques effluves de nouveautés et avait parlé avec Hélène de mon humour léger, de ma disponibilité, de mes sourires inhabituels et des soins que je prenais pour m'habiller.

« Seigneur, demain je dois opérer la femme que j'aime sans que rien n'ait été déclaré. Comment toucher ses parties les plus intimes, voir son sang, son endormissement. C'est la première fois que je me sens dans un tel embarras. L'heure des aveux est arrivée. Dès qu'elle ira un peu mieux je lui parlerai avec de simples mots venant du cœur de ce que je ressens pour elle. »

XII

Le grand jour arriva pour Hana. Je n'intervenais pas habituellement dans les étapes de l'opération et leurs détails. Mais pour elle, c'était comme s'il s'agissait d'une amie. J'arrivai tôt, ce matin-là. On était à deux jours de la Fête des Mères et partout on en entendait parler ! Je connaissais au moins deux femmes qui se seraient passées de cette célébration ! Certainement elle et moi…

Hana était tombée, comme elle l'avait espéré, à son arrivée, entre de bonnes mains, pour bénéficier ainsi d'une telle attention, car Hadrien était aussi rentré tôt la veille au soir pour être en forme ce matin-là. Je restais cependant stupéfaite par la solitude qui l'entourait : personne ne l'accompagnait, aucun ami, aucun parent…

Comment était-ce possible qu'une belle femme comme elle se trouve seule dans un hôpital, s'occupe seule de tout, sans que personne ne l'entoure de soins ou la soutienne ? En réponse à la question rituelle qui exigeait les coordonnées d'un ou d'une proche, en cas de complication, elle avait juste laissé une adresse courriel ; on ne savait même pas de qui il s'agissait.

Cependant, son air apeuré de biche traquée des

débuts avait laissé place à plus de sérénité, à l'approche de son opération. Elle était programmée la première au bloc.
Je me rendis dans sa chambre pour la soutenir moralement ; elle avait déjà été emmenée.

*****

Je la retrouvai quatre heures après l'opération, à son réveil, dans sa chambre. Pâle et éprouvée, elle était sous perfusion.

À ma vue, ses lèvres sèches s'étendirent dans un sourire.

J'humectai avec du coton imbibé de lotion sa peau et lui demandai de dormir quelques heures avant que je repasse. Elle y consentit et aussitôt ses yeux se fermèrent. Après le déjeuner, je pris une boîte de macarons d'une maison célèbre qui était arrivée pour Hadrien et, sans toutefois son autorisation, vu qu'il demeurait toute la journée au bloc, je filai vers Hana. Elle était assise, en meilleure forme, en train de griffonner dans un cahier, malgré une perfusion reliée à son bras. Une expression de joie passa sur ses traits en me voyant entrer, elle laissa son cahier de côté et me serra affectueusement la main. Comme dans l'attente, son regard ne quittait pas la porte derrière moi, avant de finir par me demander :
— Et le Professeur Hadrien ? Où est-il ?…
— Ah, Hadrien ! Il va être au bloc encore une bonne partie de l'après-midi ; vous savez que votre opération

n'était pas prévue, il vous a programmée la première entre d'autres opérations, et la journée va être longue pour lui…
— Oui, je sais, il est très aimable. Est-ce que tout s'est bien passé ?
— Je ne l'ai pas encore vu, mais sûrement ! Sinon, vous ne seriez pas déjà en si bonne forme… dis-je avant d'ajouter :
— Tenez, Hana ! c'est pour vous, ces macarons ! Je vous ai aussi apporté une bouteille de jus de pomme. À cette heure-ci, vous pouvez commencer à manger un peu.

Je lui versai le jus de fruits dans un grand verre et, tandis qu'elle buvait, j'ouvris la boîte géante dont il émergea un arc-en-ciel parfumé, caressant la vue et l'odorat de macarons de toutes les couleurs : jaune, violet, rouge, caramel, vert, bleu, rose pâle, rose foncé, blanc, kaki, prune, griotte, crème, orange, chocolat, citron…

Elle fut surprise, fort touchée et émue par le geste. D'un regard reconnaissant elle me remercia et en savoura un. J'en goûtai un en me délectant de ce délice si fondant et si fin. Hadrien, en voyant la boîte, remercierait sûrement l'expéditrice.

À ce moment-là, Salma, la nouvelle infirmière, entra dans la pièce pour prendre la tension d'Hana. À peine l'eut-elle aperçue qu'elle s'exclama l'air terrifié :
— Ja-na-aâ !… Que fais-tu ici ? ! Avant de s'approcher

d'Hana qui l'observait les yeux pétrifiés, sans bouger d'un cil… J'ai appris que… Mon Dieu ! T'es vivante ? !

Pourquoi alors ta tante a dit à ma mère que tu avais péri sous les bombardements, il y a à peu près un mois ?… Où est Hana ?…

— Jan-aâ ! ? balbutiai-je, intriguée malgré moi, en dévisageant Hana.

J'allais, confuse face à mon incompréhension, ressentant un fait inhabituel, sortir de la pièce pour laisser les deux amies seules, mais Hana réclama :

— Restez, Hélène, restez, je vous en prie… !

— Je t'expliquerai, Salma, tu peux nous laisser un moment, s'il te plaît ? lui demanda Hana, en la suppliant presque du regard.

Une fois seules, comme habitée par une grande résolution, fixant sur moi un regard lumineux, comme si elle abdiquait face à la force d'un destin qui s'imposait, d'une voix basse et monocorde, telle une bande sonore qui se débobinait juste pour informer, elle se mit à conter :

— Je suis syrienne. Ma sœur a été tuée au début du mois sous les bombardements des alliés ; elle était en visite à Alep pour l'enterrement de notre père et pour nous apporter son soutien…

Dans les années 1960, mes parents et mon oncle avaient suivi deux promoteurs véreux qui cherchaient des investisseurs pour bâtir un grand complexe hôtelier à Gizeh, en Égypte. Ils ont tous deux été bernés et ont perdu tout ce qu'ils possédaient. Une longue procédure avait été lancée. Hana, ma sœur, est née en 1966 lors de ces tumultes, à Gizeh. Après ce fiasco, mes parents, démunis et désespérés, ont rebroussé chemin vers Alep. Mon père a été obligé de travailler dur la nuit dans un hôtel pour subvenir aux besoins de sa famille. Je suis née quelques années plus tard, douze ans après Hana.

Hana était douée en dessin et en peinture et mes parents l'ont envoyée faire ses études aux Beaux-Arts, à Paris.

Quant à moi, après un bac littéraire en français, je faisais mes études en lettres modernes. Au milieu de la troisième année, j'ai fait l'erreur de me marier avec le frère d'une amie de la faculté. Mais ce mariage, auquel pourtant j'ai résisté, a vite déraillé et la rupture semblait inéluctable…

À ce moment-là, l'infirmière-chef entra dans la pièce pour changer le sac de la perfusion. Le silence soudain d'Hana et mon air concentré, accélérèrent ses pas et ses gestes avant de quitter la chambre. Hana ou Jana la suivant du regard se tourna vers moi, comme sortie d'un rêve lointain et demeura silencieuse…

— Et après ? demandais-je.

Au bout de quelques instants qui lui permirent de reprendre et de resituer le fil de sa pensée et de son récit, elle but une gorgée d'eau et poursuivit comme si elle dictait, en baissant ses grands yeux :

— Eh bien, après mon divorce, je me suis inscrite à l'université d'Alep en psychologie. Une nouvelle vie avait commencé pour moi. Cinq ans plus tard, j'obtenais mon diplôme de psychologue.

De son côté, Hana enseignait le dessin et faisait des expositions. Tous les quatre ou cinq ans elle rentrait quelques semaines, durant l'été, à Alep. Une fois nous lui avons tous rendu visite lors d'un merveilleux voyage en famille. J'aimais Paris ! C'est à Paris qu'on pouvait aimer vraiment ou mourir en paix, c'est à Paris que je rêvais de donner vie, de m'enraciner, c'est à Paris que loin de l'ennui l'attente prenait sens et importance. Mais les conditions de vie et de séjour étaient difficiles, voire impossibles. Hana était arrivée au bon moment. Puis, la vie suivait son cours et nous prenait parfois de court avec les embûches et les difficultés, jusqu'à l'arrivé du chaos et de la guerre à Alep et dans toute la Syrie, avec l'appui des Occidentaux, soucieux de notre liberté, sans connaître ni la donne ni la possibilité de notre peuple… Soudain, Hana plongea ses yeux dans les miens et comme si j'y étais pour quelque chose, me lança :

— C'est l'Europe, y compris la France qui ont pris une grande part dans ces initiatives de destruction ! À coups de chasseurs et de bombardiers, du jour au lendemain, entraînant le peuple dans le sang, la ruine et la détresse. Comme si, face à une bâtisse millénaire montée de travers, au lieu de la soutenir pour essayer, tout doucement, de la redresser, ils se contentaient de la démolir au plus vite via bombes et armée, puis de s'en aller et de lancer : « On vous l'a bien démolie ! Construisez-la bien droite maintenant, ce sera mieux et plus joli, désormais... »

L'importation éclair d'une démocratie illusoire, dans des pays dont la moitié du peuple est analpha- bète, fanatique et pauvre, ne donne pas mieux que des foyers d'opportunistes, de bandits et de terroristes, sans crainte des dictateurs déchus qui les neutralisaient dans le passé...

L'Occident a balayé d'un revers de main l'échiquier politique et a brouillé un équilibre établi depuis des millénaires, alors qu'on pouvait avoir, avec le temps et l'aide des mêmes Occidentaux, une meilleure vie dans la paix. Ainsi, roi, dame, fous, cavaliers et pions ont été tous mélangés, bannis et matés... Les gens, toutes catégories confondues, ont été poussés, par milliers, à l'exode sous des bombardements qui laissaient à chaque fois des centaines de disparus, de mutilés et de tués. Ceux qui avaient quelqu'un sur qui compter et qui pouvaient s'assumer financièrement ont vite déguerpi dans les pays voisins pour échapper aux violences, aux agressions ou tout simplement à la mort et à la famine.

Chacun cherchait à sauver sa peau sans demander son reste. Parfois, c'était pour tomber de Charybde en Scylla avec des passeurs sans scrupule, et trouver avant l'heure la mort à travers les mers déchaînées ou les montagnes glacées et sombres.

Le pire était à Alep. Je ne travaillais plus, l'argent manquait ; l'avenir semblait de plus en plus obscur. Dans ce marasme sans nom, le malheur est arrivé. Mon père a fait un accident vasculaire à la suite d'une chute vertigineuse sur un chantier, il est tombé dans le coma et mort quelques jours après. Ça a été un séisme, un tremblement de terre duquel nous ne nous sommes pas relevés. Ma mère était au bord de la folie ; elle sortait exprès au moment des sirènes pour se faire tuer. Hana nous a demandé de la rejoindre à Paris mais ma mère qui était hors d'elle, ne le pouvait ni ne le voulait ; elle me suppliait de partir, me promettant que l'on se retrouverait. Mais je ne pouvais imaginer une seconde de la laisser seule dans ce chaos.

De surcroît, l'ambassade de France était fermée et aucun visa ne pouvait être délivré.

Daech, propagé, comme un champignon empoisonné, partout dans le pays, était visé par des bombardements massifs et imprévisibles qui en même temps détruisaient maisons, bâtiments et déchiquetaient des civils. Chaque raid, qu'il soit américain, russe, français ou syrien, était le paroxysme de la terreur en nous pétrifiant dans une atroce vision de la mort…

Alors qu'abasourdie j'étais entièrement absorbée par le récit que psalmodiait Hana, Audrey, l'infirmière des soins, entra dans la chambre en nous coupant net.

Elle prit la tension d'Hana, changea la poche vide de la perfusion et, malgré ma présence, lui suggéra un peu inquiète :

— Vous feriez mieux de vous reposer, votre tension est bien basse !…

Confuse, j'allais me lever mais Hana me retint, suppliant :

— Non, je vous en prie Hélène, restez !

Je dis à Audrey :

— Nous finissons une discussion ; elle va se reposer après…

— Très bien… dit Audrey avant de sortir, l'air préoccupé.

Je versai un verre d'eau à Hana, non, Jana et me rassis, tout abasourdie, en face d'elle… Elle but quelques gorgées et empoigna machinalement le bord de son drap avant de poursuivre :

Il y a deux mois, quelques jours après la mort de mon père, Hana ne tenant plus, malgré la contre-indication générale, vu l'état déclinant de ma mère qui était au plus mal physiquement et moralement, a trouvé un billet et a fait une visite expresse. Sa présence salvatrice, a redressé maman, a fait tomber le masque d'impassibilité pour lui ouvrir les yeux, lui redonner la parole, l'envie de pleurer, de s'extérioriser et de manger un peu… Mon oncle et sa femme étaient déjà venus vivre avec nous pour prendre soin d'elle. Deux jours avant son retour pour Paris, Hana a tenu à rendre visite à Nina, son ancienne professeure de peinture qui était souffrante, à l'autre bout d'Alep. Elle cherchait un grand sac pour y mettre les quelques chocolats et sucreries qu'elle lui avait rapportés de Paris et je lui ai prêté le mien.

À ce moment-là, Jana se tut en écartant quelques larmes de ses doigts tremblants. J'arrachai vite deux mouchoirs de la boîte et les lui tendis sans mot dire. Elle essuya doucement ses yeux et d'une voix vibrante continua, avec hâte et sur un rythme saccadé, comme pour en finir avec son récit :
— C'est Ufa, mon oncle qui l'avait accompagnée et attendait dans la voiture son retour de chez Nina.

Il y a eu un raid aérien à ce moment-là. La maison de Nina avait été touchée ; un incendie s'était propagé… de nouveau l'émotion l'interrompit. Cette fois elle plongea son regard brillant dans le mien et en pleurant à chaudes larmes, elle bafouilla :
— Hana et sa professeure étaient mortes, en partie, brûlées. Ma mère, qui avait entendu les déflagrations tout comme ma tante, depuis chez nous, était sous le choc de savoir qu'Hana et Ufa étaient à proximité, sans encore savoir qu'elle avait péri dans le bombardement. Toute verte, prise de convulsion, elle vomissait sans cesse. Il n'y avait pas de médecin. Je lui ai fait absorber un calmant, elle était prise de spasmes et de violentes nausées. Sa tension était très basse, Je sentais que c'était grave. Par un réflexe de survie, j'essayais de la faire boire, impossible, son

estomac voulait sortir et Hana qui ne rentrait pas… En voyant Ufa dévasté rentrer seul, elle a eu une crise cardiaque dans la nuit.
— Mon Dieu ! Combien d'épreuves ! C'est tout simplement horrible ! balbutiai-je, assommée…

Émue et n'en pouvant plus, Han… Jana acheva son histoire :
— Hana, d'après ma carte d'identité, qui se trouvait dans la poche intérieure du sac que je lui avais prêté, dans un état reconnaissable, a été identifiée comme étant moi et j'ai été déclarée décédée…
Cette erreur a soudain donné l'idée à Talia de me presser de ne rien rectifier et, vu les circonstances, de me substituer à Hana et de quitter le pays à sa place.
Ufa, qui pétri de douleur par la mort de sa sœur et d'Hana simultanément, cavalait dans sa peine et les démarches administratives, l'a approuvée énergiquement :
« Jana, c'est ta seule chance de déguerpir de cet enfer sans trop risquer ta peau… Pas une minute à perdre ! Hana l'aurait approuvé de tout son cœur. Nous nous occuperons de la suite. Elles reposeront en paix à côté de ton père. Tu n'y peux rien désormais. Nous te tiendrons au courant. Vous vous ressemblez beaucoup. Récupère ses papiers et ses vêtements, prépare-toi au plus vite et prends sa place de retour dans l'avion, après-demain ! Je t'accompagnerai à l'aéroport, à Damas. »

Imaginez mon état de perdre ainsi mon père, mon unique sœur et ma mère, si atrocement, comme dans les pires cauchemars. J'étais effondrée, mourir ne me faisait pas peur, mais Ufa et Talia, devant l'exode difficile et dangereux de masse, m'ont pressée et presque poussée à déguerpir sans trop attendre. Devant le pays devenu ruines, mon cabinet déjà détruit, je me laissai porter par cette providence sourde et muette qui écrit l'histoire insensiblement.

Hana et moi, nous nous ressemblions beaucoup ; elle faisait beaucoup plus jeune que son âge et notre différence d'âge n'était pas perceptible sur la photo de sa carte d'identité et de son passeport. Je me suis alors coupé les cheveux mi-longs comme sur sa photo et j'ai pris, l'âme meurtrie par les événements et la mort presque simultanément de tous mes êtres les plus chers, la place d'Hana sur son vol de retour pour Paris que je ne connaissais que comme touriste…

C'était surréaliste de partir de ce champ délabré, devenu le terreau propice à tous les maux, avec en perspective la mort sous les bombes, pour arriver par avion dans le confort, à Paris.

J'ai pu entrer sans difficulté chez Hana. Ses voisins m'avaient déjà croisée lors de mes précédents voyages. Seulement, je devais jouer à l'équilibriste entre mes deux identités sans que personne ne se doute de l'invraisemblance ; ce qui était bien périlleux, et je restais tourmentée avec la même peur au ventre qu'à Alep… Face à ses connaissances, je justifiais son absence ; mais dans les démarches administratives, je prenais son identité, sa place et revendiquais ses droits.

Alors que je n'étais pour rien dans la disparition tragique de ma sœur, je me sentais comme une usurpatrice sans vergogne, traînant sur ses empreintes et sur ses pas dans son monde, au milieu de ses affaires et frôlant de si près ses secrets. Dans le concret de la vie quotidienne, je devais maîtriser l'organisation, payer les factures, traiter le courrier et faire preuve d'existence, alors que je ne pouvais être ni elle ni moi. Je me trouvais soudain sans soutien dans un dénuement d'une autre nature, aussi menaçant et précaire que ce que j'avais déjà subi à Alep. De son lycée, ils appelaient sans cesse et j'entendais les messages, le dernier menaçait de la remplacer sans nouvelles de sa part… Je ne voyais donc pas Paris dans son attrait et le foisonnement de ses merveilles, mais juste comme un endroit pour me tenir loin de la guerre.

Depuis deux semaines, des douleurs intenables dans le ventre me coupaient le souffle. J'ai été amenée aux urgences par le Samu, on m'a fait une échographie éclair ici au Centre, près de chez Hana. Le docteur Armand Perroux attribua les douleurs à un kyste à l'ovaire gauche qu'il fallait vite opérer, il m'a recommandé vivement le Professeur Préval comme spécialiste de ce type de chirurgie et vous connaissez la suite…

— Vous n'avez donc que quarante ans ?

Je pense que dans ce chant de malheur parmi tous ces morts, dans ce champ dévasté où la misère et la détresse chassaient les êtres hors de chez eux pour les pousser vers l'abîme et le néant, ce fut la première question qui me vint à l'esprit.

— Trente-neuf ! J'étais constamment dans la terreur que vous ou le Professeur découvriez mon âge véritable et que vous me dénonciez, ou, pour le moins, qu'il ne veuille pas me soigner… Mais vous trouvant tous les deux très humains et aimables, j'étais hier sur le point de vous dire toute mon histoire ; c'est pour ça que je vous ai demandé si vous pouviez repasser me voir…

— Je suis revenue, vous dormiez…

Ma pensée malgré moi alla vers Hadrien… et je me dis, l'espace d'un souffle, avec surprise et une joie inespérée, que tout pouvait, à présent, être possible pour elle, que son âge changeait la donne, qu'elle pouvait encore avoir des enfants et fonder sa propre famille avec celui qui faisait battre son cœur. Les cartes venaient d'être rebattues ; Hadrien la regarderait autrement, ce serait une merveilleuse nouvelle pour lui. Mon Dieu ! Ce dénouement ressemblait soudain à un miracle ! Comment avait-elle pu garder si longtemps une telle tragédie pour elle ? Je comprenais mieux maintenant l'angoisse qui ne la quittait pas, la frayeur dans son regard que je confondais avec la peur de l'opération…

Hana, non, Jana venait miraculeusement d'avoir deux ans de moins qu'Hadrien ! Quel destin ! Mon Dieu ! Jusqu'alors, je croyais que six ans seulement me séparaient d'elle et cela me réconfortait ; à présent c'était dix-huit ans ! Une vie. Dix-huit années qui me vieillissaient aussi vite qu'elles l'avaient jeunie. Comment expliquer ce sentiment insensé, ces comparaisons, cette amitié que je n'avais ressentie pour aucune autre femme que je ne regardais que comme de simples malades, aussi belle soient-elles ? Peut-être parce qu'Hadrien les regardait, lui aussi, dans son professionnalisme, comme de simples patientes, mais pas elle…

Pour elle, le regard avait été différent dès le départ. C'était son âge qui avait mis un rempart au développement d'un quelconque sentiment, non parce qu'Hadrien s'offusquait à l'idée d'aimer une femme plus âgée, mais il était un homme d'engagement qui n'entamerait nulle relation sans fondement, et qu'à son âge il était habité par le désir de fonder sa famille avec la femme de son choix.

Dans cette histoire, que j'étais seule à connaître pour l'instant, il pouvait y avoir deux heureux.

« Ô Jana, ta soudaine jeunesse, et les possibilités qu'elle t'offrait, me renvoient à la jeune femme que j'étais, me rappellent que j'avais eu, moi aussi, vingt ans, trente ans, quarante ans, belle allure et une plus jolie silhouette ; que j'avais aussi un trésor de désirs, d'ambitions et d'attentes enfouis que je ne m'avouais même pas à moi-même, et qui n'avaient jamais été assouvis. C'étaient des pétales d'une rose finissant par être fanés, un par un, avant de perdre leur parfum et de devenir des feuilles sèches et sans teintes... Mais le bonheur n'a pas de gage précis : je n'ai jamais été aussi heureuse de ma vie qu'aujourd'hui ! Mon cœur bat pour un homme qui m'a connue belle et jeune ! Un homme que je n'avais pas d'abord aimé car nous ne nous parlions pas, nous ne nous regardions guère et nous ne nous voyions qu'accompagnés. Le temps a fait son œuvre, enlevé sa timidité, nous a réunis moult fois à l'occasion des enterrements et des fêtes, pour nous constituer des souvenirs communs, tisser du vécu autour des gens que nous aimions, avant de nous donner l'envie de nous découvrir à deux. Il vient du pays où Nora était née. Que de souvenirs, que d'aventures ! Il a mon âge, m'aime et me trouve belle. C'est peut-être l'amour car je suis constamment dans l'attente de ses nouvelles et nous allons ensemble dans un mois au Caire avec son petit garçon nommé Mattieu, que j'adore et qui me le renvoie avec ses fortes étreintes, ses gros baisers et ses chants mélodieux joués à la flûte... »

— J'aurais dû mourir, moi aussi..., bredouilla Jana à travers ses larmes...

— Ne dites pas ça, le destin voulait que vous soyez en vie, que vous connaissiez le bonheur, malgré tout, et je vous le souhaite... Ce doit être merveilleux, même si vous connaissiez votre âge, de gagner ainsi douze ans aux yeux des uns et des autres... Soyez confiante, optimiste, Jana...

— Mais je ne peux pas éternellement me substituer à l'identité de ma sœur, vous voyez que le monde est petit et dans un hôpital à mille lieues de Damas quelqu'un vient de me reconnaître. Je serai chassée et condamnée par les deux États…

— Non, vous aurez des circonstances atténuantes, étant donné la situation de votre pays. Et puis Hadrien a de l'influence, il vous aidera à rectifier les choses vis-à-vis des autorités…

L'évocation du nom d'Hadrien fit traverser un rai de douceur dans son regard inquiet et lui fit esquisser un soupçon de sourire spontané, épanouissant son visage pâle.

À ce moment-là, la porte s'ouvrit sur Hadrien qui entra d'un pas déterminé dans la chambre avec un bonjour bien articulé. Je me levais comme un automate. Il regarda attentivement Jana et lui demanda :

— Comment allez-vous ?

— Ça va bien, Professeur… Est-ce que mon opération s'est bien déroulée ? prononça fébrilement Jana, le couvrant de son regard lumineux.

— Oui, tout s'est bien passé et je peux d'ores et déjà vous dire que vos ovaires n'avaient aucun aspect suspect même s'ils sont envoyés en analyse…

— Mes ovaires ? !…

— Oui, il y avait un petit kyste aussi à l'ovaire droit, j'ai préféré l'enlever d'emblée afin qu'il n'y ait pas de récidive…

— Ça veut, ça veut... dire que je ne pourrai plus avoir d'enfants, bafouilla, incrédule et tremblante, Jana avant de perdre conscience dans un « Nonnnn ! » hurlé…

Hadrien, surpris, me regarda d'un air hébété qui ne lui ressemblait pas et lâcha :

— Qu'est-ce qu'il lui arrive, elle n'a plus l'âge d'avoir des enfants !

Alors que mon cœur bondissait dans une impuissance dramatique, je me vis obligée de rectifier :

— C'est une réfugiée syrienne qui, pour fuir la guerre, s'est substituée à l'identité de sa sœur aînée de douze ans, morte dans les bombardements, à Alep… Elle n'a que trente-neuf ans !…

Hadrien, subitement blême, me regarda comme pour déchiffrer la véracité de ce que j'avançais, tout en s'appuyant des quatre doigts de sa main droite sur la barrière métallique du lit. Je vis sa paupière droite frémir dans un tressaillement avant de sortir de la chambre, d'un pas vif sans souffler mot.

Dans un élan de survie je me précipitai vers Hana en répétant son nom Hana, Hana, Jana ! Aucune réaction ! J'appuyai de toutes mes forces sur le bouton d'urgence comme si je sonnais le glas, avant de tomber sur son cahier renversé sur une page avec des mots griffonnés : Un poème…

Fête des mères…

C'est la fête des mères
Je n'ai ni maman à aller féliciter

Ni enfant qui viendrait me voir.
Dans ce non-sens, je ne sais plus qui regretter d'abord, l'enfant que je n'ai jamais eu
ou la mère que j'ai si vite perdue. Je ferme les yeux et reste à huis clos
En attendant que ce jour passe comme les autres…

Un Jan vite raturé se figeait en guise de signature et comme si soudain un prolongement du poème lui venait, un autre vers émergeait au bas de la page :

Qui sait, peut-être demain sera le porteur de mon bonheur…

suivi de… NEIRDHANAJ… NEIRDHANAJ… NEIRDHANAJ …, que je mis longtemps à déchiffrer comme l'anagramme cumulée d'Hadrien et Jana, et même d'Hana…

XIII

Le vent circulaire formait des vagues innombrables qui, dans de fougueux clapotis, se jetaient contre le devant du paquebot avant de se propager en écume et éclaboussures. Une douce brise courait délicieusement sur ma peau, y collait l'air marin et faisait ondoyer le ruban du chapeau que j'avais en main, avant de se perdre sur le turquoise de la mer en y formant de fines vaguelettes scintillantes que je contemplais du haut de ce paquebot aux airs du Titanic, me menant vers l'Égypte.

La pensée d'Hadrien ne me quittait pas ; elle ressurgissait au moindre moment de répit et là, dans cet abandon paisible, face à cette mer sublime, je me remémorais plus de cinquante ans de vie, comme dans un film qui se rembobinait…

J'attends Noha et le petit Mattieu adoré. Noha l'a emmené chez le coiffeur et le petit ne voulait pas que je les accompagne afin de me réserver la surprise de sa jolie tête une fois les boucles envolées. Je me dirige alors au centre du navire vers le bar en les attendant dans la ferveur de découvrir le pays de l'homme que j'aime.

Comment oublier son visage blême au chevet d'Hana, oh, non ! Jana...

Je reste encore stupéfaite par ces péripéties.

Inimaginable ! Incroyable, le malheur qui lui est arrivé et qui l'a privée de devenir désormais mère. Comment Hadrien pouvait-il deviner ? Quel sort outrancier !

Elle aurait pu en mourir. J'entends encore son cri de désespoir avant qu'elle ne s'évanouisse ; je vois l'air blafard d'Hadrien qui s'est volatilisé sans mot. Je ne l'avais jamais vu si démuni.

L'être humain quel qu'il soit est une petite chose. Grâce à Dieu, Jana a repris connaissance le soir même. Hadrien est resté longuement à son chevet et j'avais veillé à ce qu'il n'y ait pas de passage devant leur porte. Elle a ainsi pu verser son immense chagrin dans ses bras, lors d'un tête-à-tête qui a dû être aussi poignant et révélateur pour l'un que pour l'autre.

Le lendemain, il l'a ramenée chez elle et en a pris attentivement soin. Il est resté à ses côtés, jusqu'à ce qu'elle puisse emménager, quelques semaines plus tard, chez lui. Depuis, ils sont inséparables. Il s'occupe de ses problèmes administratifs afin de rétablir son identité véritable auprès des autorités.

Je pense que Jana assouvit toutes les affections espérées, à donner et à recevoir, celle d'une mère, d'un père, d'une sœur, d'un amant, d'un enfant qu'elle ne pourrait désormais plus avoir, dans l'immense amour que lui voue Hadrien. Amour qui, par retour, le comble aussi de son côté.

Deux hommes viennent s'asseoir à la table voisine.

L'un est blond, distingué, d'une soixantaine d'années, élégant et courtois. Il parle français avec un lourd accent allemand à l'autre homme qui, brun, plus jeune, portant une moustache bien taillée, l'écoute totalement concentré. Leur conversation m'interpelle soudain lorsque j'entends l'homme blond dire dans une petite exaspération à son interlocuteur :
— Je ne comprends pas, pourtant Farag est un nom si répandu !
— Je vous assure, j'ai passé tout au crible au Caire, je n'ai trouvé personne ni au nom de Farag, ni de Zacharias. Je veux dire avec les prénoms concernés : Ottah et Ufa ? N'est-ce pas ?
— Oui, Ottah Farag et Ufa Zacharias !
— Pas la moindre trace de ces deux personnes !…
— S'il faut prendre un détective, je le paierai…
Cœur battant, je m'élançais :
— Excusez-moi, j'ai involontairement entendu votre conversation ! Vous cherchez quelqu'un du nom de Farag, Ottah Farag ?
L'homme blond me couvre soudain attentivement de son regard expressif et prononce avec sollicitude :
— Oui madame ! Vous le connaissez ?
— Oui, je crois. Pourquoi le cherchez-vous ?
L'homme se retourne énergiquement avec sa chaise vers moi, en me demandant :
— Permettez-vous que nous nous joignions à vous afin que je vous explique ?
— Je vous en prie !
Dans un mouvement vif, il se dirige à ma table, suivi

de son interlocuteur. Comme si je détenais la clé de son tourment, l'homme m'observait avec un regard quelque peu dubitatif. Il ne tarda pas à me relater l'objet de sa recherche, d'une voix émue qu'il essayait de maîtriser :

— Je vous remercie d'abord beaucoup, chère madame, de votre intervention.

Devant mon attente silencieuse, il se présenta d'un nom allemand et poursuit :

— Chère madame, il y a cinquante ans, mon père et l'un de ses associés avait un important projet hôtelier en Égypte. Une dizaine d'investisseurs se sont joints à eux pour financer ce projet grandiose, baptisé Sphinx, à Gizeh, au cœur du Caire devant les Pyramides. Il y eut mille problèmes que je ne saurai vous détailler, car je n'étais qu'un adolescent de treize ans à cette époque, vraiment en dehors de toutes ces spéculations financières. Je ne connais les tenants et les aboutissants de l'affaire que d'après les explications de mon père, suite à l'accident d'avion qui a emporté ma mère. Simplement, ce projet n'a pas abouti. Mon père et son associé se sont sauvés car l'État leur réclamait des indemnités et une fortune pour leur vendre un terrain qui n'était pas celui qui avait été décidé. Mon père a changé de destination et a fait prospérer le fonds collecté, qui était considérable, dans un autre projet hôtelier, cette fois à Las Vegas, aux États-Unis. Un premier grand hôtel en forme de triangle qu'il a baptisé « Pyramide », très prisé par le gotha et les célébrités a vu le jour trois ans plus tard.

Deux autres ensembles, Ramsès I et Ramsès II avec casinos et tous les services associés, n'ont pas tardé à voir le jour simultanément quatre ans plus tard. Ils généraient et génèrent toujours beaucoup d'argent… Mon père était devenu un homme très riche mais souffrant. Outre son parkinson, il était insomniaque, rongé par les remords et le tourment.
Le fantôme des investisseurs de Gizeh ne le quittait pas. Il a engagé trois détectives pour les retrouver tous, et il les a indemnisés amplement suivant la valeur du jour du dollar, plus les intérêts, sauf deux d'entre eux, dont l'un l'avait bien marqué par son élan et son enthousiasme :
Ottah Farag ! Il aurait tout donné pour le retrouver, il y a vingt ans, impossible. Personne ne le connaissait, aucun bien, aucun numéro de téléphone à son nom au Caire...

Depuis le décès de mon père, je suis son seul héritier, je n'ai pas d'enfant et la seule idée qui me préoccupe avec toute cette fortune, certainement gagnée en partie à son origine, au détriment de beaucoup de vies brisées, c'est de trouver, comme j'en ai fait le serment à mon père, ces deux personnes : Ottah Farag donc, et Ufa Zacharias, qui, a-t-on appris, est un nom grec. Ils doivent être en lien de parenté l'un avec l'autre et bien âgés à présent ! S'ils sont encore en vie… J'ai donc engagé monsieur Moradi, fit-il, en regardant la personne qui l'accompagnait, tout ouïe, pour trouver ces deux

personnes ou leurs héritiers légaux et, depuis des années, nous tournons en rond. Par cette croisière avec monsieur Moradi, j'entreprends une dernière tentative pour les trouver et, par chance, vous semblez peut-être les connaître…
L'homme, bredouille ensuite, incrédule et blême :
« Comme parfois le hasard peut nous surprendre et rattraper au-delà de toute espérance et attente. Le monde est parfois aussi vaste que la paume d'une main… »

Émue, je ne savais pas par où et quoi commencer. Jana durant le mois qui avait suivi son opération m'avait beaucoup parlé de sa vie, d'Hana, de ses parents, de son oncle et de Talia, sa femme. Je savais que son père avait beaucoup souffert de cette monstrueuse escroquerie qui l'avait mis sur la paille et avait bouleversé sa vie. Il ne s'en était jamais tout à fait relevé, de même que pour Ufa et Talia…
La mort tragique d'Hana, au moment où elle commençait à connaître un succès incontesté et qu'une série d'expositions l'attendaient, avec une trentaine de tableaux magnifiques que j'ai pu furtivement admirer, avait plongé Jana, la seule rescapée de ce chemin d'enfer, dans une profonde détresse. Elle perdait le même jour atrocement sa sœur dans le feu et les flammes causées par les bombardements et sa mère de peine et d'effroi…

Que dire à cet homme, aujourd'hui ? Même s'il n'y était pour rien…

Après une longue respiration comme pour m'oxygéner de tout cet air marin je le regardai :
— Monsieur, Ottah Farag est décédé, il n'y a pas si longtemps…

L'homme, comme s'il était bousculé, eut un sursaut d'impuissance dans le regard et débita d'une voix oppressée, comme si la roulette russe qu'il avait tournée s'arrêtait sur le mauvais numéro :
— Eh bien madame, je suis navré de l'apprendre…
— Mais, je connais sa fille, elle est à Paris…

Un éclat de joie inespérée illumina soudain le regard bleu de l'homme qui manqua de m'embrasser pour cette issue qui pouvait s'étendre devant lui et le dédouaner de la lourdeur de la dette qui semblait lui peser.

Je lui racontais brièvement ce que je savais, le mal que pendant des années cette banqueroute avait causé à ces deux familles ; que par chance, l'oncle était encore en vie mais que de la famille Farag qui avait misé tous ses biens sur cette affaire, il ne restait qu'une seule descendante : Jana Farag.

Décidé de tout rattraper dans le meilleur délai, l'homme s'exclama solennellement :
— Nous allons rebrousser chemin dès notre arrivée au Caire ! Je ne suis pour rien madame dans cette histoire tragique, mais je suis le fils de mon père et c'est à moi qu'il revient de dédommager, du mieux possible, les gens lésés dans cette mésaventure, et croyez-moi, madame, l'héritage de cette injustice pèse terriblement sur ma conscience, surtout après le drame que vous m'apprenez…

L'accompagnateur émergea enfin de sa stupeur et balbutia, ébahi :

— Ils étaient donc Syriens tous les deux ! Ce qui explique notre recherche infructueuse durant tout ce temps en Égypte ! Grand Dieu, j'étais bien loin d'imaginer cela !

L'héritier, affecté, prit mes coordonnées et celles de Jana qui devait leur communiquer par la suite celles d'Ufa. Puis, il me laissa sa carte, deux autres numéros et, tout en souhaitant me revoir avec Jana à Paris, ils me saluèrent tous deux chaleureusement…

Je levai les yeux vers l'immensité du ciel et restai éblouie par le bleu scintillant et pur de la mer, avant de voir surgir, de pas rapides et animés, le petit Mattieu avec les cheveux coupés court en dégradé, sans les boucles angéliques que j'adorais, devant son papa, également bien coiffé. J'ouvris grand mes bras pour l'accueillir ; il s'y jeta de tout son poids attendrissant et m'enlaça fermement de ses deux bras. J'eus juste le temps de souffler avant d'embrasser Noha qui s'était penché sur moi :

— Vous m'avez bien manqué, vous deux !

Fin

Si possible…

Je veux que le destin soit
un chemin que l'on
choisit parmi tant
d'autres. Mais est-ce
parce que ce chemin est
sinueux et long qu'on doit laisser faire le sort ?

Je veux n'aimer que celui qui m'aimera.
Mais est-ce parce que l'abandon est
douloureux que l'amour fait si peur ?

Je veux que l'attente soit une promesse d'espoir.
Mais n'est-ce pas lui ôter ainsi ses instants frémissants ?

Je veux pouvoir arrêter ce temps qui me
devance. Mais n'est-ce pas que la
figitude est une fin alors que le temps
qui court promet un autre lendemain ?

J'aimerais que le hautain tombe sur plus hautain que lui pour trouver plus de profondeurs et de couleurs dans ses a priori.

J'aimerais que la félicité ne soit pas un possible incertain, soumis aux caprices du destin, mais saisissable avec la force de sa volonté et la profondeur de son âme.

J'aimerais tant savoir que le Seigneur est là, Voit, Écoute et Sente et que parfois Il me jette un petit regard ; je serais si peinée de Le croire toujours à l'écart.

Ô Nietzsche ! ce qui ne me tue pas me brise un peu
Mais de ces fêlures jaillissent
la fleur de la sensibilité
et
quelques nouveaux souffles…

REMERCIEMENTS

Grand merci à Jean Picollec pour son attention
et son intérêt pour ce roman.

Un immense merci aux lecteurs sans qui aucun
partage ne serait possible.

Achevé d'imprimer en août 2022
Dépôt légal août 2022
ISBN : 978-2-490873-14-2
www.fougue-editions.fr

Printed in Great Britain
by Amazon

84307199R00192